“तुम्हारे लिए एक नया असाइनमेंट है नीरजा।”

नीरजा के पास सच में एक नये केस के लिए वक़्त नहीं था। वह बच्चों को फिर से राजीव के पास नहीं छोड़ना चाहती थी।

“गौतम मैं अभी त्रिपाठी केस पर काम कर ही रही हूँ। उसकी फ़ाइल घर लेके जा रही हूँ, वीकेंड ख़त्म होते ही मेरी रिपोर्ट तुम्हारे सामने होगी।”

“त्रिपाठी की कोई जल्दी नहीं है अभी। उन लोगों को तुम्हारी कहीं और ज़रूरत है। तुम्हें फ़ौरन नैनीताल आना होगा।”

“नैनीताल! अभी?”

नीरजा ने घड़ी देखी। सवा छः हो रहे थे। वह जानती थी कि राजीव आगबबूला हो जाएगा और ऐसा होना वाज़िब था। कई दिनों से नीरजा का ज़्यादा से ज़्यादा वक़्त काम पर ही बीत रहा था। पिछले तीन साल से वह पंत नगर के नेशनल यूनिट में व्यवहार-विशेषज्ञ यानी *बिहेवियरल एक्सपर्ट* के तौर पर काम कर रही थी।

उसने गौतम से पूछा।

“ऐसा क्या अर्जेंट है इस केस में?”

नीरजा के पास काम की कमी नहीं थी। ज़्यादातर केस महीनों से नहीं, बल्कि सालों से रुके पड़े थे। उसकी सलाह और सुझावों से *इन्वेस्टिगेटिंग टीम* को नयी प्रेरणा, नयी शक्ति मिलती थी। लेकिन गौतम इस वक़्त उन पेंडिंग केसेज़ के बारे में बात नहीं कर रहा था।

"मैं इस वक़्त टिफ़िन टॉप पर हूँ, *क्राइम सीन* पर। जैसे भी हो, जल्दी से यहाँ पहुँचो!"

"क्राइम सीन पर! क्या हुआ है?"

"एक बच्चे की हत्या।"

ये कहकर गौतम ने फ़ोन काट दिया। वह ऐसा ही था। उसे पता था कि जैसे भी हो नीरजा वहाँ पहुँच ही जाएगी।

नीरजा अपनी कार में बैठी और स्टार्ट किया। जैसे ही कार चलने लगी, उसने फ़ोन को हैण्डफ्री मोड पर डाल कर राजीव को कॉल किया। राजीव ने एकदम से जवाब दिया।

"नीरजा, तुम हो कहाँ?"

नीरजा ने स्टीयरिंग को कस के पकड़ लिया। उसे राजीव की आवाज़ के पीछे आर्यन और अहाना की लड़ाई की आवाज़ें सुनायी दे रही थीं।

"मैं किसी क्राइम सीन पर जा रही हूँ। मेरा वहाँ होना इम्पोर्टेंट है। सॉरी!"

"फिर से? *धात्त नीरजा!* टेबल पर डिनर लगा हुआ है।"

नीरजा ने एक साइकिल को रास्ता देने के लिए कार थोड़ी धीमी की और फिर तल्ली ताल बस स्टैंड के लिए मुड़ गयी। उसने आराम से राजीव को जवाब दिया।

"मैं नैनीताल जा रही हूँ, टिफ़िन टॉप, वहाँ से आते-आते शायद देर हो जाएगी।"

"अच्छा, मतलब आज फिर से मुझे ही सब कुछ सँभालना होगा।"

"सॉरी। किसी दिन मैं सँभाल लूँगी!"

"वो तो तुम्हें करना ही पड़ेगा! टेक केयर।"

राजीव से बात कर के नीरजा ख़ुद को दोषी महसूस करने लगी। लेकिन फिर उस भाव को नज़रंदाज़ करते हुए उसने गूगल मैप पर लोकेशन डाला। शहर में काफ़ी भीड़ थी। वो माल रोड पर पहुँची, जहाँ से रास्ता सीधा हाईवे की तरफ़ जाता था। उसका मैप बता रहा था कि वो क़रीब एक घंटे में टिफ़िन टॉप पहुँच जाएगी।

टिफ़िन टॉप पहुँच कर नीरजा को एहसास हुआ कि वहाँ वाक़ई कुछ गम्भीर हुआ था। कार से बाहर निकलते ही उसने अपने आस-पास एक सन्नाटा महसूस किया। उसने देखा कि वहाँ काफ़ी लोग इकट्ठा थे मगर ज़्यादातर लोग फुसफुसाकर बातें कर रहे थे। या फिर ऐसे दिख रहे थे जैसे वे लोग किसी सदमे में हों।

हालाँकि पुलिस वाले कोशिश कर रहे थे कि लोग क्राइम सीन से दूर ही रहें लेकिन फिर भी लोग पुलिस टेप के ऊपर से उचक-उचक के लाश को देखने की कोशिश कर रहे थे। लाश को एक बड़े से सफ़ेद तंबू के नीचे रख दिया गया था।

नीरजा भीड़ में से रास्ता बनाती हुई वहाँ पहुँची और इससे पहले कि वह किसी से बात करती, उसने देखा कि गौतम उसी की तरफ़ चल कर आ रहा था।

उसे अंदर दाख़िल करने के लिए गौतम ने पुलिस टेप ऊपर उठायी।

"अच्छा हुआ तुम आ गयीं।"

"अब तुम मुझे कुछ बताओगे भी?"

नीरजा गौतम के चेहरे को देख रही थी। वह आमतौर पर गौतम को आसानी से पढ़ लेती थी लेकिन इस वक़्त उसे समझ नहीं आ रहा था कि वह क्या सोच रहा था। गौतम ने अपने सफ़ेद बालों में हाथ फेरा और नीरजा को उसकी कोहनी से पकड़ा।

"मेरे साथ आओ।"

"मुझे समझ नहीं आ रहा कि हम इस केस में इन्वॉल्व ही क्यों हो रहे हैं! क्या यह *आश्चर्यजनक नहीं है* कि लाश अभी अकड़ी भी नहीं है और मेरे जैसे एक बिहेवियरल एक्सपर्ट को बुला लिया गया?"

"नीरजा, इस केस की बहुत बड़े लेवल पर इन्वेस्टिगेशन की जा रही है। *सरकारी वकील* ने ख़ास तुम्हारे लिए कहा है। उसे लगता है कि इस केस की शुरुआत में ही एक प्रोफाइलर को इन्वॉल्व करना बेहतर होगा। एंड *आय ऍम अग्री विद हिम*।"

"लेकिन क्यों?"

"तुम पहले डेड बॉडी देख लो।"

प्रोफाइलर मुजरिम या संदिग्ध मुजरिम तक पहुँचने में पुलिस और क़ानून की मदद करता है। प्रोफाइलर मुजरिम के चेहरे, उसकी सोच, उसके हाव-भाव, उसकी चाल-ढाल, उसके जुर्म करने की वजहें, समाज में उसकी जगह वगैरह के बारे में एक अंदाज़ा लगाता है जिससे कि उसे पकड़ने में आसानी हो सके। और नीरजा अपने इस काम में माहिर थी।

वह तंबू की तरफ़ बढ़ी और एकदम से उसके बदन में एक बिजली-सी कौंध गयी। अपनी लंबी नौकरी के दौरान उसने बहुत सी लाशें देखी थीं। लेकिन उसे बच्चों की लाशें हमेशा ही परेशान करती थीं और अब जब उसके ख़ुद के दो बच्चे थे, उसकी परेशानी का एहसास कई गुना बढ़ जाता था। उसके दिल ने उसे आगे बढ़ने से रोका लेकिन उसके दिमाग़ ने उसे आगे धकेल दिया। एक *प्रोटेक्टिव गियर* की मदद से उसने अपने बाल और जूते ढँके।

तंबू के अंदर उसने देखा कि तीन फॉरेंसिक पुलिस वाले लाश के पास झुके हुए थे और इस क़दर अपने काम में खोए हुए थे कि उन्हें नीरजा के आने का एहसास भी नहीं हुआ। लाश एक किशोर वय लड़के की थी। उसका चेहरा बेदाग़ था, दाढ़ी-मूँछ का नाम-ओ-निशान भी नहीं था। नीरजा ने अंदाज़ा लगाया कि वह लगभग चौदह साल का होगा। वह जिस तरह से वहाँ पड़ा हुआ था, किसी फ़रिश्ते-सा लग रहा था बशर्ते कि उसे चेहरे से नीचे न देखा जाए। उसका गला काटा गया था और उसके गुप्तांग निकाल लिये गये थे।

"ओह गॉड!"

नीरजा फुसफुसायी।

"यही कह रहा था मैं।"

गौतम अब नीरजा के ठीक पीछे खड़ा हुआ था।

"ये जूते पहले से ऐसे पड़े हुए थे?"

नीरजा ने दो जूतों की तरफ़ इशारा किया जो लड़के के पेट पर रखे थे।

"हाँ... बिलकुल कपड़ों की तरह। उसने सिर्फ़ अपनी शर्ट पहनी हुई थी। बाक़ी कपड़े तह करके छोड़ दिए गए थे।"

नीरजा के माथे पर परेशानी की लकीरें और बढ़ने लगीं। वह लड़के के पास जाकर घुटनों के बल बैठ गयी। एक ही वार से उसके गले को काट दिया गया था।

नीरजा ने बिना किसी को देखे पूछा।

"वेपन मिला?"

उसके सबसे पास खड़े पुलिस ने ना में सर हिलाया। नीरजा अभी भी लाश को देख रही थी।

"ऐसा लगता है इसी जगह इसका ख़ून हुआ है।"

"फ़िलहाल तो हम ये ही अंदाज़ा लगा सकते हैं।" पुलिस ने हामी भरी।

नीरजा ने वहाँ मौजूद हर चीज़ का ध्यान से मुआयना किया। ख़ूनी ने अपना काम बड़ी ही सफ़ाई से किया था। जिस तरह से कपड़े रखे गए थे, उससे ये साफ़ पता चल रहा था कि ये कोई एकाएक किया हुआ ख़ून नहीं था।

“खून आज दोपहर को हुआ?” नीरजा ने बिना ऊपर देखे हुए पूछा।

“हाँ, दिन दहाड़े।” गौतम ने कहा, जो अब भी वहीं तंबू के सामने खड़ा था।

“तो ख़ूनी काफ़ी तेज़ था। छोटी से छोटी चीज़ों का ध्यान रखा गया है!” नीरजा को एहसास हुआ कि उसके दिमाग़ की सुइयाँ चलनी शुरू हो गयी थीं। उसके लिए अब ख़ुद को इस केस से दूर रख पाना नामुमकिन होगा। उसे किसी भी तरह ये जानना था कि यहाँ हुआ क्या था और उस बच्चे को मारते वक़्त ख़ूनी क्या सोच रहा होगा। आख़िर दिन दहाड़े ही क्यों? क्या पकड़े जाने के ख़तरे से ख़ूनी को रोमांच मिलता है? और यही बच्चा क्यों? क्या ये लड़का किसी संयोग से कातिल का शिकार बन गया या ख़ूनी इसे पहले से जानता था?

नीरजा किसी और सुराग की तलाश में आस-पास देखने लगी जो इस कहानी पर और रोशनी डाल सके। लड़के की लाश अर्द्धनग्न हालत में पड़ी मिली थी, वो भी एक बिजली घर के पीछे जो एक पक्की दीवार के साथ बना हुआ था।

“ये किस चीज़ की बिल्डिंग है?” नीरजा ने दीवार को देखते हुए पूछा।

“यहाँ फायर ब्रिगेड का ऑफिस है।” गौतम ने बताया।

“और ये साइकिल का रास्ता है, टिफ़िन टॉप का जंक्शन। निश्चय ही ख़ूनी काफ़ी हिम्मती इंसान है जो भरी दोपहरी में किसी का क़त्ल कर सकता है। क्या किसी ने कुछ नहीं देखा?”

“घर-घर पूछताछ कर रहे हैं। देखते हैं क्या पता चलता है।” गौतम ने कहा।

नीरजा उठ खड़ी हुई और गौतम के पीछे-पीछे तंबू से बाहर निकल आयी। वहाँ खड़ी भीड़ गिद्धों की तरह उस पर नज़र गड़ाये हुए थी, मानो इस उम्मीद में हो कि कोई छोटी-मोटी सनसनी खबर ही मिल जाए।

"मैं चलता हूँ।" कहकर गौतम अपनी कार की तरफ़ बढ़ने लगा।

"रुको ज़रा। तुम्हें क्या लगता है?" नीरजा ने उसे रोका।

"मेरे ख़याल से हमें फ़ौरन इन्वेस्टिगेशन में इन्वॉल्व हो जाना चाहिए।"

"ऑफ़ कोर्स! ये किसी प्रोफेशनल का काम लग रहा है। मुझे यक़ीन है कि उसने इस तरह के ख़ून पहले भी किए हैं।" नीरजा ने कुछ सोचकर अपनी नज़रें झुकाईं, "क्या तुम ये केस नहीं ले सकते?"

गौतम उसकी तरफ़ मुड़ा और अपने कंधे उचका लिए। "नीरजा समझो...पब्लिक प्रॉसिक्यूटर ने ख़ास तुम्हारी सिफ़ारिश की है। किसी चीज़ की ज़रूरत हो तो मुझे बताना, ओके?" उसने नीरजा को आँख मारी- "मुझे मालूम है तुम कर लोगी!"

गहरी साँस लेते हुए नीरजा ने पूछा, "क्राइम सीन का इंचार्ज कौन है?"

गौतम ने छोटे काले बालों वाले एक आदमी की तरफ़ इशारा किया जो उनकी तरफ़ पीठ किये किसी से बात कर रहा था। उसके बाद गौतम भीड़ में खो गया।

नीरजा अब अकेली थी। आम तौर पर उसके लिए ये कोई परेशानी वाली बात नहीं थी लेकिन उसके लिए पुराने केस पर काम करना ज़्यादा आसान था। वहाँ उसे क्राइम सीन और सिर्फ़ *विक्टिम* की तस्वीरें देख के काम करना होता था और वो भी बिना किसी वक़्त की पाबंदी के।

न चाहते हुए भी नीरजा के ख़याल उसे अतीत में ले गए, उस केस की तरफ़ जहाँ उसकी ग़लतियों की वजह से एक जान चली गयी थी। उसने मन ही मन अपने आपको रोका-*नीरजा ये मत करो ये!*

वह इस इन्वेस्टिगेशन की इंचार्ज नहीं थी और उसे पता था कि वह अपने काम में बहुत अच्छी थी। उसकी प्रोफाइल स्केचिंग की वजह से जो केस सुलझाए गए थे, वे हर उम्मीद से बढ़कर थे। पर वे सारे ऐसे केसेज़ थे जो एक वक़्त पर एक जगह जाकर रुक गए थे। ये एकदम नया केस था और नीरजा की एक ग़लती इस चलती हुई तहक़ीक़ात पर गहरा असर डाल सकती थी। हालात ने उसे ज़बरदस्ती फिर से एक ऐसी जगह ला कर खड़ा कर दिया था जहाँ से वह सालों पहले पीछे मुड़ चुकी थी।

नीरजा ने अपनी पीठ सीधी की। उसे ये करना ही होगा। सबसे पहली अड़चन थी इन्वेस्टिगेट कर रही नयी टीम और पब्लिक प्रॉसिक्यूटर को जानना। अब वो एक ऐसी टीम का हिस्सा थी जिनके बीच आपसी तालमेल बहुत अच्छा नहीं था और उसे उन्हें अपनी सोच पर विश्वास दिलवाना था। पुराने केसेज़ में पुलिस के लोग हमेशा किसी नयी सोच या समझ को लेकर ख़ुश होते थे लेकिन इस बार उसे अपनी दलीलों से इस टीम में अपनी जगह बनानी पड़ेगी और वह जानती थी कि ये आसान नहीं होगा।

नीरजा प्रॉसिक्यूटर की तरफ़ बढ़ी और इससे पहले कि उसके कंधे को छूकर उसका ध्यान खींचती, वह ख़ुद ही उसकी तरफ़ मुड़ गया। नीरजा उसे एकदम से पहचान गई। और पहचानने का एहसास उसे अपने चेहरे पर एक थप्पड़ की तरह महसूस हुआ। वो प्रॉसिक्यूटर साहिल खुराना था।

एक पल के लिए नीरजा को समझ ही नहीं आया कि वह क्या कहे। उसे इसकी बिलकुल भी उम्मीद नहीं थी। नीरजा ने साहिल को पाँच साल और तीन महीने से नहीं देखा था लेकिन साहिल में कोई बदलाव नहीं आया था। वही घमंडी तेवर थे। और जब साहिल ने नीरजा का स्वागत किया तो नीरजा को वही नक़ली हँसी सुनाई दी जिसमें घबराहट भी थी।

"नीरजा, ग्लैड यू आर हियर।"

तो साहिल ने उसके लिए माँग की थी। नीरजा की ज़िंदगी में बस इसी की तो कमी थी। उसने इस उम्मीद में आस-पास देखा कि शायद गौतम कहीं नज़र आ जाए लेकिन गौतम कहीं नहीं दिखा। नीरजा अब इस केस पर काम नहीं कर सकती थी। वो वहाँ से जाने लगी लेकिन फिर ये सोचते हुए रुक गई कि यह बेहद बचकाना लगेगा। वह अपने जबड़ों को ज़ोर से कसे हुए वहीं खड़ी रही।

"लाश देखी तुमने? बेचारा लड़का," साहिल ने नीरजा के क़रीब आते हुए कहा।

"ये सब क्या है, साहिल?"

साहिल ने अपने बचाव में हाथ ऊपर किए लेकिन नीरजा ने उसे कुछ भी कहने का मौक़ा नहीं दिया।

"तुम भूल जाओ कि मैं तुम्हारे लिए काम करूँगी। तुम्हारी हिम्मत कैसे हुई मुझे इस केस पर बुलवाने की?"

उसने खुशमिजाज़ी से जवाब दिया, "मिसेज गांधी! हमेशा की तरह तेज़ ज़बान! वेलकम टू द टीम। तुम्हें प्रकाश महाजन से मिलवाता हूँ, वो पुलिस इन्वेस्टिगेशन का इन-चार्ज है।"

"नहीं, मैं घर जा रही हूँ। तुम गौतम को बुला लो, वो इस फ़ील्ड में एक्सपर्ट है।"

"मुझे तुम पर पूरा भरोसा है नीरजा कि तुम हमें सही दिशा में ले जाओगी। गौतम भी ये बात जानता है। तो काम शुरू करें ..."

नीरजा अपने सीने पर बाँहें बाँधे हुए कहीं दूर देखने लगी। साहिल ने आवाज़ हल्की-सी ऊँची की।

"नीरजा, यहाँ एक बच्चे की हत्या हुई है। सच में मेरे पास तुम्हारी इस एरोगेंसी के लिए समय नहीं है। काम में जुट जाओ!"

साहिल उसे वहीं हक्का-बक्का छोड़ के चला गया।

नीरजा के लिए ये बेहद वाहियात शाम थी। उसे सिगरेट पीने की तलब लगी और सोचा कि ख़ास ऐसे ही मौक़ों के लिए कार में एक पैकेट होना ज़रूर चाहिए। राजीव जान नहीं पाएगा क्योंकि जब तक मैं घर पहुँचूंगी, वह सो चुका होगा। जब से राजीव का बर्नआउट हुआ था तब से अगर नीरजा या बच्चे न जगाएँ तो वह किसी भी वक़्त सो सकता था।

साहिल फिर से उसकी तरफ़ पीठ किए खड़ा था और किसी से बातें करते हुए ज़ोर-ज़ोर से हाथ हिला रहा था। नीरजा सिगरेट लेने के लिए कार की ओर बढ़ ही रही थी कि एक गहरी रंगत वाला आदमी उसकी तरफ़ आता दिखा। ये प्रकाश महाजन था जिसके छोटे और काले घुँघराले बाल हेयर ज़ेल की वजह से चमक रहे थे। उसके चेहरे पर खिली हुई मुस्कान थी, उसने मुस्कुराते हुए अपना हाथ नीरजा की तरफ़ बढ़ाया।

"प्रकाश महाजन, उत्तराखंड पुलिस के नेशनल क्राइम स्क्वाड से।"

नीरजा ने अपना परिचय दिया और बताया कि वह पंत नगर के नेशनल यूनिट में बिहेवियरल एक्सपर्ट है और साहिल ने उसे टीम का हिस्सा बनाया है।

"हाँ, उन्होंने तुम्हारे बारे में सब बताया। CBI के साथ ट्रेनिंग वगैरह-वगैरह," प्रकाश ने व्यंग्य करते हुए कहा, "आपके साथ काम करना फ़क्र की बात है। वैसे भी, हम तो मॉमूली पुलिस ही हैं।"

शुरुआत ही कमाल हो रही थी। नीरजा बाहरवाली थी और उसे हर रोज़ अपने आपको साबित करना पड़ेगा। जहाँ एक तफ्तीश करने वाली टीम अटके हुए केसों में मॉमूली-से नये सुराग मिलने पर ख़ुश हो जाती थी, वहीं सर्वज्ञानियों की तरह नीरजा को नीची नज़रों से देखा जाएगा!

प्रकाश ने नीरजा की बेचैनी देखी, "सॉरी, मुझे ऐसा नहीं कहना चाहिए था। इससे पहले कि और मर्डर हों, उस ख़ूनी को पकड़ने के लिए हमें हर तरह की मदद की ज़रूरत है।"

"अह... बच्चे के माँ-बाप को इन्फॉर्म किया?" नीरजा ने बात बदली।

"हम अभी लाश को पहचानने की कोशिश कर रहे हैं।"

"हमें अब भी नहीं पता कि ये कौन है?"

"उसका कोई भी सामान क्राइम सीन पर नहीं मिला; न स्कूल बैग, न वॉलेट और न ही फ़ोन।"

"और किसी ने उसके लिए मिसिंग होने की रिपोर्ट भी दर्ज नहीं करवायी?"

"अभी तक नहीं, मगर पूरी यूनिट हाई अलर्ट पर है। हम सभी लोकल स्कूलों से संपर्क कर रहे हैं। उम्मीद है कि कोई इसे ज़रूर पहचान लेगा।"

स्थिति काफ़ी बुरी थी। नीरजा को मरे हुए लड़के की फ़ोटो याद आने लगी। जिसे कुछ इस तरह से खींचा गया था कि गले पर लगा बड़ा-सा घाव ठीक से नज़र भी नहीं आ रहा था। कहीं कोई माँ अपने बेटे के घर लौटने का इंतज़ार कर रही थी। वो परेशान होगी कि उसका बेटा अभी तक आया क्यों नहीं और हो सकता है कि उसके दोस्तों को लगातार फ़ोन लगा रही हो। शायद उस माँ ने ख़ुद को समझा लिया होगा कि बेटे को वक़्त का अंदाज़ा नहीं रहा या शायद अपनी गर्लफ्रेंड से अकेले में मिलने गया होगा जबकि उसका बेटा यहाँ ठंडी ज़मीन पर पड़ा हुआ था। उस मासूम की ज़िंदगी शुरू होने से पहले ही उससे छीन ली गयी। ये ऐसा गम्भीर अन्याय था कि नीरजा को महसूस हुआ कि जी-जान लगाकर ख़ूनी को सज़ा दिलवाना अब उसकी ज़िम्मेदारी बन गयी है। आख़िर इसीलिए तो वह इस प्रोफेशन में आयी थी।

इतने में प्रकाश ने चुप्पी तोड़ी।

"मेरे ख़याल से हमारा काम हो गया। टेक्निकल डिपार्टमेंट के लड़के रात भर काम करेंगे। लाश को ऑटोप्सी के लिए हॉस्पिटल ले ज़ाया जाएगा। मैं ऑफिस में तुम्हारे लिए डेस्क लगवा देता हूँ।"

"ऑटोप्सी कौन, गिरीश करेगा?"

"आपका मतलब गिरीश गुप्ता? हाँ, वही करेगा।"

नीरजा नैनीताल फॉरेंसिक इंस्टिट्यूट से वाक़िफ़ थी, और बच्चों के डॉक्टर गिरीश गुप्ता को उस वक़्त से जानती थी जब वह लखनऊ में पुलिस की नौकरी किया करती थी।

"ठीक है, तो हम लोग सुबह वहीं मिलें?" प्रकाश ने पूछा।

नीरजा ने हाँ में सिर हिलाया। उसके दिमाग़ में हज़ारों सवाल घूम रहे थे। लेकिन प्रकाश बिलकुल ठीक कह रहा था, उन्हें केस से सम्बंधित शुरुआती सुराग गिरीश से ही मिल सकते थे। और उम्मीद थी कि तब तक घर-घर जाकर चल रही पूछताछ से भी कुछ मदद मिलेगी।

नीरजा जब घर पहुँची तो देखा कि घर की बत्तियाँ जल रहीं थीं। वह हैरान रह गयी। उसने अपनी कार राजीव की कार के पीछे खड़ी की। इतने में बाहर की बत्ती भी जल उठी। उस सफ़ेद-पीली रोशनी में उसका सामना झाड़ियों से हुआ। उसे गार्डनिंग का कोई शौक़ नहीं था। वो तो राजीव था जो हमेशा इस बात का ध्यान रखता था कि घर के आगे का गार्डन हमेशा ख़ूबसूरत नज़र आए।

आठ साल पहले ये उनके सपनों का घर था: एक मॉडर्न घर... एक ख़त्म होती हुई गली के कोने में जिसके एक तरफ़ खेल का मैदान था। उस इलाक़े में रहने वाले वे पहले रहवासी थे और उन्होंने इस हाउसिंग प्रोज़ेक्ट को डेवलप होते हुए बारीक़ी से देखा था। जाने कितनी बार वो आधे बने हुए मकान की फेंस के नीचे से रेंगते हुए अंदर घुसे थे-सिर्फ़ ये देखने के लिए कि

मकान कितना पूरा हुआ! अपने फ्यूचर के लिविंगरूम के आधे बने हुए फ़र्श पर बैठकर बीयर पी थी और ख़्वाब बुने थे कि कैसे अपना घर सजाएंगे। उन्हें दो बच्चों के कमरे चाहिए थे, एक छत चाहिए थी जिसके पीछे के हिस्से में एक लकड़ी का फ़र्श हो और घास चाहिए थी ताकि उनके बच्चे बाहर खेल सकें।

अब सब कुछ बुझा हुआ सा था। उनका बग़ीचा गली के बाक़ी मकानों के मुक़ाबले बिखरा-सा दिख रहा था। राजीव का अब कुछ भी करने का मन ही नहीं करता था। वह घर का कचरा भी बाहर फेंकने की हिम्मत नहीं जुटा पाता था।

ज़ाहिर है कि नीरजा ख़ुद को राजीव की ख़ुशी के लिए ज़िम्मेदार मानती थी। वह राजीव की आँखों में फिर से ख़ुशी देखने के लिए बेताब थी। उसे वाक़ई में याद ही नहीं था कि कब राजीव की आँखों से वो चमक गुम हो गयी।

सब कुछ बहुत धीरे-धीरे हुआ था। राजीव की दिक़्क़तें दो साल पहले शुरू हुई थीं। सर दर्द, पीठ का दर्द... शुरुआत में नीरजा को लगा कि ये आम बात है। आर्यन पाँच साल का था और अहाना पैदा ही हुई थी। अहाना नींद-चोर थी और नीरजा को उस वक़्त लगा था कि राजीव की शारीरिक बेचैनी का कारण अहाना के लिए रातों में जागना है। नीरजा को उसकी ढलती सेहत का तब तक कोई अंदाज़ा नहीं हुआ जब तक कि वो बुरी तरह से बीमार नहीं पड़ गया। वह पूरे हफ़्ते बिस्तर से निकल ही नहीं पाया।

राजीव के बर्नआउट ने उनकी ज़िंदगी को काफ़ी उलझा दिया था। नीरजा का वो मददगार साथी, जो हर तरह के हालातों से लड़ने का जज़्बा रखता था, कहीं खो गया था। वह इंजीनियर जिसने कई इंटरनेशनल कंस्ट्रक्शन प्रोज़ेक्ट को सँभाला था, वह एक उदास आदमी में तब्दील हो चुका था। वह अपने घर से बाहर निकलना ही नहीं चाहता था।

ज़ाहिर है इसका असर नीरजा पर भी हुआ। इस बात को मान लेना कि उसका पति फिर पहले जैसा नहीं हो पाएगा, यह बहुत दर्दनाक था। दिल ही दिल में वो उस हँसते-खेलते, ज़िंदादिल राजीव की वापसी की उम्मीद कर रही थी जिससे उसने प्यार किया था।

राजीव ने दोबारा काम करना शुरू कर दिया था लेकिन फ़िलहाल पार्ट-टाइम, वो भी अपनी क़ाबिलियत से काफ़ी नीचे की पोस्ट पर। लेकिन ये एक शुरुआत थी। कम से कम उसने दरवाज़े के बाहर क़दम निकालना शुरू तो किया था। लेकिन जब वो दोपहर को लौट कर आता तो बिलकुल सूख चुका होता। अब घर की लगभग हर ज़िम्मेदारी नीरजा के कंधों पर थी: बच्चों की देख-रेख, उसका अपना काम, घर के काम और फिर वो अंदरूनी ख़ौफ़ जिनसे वो लगातार लड़ रही थी।

नीरजा ने उनकी पूरी ज़िंदगी को एक व्यवस्था मे ढाल दिया था: सफ़ाई करने वाला हफ़्ते में दो दिन आता था और बच्चों की देख-रेख के लिए सुनीता रोज़ सुबह साढ़े सात बजे उन्हें अपने साथ ले जाती। राजीव फिर उन्हें शाम को छः बजे वापस ले आता। मगर उतना करना भी कभी-कभार उसके लिए काफ़ी मुश्क़िल हो जाता।

नीरजा जब घर में घुसी तो देखा राजीव सोफ़े पर सोया हुआ था। टीवी पर कोई डेली शो चल रहा था। उसने अपना बैग धीरे से डाइनिंग टेबल पर रखा और सीढ़ियों से ऊपर चली गयी। वह पहले अहाना के कमरे में गई और उसके बिस्तर के साथ घुटनों के बल बैठ गयी। खिली चाँदनी की रोशनी से अहाना का चेहरा चमक रहा था। गोलमोल से गाल, गाढ़ी काली पलकें और घुँघराले बाल उसके चेहरे पर सिमटे हुए थे। नीरजा ने हल्के से रज़ाई नीचे खींची और अहाना के माथे को चूमा, उसका दिल बेबी शैम्पू की महक से खिल गया। कुछ देर यूँ ही बैठे रहने के बाद वह आर्यन को देखने गयी। कमरे में घुसते ही खिलौनों के टुकड़ों पर ज़रा लड़खड़ायी जो आर्यन के बिस्तर के

सामने बिछे कारपेट पर बिखरे पड़े थे। नीरजा ने पैरों से ही उन टुकड़ों को एक किनारे कर दिया। उसे डर था कि अगर आर्यन आधी रात को बाथरूम जाने के लिए उठा तो कहीं ग़लती से उन पर फिसलकर गिर न पड़े।

फिर वह अपने कमरे में गई और बिना बत्ती जलाए ही बाथरूम में कपड़े उतार के टॉयलेट सीट पर बैठ गयी। क्या भयानक दिन था! पूरे दिन की घटनाएँ उसके दिमाग़ में घूम गईं। जिस लड़के की लाश मिली थी, उसके चेहरे से लेकर दूसरे मासूम बिगड़े हुए चेहरे... और कई बच्चों की लाशें, जिनके मुँह बंद करने के लिए उन में कपड़े ठूँसे गए थे, आर्यन और अहाना के चेहरों के साथ आँखमिचौली खेल रहे थे।

नीरजा खड़ी हो गयी और दवाइयों की अलमारी से नींद की दवाई निकालने लगी। शीशी में कुछ ही गोलियाँ बची थीं क्योंकि उसने अपने डॉक्टर से वादा किया था कि जल्द ही उसे छोड़ देगी। वह जानती थी कि उसे नींद की दवा नहीं लेनी चाहिए लेकिन ये भी जानती थी कि उसके बिना रात गुज़ारनी नामुमकिन थी।

अगली सुबह साढ़े सात बजे नीरजा ने गौतम के ज़रा से खुले हुए दरवाज़े पर दस्तक दी। गौतम आम तौर पर सात बजे ही दफ़्तर आ जाता था और ख़ुद को सुबह का परिंदा कहता था। नीरजा हिचकिचाते हुए उसके दफ़्तर में दाख़िल हुई।

“नीरजा! तुम यहाँ क्या कर रही हो? तुम्हें इस वक़्त टिफ़िन टॉप पर होना चाहिए था न?” गौतम ने हैरानी से पूछा।

“मेरा गिरीश के साथ हॉस्पिटल में अपॉइंटमेंट है। और मुझे तुमसे बात भी करनी थी।”

गौतम ने कम्प्यूटर से नज़रें हटाकर अपने हाथ सामने मेज़ पर फैला दिए। नीरजा उसके सामने वाली कुर्सी पर बैठ गयी और सोचने लगी कि बात की शुरुआत कैसे करे। उसे ये केस नहीं चाहिए था। ये केस उसके उन ज़ख़्मों को उधेड़ रहा था जिन्हें वह लगभग भूल चुकी थी। यही सच्चाई वह गौतम से बताना चाहती थी लेकिन वह ये भी जानती थी कि इसका मतलब होगा अपना इस्तीफ़ा देना। इसके बावजूद उसने अपनी बात गौतम से कही।

“यू नो मी वेरी वेल गौतम! तुम अच्छे तरीक़े से जानते हो कि मैं आज भी अपने अतीत से जूझ रही हूँ। फिर भी तुमने मुझे साहिल के पास उस लड़के के मर्डर के सिलसिले में भेज दिया? क्यों?”

गौतम ने एकदम से जवाब नहीं दिया। वह उसको ऐसे देख रहा था जैसे ये जानने की कोशिश कर रहा हो कि नीरजा की सहन शक्ति कितनी है।

“साहिल ने ख़ास तौर पर तुम्हारी डिमांड की थी।”

“मुझे सच में नहीं पता कि मैं ये कर पाऊँगी या नहीं। सच पूछो तो मैं दरअसल इस फील्ड को छोड़ना चाहती हूँ ताक़ि इन सब चीज़ों से दूरी बना सकूँ।”

वैसे भी नीरजा की भूमिका एक सलाहकार की ही थी। वह पुलिस की एक टीम का हिस्सा थी जो संदिग्ध अपराधी की शख़्सियत का अंदाज़ा लगाने में मदद करती थी। इससे वो अपराधी की तलाश सही दिशा में कर पाते थे। ज़ाहिर है कि इस काम में ढेर सारे ख़ून के केस भी होते थे, एक से बढ़कर एक ख़तरनाक... लेकिन नीरजा अपने आपको तफ़्तीश से दूर ही रखती थी।

नीरजा के लिए टिफ़िन टॉप का यह केस अलग था। इस केस में उसे हत्या की तफ़्तीश करने वाली टीम का हिस्सा बनाया गया था। सब कुछ देखकर उसका पहला ख़याल यही था कि अपराधी ने ऐसा ख़ून पहली बार नहीं किया था और अगर उसे जल्दी रोका नहीं गया तो वो ऐसे ही ख़ून करता जाएगा। ये ख़ून बड़े ही ठंडे दिमाग़ से और सोच-विचार करके सटीक तरीक़े से हर हिसाब लगाकर किया गया था। ऐसे में उसके जैसी एक बिहेवियरल एक्सपर्ट को इन्वेस्टिगेशन में शामिल करना ज़रूरी था क्योंकि हो न हो, ये किसी सीरियल किलर का काम हो। लेकिन नीरजा समझ नहीं पा रही थी कि वो दुबारा वही मानसिक दबाव लेने के लिए तैयार है भी या नहीं?

"तुम ख़ुद क्यों नहीं ये केस ले लेते? या पंकज को दे दो?" पंकज नीरजा के साथ काम करता था, जो पिछले छह महीने से गौतम की टीम का हिस्सा था।

"पंकज तुमसे गोपाल त्रिपाठी का केस टेक ओवर करेगा।" गौतम ने कहा।

"तो तुम चाहते हो कि मैं टिफ़िन टॉप जाऊँ।"

नीरजा को अब गौतम के सहारे की ज़रूरत नहीं थी। गौतम वही कर रहा था जो पब्लिक प्रॉसिक्यूटर ने उसे करने के लिए कहा था ताक़ि नीरजा पर दूसरी कोई ज़िम्मेदारी न रहे।

"इसे मेरी मर्ज़ी नहीं, मेरा ऑर्डर समझो। और मेरी मानो तो इस मर्डरर पर फोकस करो। उसके रहते कोई भी बच्चा किसी भी वक़्त ग़ायब हो सकता है। टाइम बहुत कम है और ख़तरा वास्तविक है! नीरजा तुम्हें इस सब से फिर से डील करना सीखना पड़ेगा।"

"ये सब बहुत तेज़ी से घट रहा है।"

"तुम्हें अडॉप्ट करना पड़ेगा। ये तो इस जॉब की बेसिक रिक्वायरमेंट है।"

"मतलब मेरे पास कोई चॉइस नहीं है।"

"तुम कमाल हो! पूरे उत्तराखंड में तुम सबसे बेहतर प्रोफाइलर हो। और इस समय तुम्हारी सबसे ज्यादा ज़रूरत है, तुम इस बात को मान लो। तुम्हें ख़ुद अपनी ही प्रोग्रेस के रास्ते में आते देख कर अच्छा नहीं लग रहा।"

गौतम के चेहरे पर मौत-सी गम्भीरता थी।

अब ये केस नीरजा के लिए काफ़ी ज़रूरी हो चुका था। जैसे उसे आज़माया जा रहा हो कि वह अपनी नौकरी ठीक से कर सकती है या नहीं।

वह एकदम से खड़ी हो गयी।

"ठीक! मुझे 20 मिनट में गुप्ता से मिलना है। वो लाश की ऑटोप्सी कर रहा है।"

नीरजा ने बाय कहने के लिए अपना हाथ हवा में लहराया और गौतम ने उसे देख के सर हिलाया।

"अपने आप पर भरोसा रखो, नीरजा।"

जैसे ही नीरजा केबिन से बाहर निकली, उसका कलेजा मुँह को आ गया!

नीरजा लिफ्ट से हॉस्पिटल के बेसमेंट में पहुँची जहाँ फॉरेंसिक पैथोलॉजी डिपार्टमेंट था। उसे आज तक वहाँ पर फैली दुर्गन्ध की आदत नहीं पड़ी थी। फिर वह गिरीश गुप्ता के ऑफिस में दाख़िल हुई जहाँ गिरीश के असिस्टेंट ने परेशानी भरी नज़रों से उसे देखा।

ऑफिस छोटा था। ज़्यादातर हिस्सा बड़ी-सी क़िताबों की एक अलमारी ने घेरा हुआ था। गिरीश की टेबल कमरे के ठीक बीच में थी और उस पर एक लैपटॉप और ढेर सारे काग़ज़ात पड़े हुए थे। उसके असिस्टेंट की टेबल छोटी-सी थी और कोने की एक दीवार के साथ सटा के रखी गयी थी। नीरजा को मोहम्मद रफ़ी के गानों की धुन सुनाई दी। मतलब गिरीश कहीं आस-पास ही है।

"गिरीश के साथ मेरा अपॉइंटमेंट है," नीरजा ने असिस्टेंट से कहा जो वापस काग़ज़ी कामों में घुस चुका था। उसने उठकर नीरजा से हाथ मिलाया।

"सॉरी, मैं काम में बिजी हो गया था।"

असिस्टेंट ने अलमारी में से एक सफ़ेद प्रोटेक्टिव सूट निकाल के नीरजा को दिया।

"ये पहन लीजिए और उधर से चली जाइए। आपके कलीग पहले ही आ चुके हैं।"

"नीरजा, तुम हो क्या?" नीरजा को ऑटोप्सी वाली जगह से आवाज़ आयी। वो मुस्कुराई। गिरीश बड़े क़द-काठी वाला आदमी था, लेकिन नर्म मिज़ाज और हमेशा ख़ुश रहने वाला इंसान था। नीरजा को हमेशा से उसके बारे में ये बात अजीब लगती थी कि उसने लाशों को अपना जीवन भर का साथी बनाया था।

नीरजा प्रोटेक्टिव सूट पहन कर ऑटोप्सी रूम में दाख़िल हुई। गिरीश उसकी तरफ़ पीठ किए हुए स्टील की मेज़ पर झुक कर उस किशोर लड़के की लाश पर काम कर रहा था। प्रकाश भी गिरीश के साथ ही खड़ा था लेकिन ऊँचे लम्बे गिरीश के सामने वह बौना ही लग रहा था।

“आई होप कि तुम कॉफ़ी लायी हो,” गिरीश ने बिना ऊपर देखे हुए कहा।

नीरजा मुस्कुराए बिना न रह सकी। कुछ भी नहीं बदला था। उसने थरमस को दरवाज़े के पास रखी हुई टेबल पर रखा और ऑटोप्सी वाली जगह की तरफ़ बढ़ी।

“इसकी एक फ़ोटो ले लो,” गिरीश ने अपने असिस्टेंट से कहा। फिर उसने लाश के ऊपर झूल रही लाइट एक तरफ़ घुमायी और पलटा।

“नीरजा!” नीरजा को गिरीश के होठों के पास मुस्कान की लक़ीरें साफ़ नज़र आ रही थीं, “तुम्हें फिर से देखकर अच्छा लगा! बहुत टाइम हो गया।”

“पाँच साल,” नीरजा ने कहा।

“मुझे बताया गया था कि तुम FBI में ट्रेनिंग लेने के लिए चली गयी थीं,तो मैंने सोचा, तुम कभी वापस आओगी ही नहीं।”

“हाँ, कुछ महीनों के लिए अमेरिका गयी थी क्योंकि जो कोर्स मुझे करना था वो इंडिया में अवेलेबल नहीं था।” नीरजा को FBI के साथ क्वांटिको में गुज़ारे दिन याद आ गए। ग़ज़ब के दिन थे जहाँ नीरजा ख़ून और बलात्कार की अनगिनत फ़ाइलों के नीचे दबी पड़ी रहती थी। वहाँ उसने अपराधियों की आदतों को पहचानना सीखा था। उसने ये सीखा कि हर अपराधी जुर्म की जगह पर अपनी ख़ास पहचान छोड़ जाता था और उस पहचान को ढूँढना एक कला थी।

"अब मैं गौतम अधिकारी के साथ हूँ, पंत नगर में नेशनल यूनिट के डिपार्टमेंट ऑफ़ नेशनल ऑपरेशनल कोऑपरेशन में," नीरजा ने आगे कहा।

"वाह! ये तो कई प्रोफाइलर लोगों का क्लब जान पड़ता है।"

नीरजा हँस पड़ी।

"हाँ। हमारी टीम में साइकोलॉजिस्ट भी हैं जो अपनी क्षमता भर लोकल यूनिट्स की मदद करते हैं। हम लोगों की ज़्यादा ज़रूरत पुराने केसों में पड़ती है।"

"ये वाला पक्का पुराना नहीं है, बेबी!"

"हाँ, ये केस सच में काफ़ी अलग है," नीरजा ने कहा।

कुछ देर सभी शांत थे। नीरजा को एहसास हुआ कि गिरीश और प्रकाश उसकी तरफ़ सवालिया नज़रों से देख रहे थे। क्या वो कुछ और भी जानते थे? क्या किसी ने उन्हें बता दिया था कि नीरजा ने अपना करियर क्यों बदला था?"

"तो तुम गौतम के साथ हो," गिरीश ने जल्दी से कहा, "मैं उसे पर्सनली तो नहीं जानता पर उसके बारे में काफ़ी सुना है।"

"गौतम अधिकारी उत्तराखंड के पहले प्रोफाइलर थे। वो इस फील्ड के मास्टर हैं," प्रकाश बोला।

प्रकाश ठीक कह रहा था। गौतम, नीरजा का गुरु था। उसने नीरजा को FBI के मुक़ाबले कहीं ज़्यादा पैंतरे सिखाए थे। वैसे तो और भी कई लोग ख़ुद को प्रोफाइलर बुलाते थे। क्योंकि ज़ाहिर सी बात है कि इस टाइटल पर किसी की बपौती तो है नहीं। ऐसे लोग काफ़ी हद तक सिर्फ़ साइकोलॉजिस्ट होते थे जिन्हें फॉरेंसिक साइंस और क्रिमिनल इन्वेस्टिगेशन के बारे में ज़्यादा जानकारी नहीं थी। लेकिन गौतम को पुलिस डिपार्टमेंट में काफ़ी गम्भीरता से लिया जाता था और जैसे ही कोई पेचीदा केस आता, सबसे पहले उसे ही बुलाया जाता।

"अभी तक क्या पता चला, गिरीश?" नीरजा ने लाश की तरफ़ इशारा करते हुए सीधा सवाल किया। गिरीश ने लाश का पेट खोल दिया था और उसके अंदर के ऑर्गन्स बाहर निकालने में मसरूफ़ था। फिर उनको साफ़ करके ऑटोप्सी वाली मेज़ के साथ रखी एक दूसरी मेज़ पर रख दिया गया। प्रकाश हर जानकारी की तेज़ी से रिपोर्ट बना रहा था।

नीरजा ने उस लड़के के चेहरे पर नज़र डाली, उसके नीले होंठों के आस-पास की फीकी त्वचा और बंद आँखों पर। उसने उस लड़के के चेहरे के ढाँचे और रूप-रेखा को देखा जो भविष्य में शायद एक खुरदरे चेहरे में बदल जाती, बशर्ते उसे जीने का और वक़्त मिला होता। ये एक ऐसे लड़के का चेहरा था जो जवान होने वाला था।

तभी गिरीश ने नीरजा से कहा।

"लड़के पर बेहद धारदार चाकू से हमला किया गया है, शायद किसी हड्डी काटने वाले चाकू से। और हत्यारा अच्छे से जानता था कि वह क्या कर रहा है।"

"मुझे भी यही लगा था।"

"पेनिस के अलावा, इसकी जाँघ से भी मांस का बड़ा हिस्सा ग़ायब है।"

नीरजा ने अपनी बेवक़ूफ़ी पर मन ही मन ख़ुद को कोसा। पिछली रात उसका इस बात पर ध्यान ही नहीं गया।

"मैं दिखाता हूँ।" गिरीश ने उस ऐंठी लाश को अपने असिस्टेंट की मदद से ज़रा-सा पलटा। "देखो! देख रही हो?"

नीरजा ने हाँ में सर हिलाया।

"लेकिन जाँघ क्यों?" नीरजा ने पूछा।

"पता नहीं।"

"शायद किसी तरह की यादगार या ट्रॉफी हो?"

"जो भी है, इस पर ध्यान ज़रूर देना चाहिए!" गिरीश ने कहा।

पिछली शाम क्राइम सीन पर काफ़ी ख़ून फैला हुआ था। नीरजा को लगा था कि वो सब लड़के के शरीर के सामने के हिस्से में हुए ज़ख्मों की वजह से था। अब माँस के बड़े से लोथड़े वाले ज़ख़्म को देखकर नीरजा परेशान हो उठी। एक बहुत बड़ा हिस्सा लड़के की टाँग के ऊपरी हिस्से और कूल्हे से काटा गया था। उसके आस-पास की चमड़ी नीली पड़ चुकी थी क्योंकि मरने के बाद लड़के का सारा ख़ून बहकर उस हिस्से में इकट्ठा हो गया था।

"तो इसके अलावा हर चीज़ अपनी जगह पर है? कोई मिसिंग ऑर्गन?" नीरजा ने पूछा।

गिरीश ने ना में सिर हिलाया। "मेरा काम अभी पूरा नहीं हुआ है पर वैसा कुछ लगता तो नहीं है। हत्यारे ने किसी जानवर की तरह, इसके बहते खून के साथ मरने के लिए छोड़ दिया।" गिरीश का इशारा कटे हुए गले की तरफ़ था, "इसकी आत्मा को शांति मिले!"

"तुम्हें क्या लगता है?" नीरजा ने अगला सवाल किया।

गिरीश ने अपने होंठ सख़्ती से भींचे, "अभी कुछ भी कहना मुश्किल है, कुछ भी हो सकता है। लेकिन हाँ! इतना मैं विश्वास के साथ जरूर कह सकता हूँ कि हत्यारा इंसान नहीं दरिंदा होगा!"

नीरजा, प्रकाश के साथ पूर्वी उत्तराखंड के पुलिस डिपार्टमेंट की रीजनल क्राइम स्क्वाड की मीटिंग में एक घंटे की देरी से पहुँची।

कॉन्फ्रेंस रूम की दीवारें बिलकुल सफ़ेद थीं। ध्यान खींचने के लिए दीवार पर बस एक व्हाइटबोर्ड टँगा था जिस पर क्राइम सीन की तस्वीरें लगी हुई थीं। कमरे में ख़ास तरह की चहल-पहल थी। नीरजा को अहसास हुआ कि कॉफ़ी मशीन से आती हुई कॉफ़ी की ख़ुशबू कमरे में फैली कई तरह के आफ़्टरशेव लोशन की महक के साथ घुल मिल सी गई थी।

नीरजा के कमरे में दाख़िल होते ही व्हाइटबोर्ड के पास खड़े लोग एकदम से चुप हो गए। नीरजा को उन सभी की नज़र अपने बदन पर यूँ पड़ती हुई महसूस हुई मानों वो किसी बंदूक़ से निकलती लाल लेज़र लाइटें हों।

इतने में एक पतला और अजीबोग़रीब दिखने वाला आदमी उसके पास चलकर आया। उस आदमी का रंग किसी बीमार की तरह फीका था और आँखों के नीचे काफ़ी गहरे गड्ढे थे। वह नीरजा को देखकर मुस्कुराया।

"मेरा नाम राजेश है। डिजिटल इन्वेस्टिगेटर।"

लगता नहीं था कि राजेश ये काम काफ़ी वक़्त से कर रहा होगा क्योंकि उसे देखने से लग रहा था कि उसने हाल ही में स्कूल से पढ़ाई पूरी की होगी। नीरजा ने उसे देख कर सर हिलाया। राजेश थोड़ा घबराते हुए हँसा, बिलकुल किसी शर्मीले बच्चे की तरह।

प्रकाश कमरे के बीचों बीच रखी एक बड़ी सी टेबल पर बैठ गया और उसकी देखा-देखी टीम के बाक़ी लोग भी बैठ गए। नीरजा ने तीन फॉरेंसिक पुलिस वालों को पहचान लिया जो क्राइम सीन पर मौजूद थे।

"आज यहाँ कोर टीम मिल रही है," प्रकाश ने समझाया। उसने नीरजा को बाक़ी पुलिस वालों का परिचय दिया। नीरजा को सिर्फ़ विक्रम जोशी का नाम याद था और वो भी सिर्फ़ इसलिए क्योंकि विक्रम ने उसे अज़ब नज़रों से देखा था।

"केस की गंभीरता को देखते हुए सरकार ने नेशनल यूनिट की मदद लेने का फ़ैसला किया है," प्रकाश ने बताया, "नीरजा गांधी वहीं से हैं। ये एक बिहेवियरल एक्सपर्ट हैं और हत्यारे का प्रोफाइल बनाने पर काम करेंगी।"

एक पुलिस वाले ने नीरजा को देखते हुए सहमति में सिर हिलाया। विक्रम ने कोई प्रतिक्रिया नहीं दी।

"आपके पास लाश की पहचान को लेकर कोई इंफॉर्मेशन है?" प्रकाश ने सबसे पूछा।

विक्रम ने ना में सर हिलाया- "हमने आस-पास के सभी स्कूल छान मारे लेकिन कुछ नहीं मिला। अब हमने जाँच-पड़ताल का दायरा बढ़ा दिया है, अब पूरे टिफ़िन टॉप एरिया में जाँच कर रहे हैं।"

"किसी ने तो खोए हुए बच्चे की रिपोर्ट लिखवायी होगी?" प्रकाश ने पूछा।

फिर उसने एक गहरी साँस ली। "तो इस वक़्त हम केस के बारे में क्या जानते हैं?"

एक पतले-दुबले फॉरेंसिक पुलिस ने बोर्ड की तरफ़ इशारा किया। बोर्ड पर ढेरों रंग-बिरंगी तस्वीरें मैगनेट की मदद से चिपकायी गयी थीं। सभी उठकर बोर्ड के आस-पास इकट्ठा हो गए।

"शुरू करें नीरजा?" प्रकाश ने पूछा।

"हाँ! मैं हत्यारे की प्रोफाइल बनाना शुरू करूँगी। ये क्राइम सीन पर मिले सुराग की मदद से ही हो पाएगा। ये सुराग हत्यारे की कुछ ऐसी ख़ासियतों की तरफ़ इशारा कर सकते हैं जिससे हमें ये पता चल सकता है कि वह किस क़िस्म का इंसान है... हत्या से पहले, बाद में और उसके दौरान, वह किस तरह के मनोभावों और सोच से गुज़रा होगा... इस तरह हम कातिल के दिमाग़ के अंदर घुस पाएंगे।"

"और तुम ये सब सिर्फ़ एक गट फीलिंग के आधार पर करोगी?" विक्रम ने पूछा। ये सुन कर सबकी भौंहें चढ़ गयीं।

"नहीं, सिर्फ़ गट फीलिंग नहीं, मैं एक निश्चित तरीका फॉलो करूँगी।"

"निश्चित तरीका! जैसे कि?"

"ध्यान देने वाली बात ये है कि किसी आदमी का बर्ताव उसकी पर्सनालिटी की तरफ़ इशारा करता है। हत्यारे की मोडस ऑपरेंडी ही हर चीज़ की जड़ है: उसने आख़िर ये सब कैसे किया? इस केस में कुछ चीज़ें हैं जो एकदम अलग नज़र आतीं हैं जैसे कि जिस तरह से लड़के के जूते और कपड़े रखे गए थे... गुस्से में की जाने वाली हत्याओं में इन चीजों से कोई लेना-देना नहीं होता। अगर यह गुस्से में की गयी हत्या होती तो हत्यारा यूँ ही फेंक के चला जाता लेकिन इस हत्यारे ने ऐसा नहीं किया बल्कि बड़ी ही बारीकी से उन्हें एक जगह पर रखा। मुझे कोई संदेह नहीं कि कातिल के बारे में जितना हम अभी जानते हैं, उससे बहुत ज़्यादा जानना बाक़ी है।"

"जैसे कि?" विक्रम ने पूछा।

"मैं ठीक से नहीं कह सकती पर इतना तय है कि कातिल के तरीक़े की कुछ एक ख़ासियतें होती हैं। जितनी इंफार्मेशन इस वक़्त मेरे पास है, मैं कहूँगी कि वो एक एंटी-सोशल आदमी है, पर साथ ही साथ अच्छे और बुरे में फ़र्क़ करना भी जानता है। वो शायद अपने किए पर पछतावा नहीं करता, लेकिन मैं ये भी कहूँगी कि वो मानसिक रूप से बीमार भी नहीं है।"

नीरजा ने आस-पास देखा। विक्रम की मुस्कुराहट उसे परेशान कर रही थी। ज़ाहिर है वह उसे गम्भीरता से नहीं ले रहा था। बाक़ियों ने भी नीरजा से नज़रें चुरायीं। प्रकाश ने आख़िर में चुप्पी तोड़ी।

"क्या आप में से किसी को कोई सुराग मिला?"

एक फॉरेंसिक पुलिस प्रकाश की तरफ़ कुछ इस तरह मुड़ा कि उसकी पीठ अब नीरजा की तरफ़ थी और ये यह एहसास दिलाने के लिए था कि नीरजा इस कोर ग्रुप के दायरे से बिलकुल बाहर थी।

"हम किसी तरह कुछ रस्सियाँ इकट्ठी कर पाए हैं और लड़के की बॉडी पर मिले कुछ निशानों की जाँच कर रहे हैं लेकिन अभी तक कुछ ठोस नहीं मिल पाया है।"

और उन्हें कुछ मिलेगा भी नहीं, नीरजा ने सोचा। कातिल ने ये पक्का कर दिया था कि किसी को कोई सुराग न मिले। उसने अपने अपराध की काफ़ी बारीक़ी से योजना बनायी थी।

प्रकाश ने सभी को वापस बैठ जाने का इशारा किया। उसने ख़ुद के लिए कप में कॉफ़ी डाली। उसने नीरजा से कॉफ़ी के लिए पूछा लेकिन नीरजा ने मना कर दिया।

विक्रम ने अब बोलना शुरू किया, “हादसा एकाएक घटा होगा, लड़के को खुद को बचाने का मौक़ा ही नहीं मिला होगा। तभी उसके नाखूनों के नीचे हत्यारे का कोई डीएनए भी नहीं मिला।”

“और वो घिनौनी हरक़त? उस पर कोई कुछ कहना चाहता है?” प्रकाश ने पूछा।

सब ने नीरजा की ओर देखा।

नीरजा ने अपना गला साफ़ किया, “वो उसके बॉडी पार्ट्स अपने साथ ले गया तो ज़ाहिर है कि वह उसे किसी तरह की ट्रॉफी या प्राइज़ की तरह रखना चाहता होगा। सीरियल किलर्स का ये सामान्य तरीका होता है।”

विक्रम गहरी सोच में था, वह कुर्सी पर टेक लगाकर बैठ गया। “ सीरियल किलर वाली बात काफ़ी उलझी हुई है, यह थ्योरी तो कोई किसी भी ख़ूनी पर लागू कर सकता है। मुझे लगता है हमें पीडोफ़ाइल की संभावना पर सोचना चाहिए।”

कमरे में चुप्पी फैल गयी।

“तुम्हें ऐसा क्यों लगता है?” नीरजा ने पूछा।

“जिस इलाक़े से लड़के की लाश मिली है, वह कोई अच्छी जगह नहीं है। वहाँ तमॉम प्रॉस्टिट्यूट रहती हैं, उनमें से कई नशेबाज़ भी हैं। वहाँ आम तौर पर ग़लत तरीक़े के लोग घूमते मिल जाते हैं। यहाँ एक लड़का है जिसके लापता होने की रिपोर्ट किसी ने अभी तक दर्ज नहीं करवाई है। मुझे इस केस में कुछ भी ठीक नहीं लग रहा।”

“तो तुम्हारी थ्योरी क्या है?” नीरजा ने पूछा।

“वो लड़का कोऑपरेट नहीं कर रहा होगा इसलिए हत्यारे ने उसे मार डाला।”

“और उसके बाद उसने आराम से उसकी बॉडी के कुछ हिस्सों को काट डाला?”

“शायद,” विक्रम ने कहा।

“लेकिन ये थ्योरी क्राइम सीन पर मिले सबूतों से मैच नहीं करती। अगर हत्यारे का लड़के से ज़बरदस्ती करने का इरादा होता और मान लीजिए उसने घबराहट में उसका ख़ून किया होता तो क्राइम सीन थोड़ा अलग दिखता... हत्यारे ने कुछ और किया होता... हमें कुछ दूसरे तरह के सुराग मिले होते। दरअसल हत्यारे ने काफ़ी ध्यान से और काफ़ी सफ़ाई से ये हत्या की है।”

विक्रम ने झट से पूछा, “किसने कहा कि वो घबरा गया?”

“तो तुम्हें लगता है कि हत्यारा एक सैडिस्टिक पीडोफ़ाइल है?”

“या सिर्फ़ एक पीडोफ़ाइल, जो हड़बड़ी में हर सबूत मिटा देना चाहता था। ये भी हो सकता है कि एक से ज़्यादा हत्यारे हों।”

“पीडोफ़ाइल्स का एक ग्रुप?”

“हाँ, ऐसा ग्रुप होना कोई मुश्किल नहीं है।”

नीरजा ने कुछ चीज़ें अपनी नोटबुक में लिखीं। वह किसी जानकारी या सुझाव को नज़रअंदाज़ नहीं करना चाहती थी। वह गिरीश से इसके बारे में बात करना चाहती थी। हो सकता था वो इन सब पर कुछ और रोशनी डाल पाता। नीरजा ने वहाँ से छूटते ही गिरीश को फ़ोन करने की सोची।

"क्या ऐसे कुछ और केस हैं जो इस केस से जुड़े हो सकते हैं? गुमशुदा बच्चे, बॉडी के साथ इस तरह की हैवानियत?" प्रकाश ने पूछा।

"अभी तक तो ऐसा कुछ सामने नहीं आया है, लेकिन हाँ, हम पुराने केसों से कम्पेयर करने की कोशिश कर रहे हैं," विक्रम ने जवाब दिया।

"तुमने कहा कि उस एरिया में कुछ प्रॉस्टिट्यूट एक्टिव हैं," नीरजा ने पूछा।

विक्रम मुस्कुरा दिया, मानों हाँ कह रहा हो।

"क्या टिफ़िन टॉप भीमताल का हिस्सा है?"

"उसके बॉर्डर पर है," प्रकाश ने जवाब दिया।

"मुझे तो लगा था भीमताल में प्रॉस्टिट्यूशन ख़त्म हो चुका है!" नीरजा ने कहा।

"हाँ, नेताओं के हिसाब से, पर तुम सूरज डूबने के बाद वहाँ जाकर देखो। (हँसते हुए) वैसे भीमताल की अच्छे से सफ़ाई हो चुकी है। यहाँ भी कलानगर में एक कथित केयर ज़ोन बनाया है। उन पर पूरी निगरानी रखी जाती है। उस ज़ोन को आराम घर कहते हैं। एक ऐसी सड़क जिसके आगे जाने का कोई रास्ता नहीं है और वहाँ कोई भी प्रॉस्टिट्यूट बिना पास के नहीं जा सकती।" विक्रम ने बताया।

"तो टिफ़िन टॉप पर अब भी प्रॉस्टिट्यूशन चल रहा है?" नीरजा कुछ और शहरों के बारे में जानती थी जहाँ बहुत तेज़ी से प्रॉस्टिट्यूशन का सफ़ाया कर दिया गया था।

"एक फेज़-आउट पॉलिसी के मुताबिक़ काम चल रहा है। नये पास इशू नहीं किए जा रहे तो नयी औरतें इस एरिया में नहीं आ रहीं। आराम घर में कई सोशल वर्कर्स भी मौजूद हैं और औरतों के लिए एक धर्मशाला का भी इंतज़ाम किया गया है जहाँ ज़रूरत पड़ने पर वे आसरा ले सकती हैं।" प्रकाश ने कहा।

"बढ़िया! असल में उन्हें बिगाड़ा जा रहा है," विक्रम ने कहा।

"इनमें से कई औरतें नशेड़ी होती हैं। उनके लिए एक एग्जिट प्रोग्राम भी बनाया गया है लेकिन जो पहले से वहाँ हैं, वे अब इससे निकलना नहीं चाहतीं," प्रकाश ने समझाया।

"मतलब टिफ़िन टॉप पर प्रॉस्टिट्यूशन गैर क़ानूनी नहीं है?" नीरजा ने पूछा।

"नहीं, उस ज़ोन के अंदर नहीं है। लेकिन आराम घर के बाहर गैर-क़ानूनी है! किसी भी प्रॉस्टिट्यूट को ज़ोन के बाहर से पिक-अप करना दंडनीय है।"

"तो वे सारी औरतें जो आराम घर में नहीं जा पा रहीं, वे टिफ़िन टॉप पर जा रही हैं। और इस बारे में कुछ नहीं किया जा रहा?" नीरजा ने पूछा।

"ऑफ़ कोर्स हम सब अलर्ट हैं मगर हमारे पास इतनी कैपैसिटी नहीं है कि लगातार इस सिचुएशन पर नज़र रख सकें। औरतें जाती तो हैं लेकिन हमेशा वापस आ जाती हैं। उनमें कई औरतें नशे की गिरफ़्त में हैं।" प्रकाश ने बताया।

“चरस?” नीरजा ने अंदाज़ा लगाते हुए पूछा।

“ज़्यादातर वही लेती हैं। हेरोइन भी काफ़ी कॉमन है आराम घर पर। जिन औरतों को उस वक़्त पास इशू किया गया था, वे थोड़ी बड़ी उमर की हैं, 35 के लगभग। जो यंग औरतें हैं, उन्हें नयी जगह ढूँढनी पड़ती है।” प्रकाश सब विस्तार बता रहा था।

“और ये प्रॉब्लम सिर्फ़ टिफ़िन टॉप तक ही सीमित है?” नीरजा ने एक और सवाल किया।

“वो तो हॉट स्पॉट है। वैसे उन्हें कई बार गीता नगर के पास भी घूमते-फिरते देखा गया है, उस पुराने खंडहर के पीछे।” प्रकाश सब्र के साथ नीरजा के सारे सवालों के जवाब दे रहा था।

“बलराम तिवारी वहाँ का लोकल पुलिस इन्चार्ज है न?” विक्रम ने पूछा।

“हाँ, उसे भी अपने साथ मिलाना होगा,” प्रकाश ने कहा, “और मैं आराम घर पर मौजूद सोशल वर्कर्स से भी बात करना चाहूँगा, शायद उनके पास कोई इन्फॉर्मेशन हो।”

“जैसा कि हमेशा होता है, उन्हें कुछ नहीं पता होगा। यह आश्चर्यजनक है कि अभी तक लड़के की मिसिंग रिपोर्ट क्यों नहीं लिखवायी गयी है? जैसे किसी को उसकी परवाह ही नहीं है,” विक्रम ने कहा।

“हो सकता है वो यहाँ का न हो?” नीरजा ने फिर से पूछा।

“हमने CBI को लिख दिया है। उन्होंने गुमशुदा बच्चों की प्रोफाइल से भी मैच कर के देख लिया, कुछ नहीं मिला।”

"और स्कूल?"

"नैनीताल में उसे कोई नहीं जानता। हम लोग अब आस-पास के एरिया में पूछना शुरू करेंगे।" प्रकाश ने कहा।

"कोई बड़ी बात नहीं कि उस लड़के के ख़ुद के माँ-बाप ने ही उसके साथ ये घिनौनी हरक़त की हो," विक्रम बुदबुदाया।

"विक्रम, ये आरोप भयानक है," नीरजा ने कहा।

"मैं उस मोहल्ले को जानता हूँ नीरजा। जो मैंने वहाँ देखा है, तुम वो सब सुन भी नहीं सकोगी।"

नीरजा टेबल पर अपनी सफ़ेद नोटबुक लिए बैठी थी। उसने टेबल के ऊपर से खाने के छोटे-मोटे टुकड़े साफ़ किए और खाने का डब्बा एक तरफ़ रख दिया। प्रकाश ने उसे अपना केबिन दिया था। केबिन नीरजा के ख़ुद के ऑफिस से थोड़ा छोटा था लेकिन उसे वैसे भी ज़्यादा जगह की ज़रूरत नहीं थी। उसके लैपटॉप और कुछ नोट्स लिखने के लिए एक टेबल थी, एक आरामदायक कुर्सी और दरवाज़े के पास एक और टेबल थी जिस पर उसने कॉफ़ी मशीन रख दी थी। ये मशीन बीस साल पहले उसके माँ-बाप ने उसे गिफ्ट दी थी जब वो पहली बार काम करने के लिए घर से बाहर निकली थी। यह मशीन अब भी उसका साथ निभा रही थी। उसे वेंडिंग मशीन वाली कॉफ़ी में कोई स्वाद नहीं लगता था इसलिए वह अपनी बनायी कॉफ़ी ही पसंद करती थी और वो भी नहीं तो सिर्फ़ पानी का गिलास उसके लिए काफ़ी था।

नीरजा ने नेशनल पुलिस मर्डर & सेक्स ऑफ़ेंडर ग्रुप के नेटवर्क पर लॉग इन किया हुआ था। उसके सामने एक ऐसा पेज़ खुला हुआ था जो सॉल्व्ड मर्डर केसेज़ के आँकड़े दिखा रहा था। नीरजा का सारा काम आँकड़ों पर ही आधारित था। उसके ज़रिए वह इस लड़के के मर्डर से मिलते-जुलते केसेज़ को देखना चाहती थी। कुछ ऐसे केसेज खोजना चाहती थी। जिससे वो उन केसेज़ के अपराधियों के पैटर्न में समानताएँ खोज सके।

आँकड़ों के अनुसार, संभावना यही थी कि उसका ये नया अपरिचित हत्यारा उन सभी लक्षणों से मेल खाएगा जिससे नीरजा को प्रोफाइल बनाने के लिए एक आधार मिल जाएगा। सामान्य थ्योरी तो यही कहती थी लेकिन असल दुनिया में चीज़ें इतनी आसान नहीं थीं।

उन्होंने दो साल पहले एक डेटाबेस तैयार करना शुरू किया था लेकिन दिक़्क़त थी योग्यता की कमी की। किसी के पास वक़्त ही नहीं था कि सही आँकड़ें डेटाबेस में डाल सके। इसीलिए इस प्रोग्राम का बीज कभी पल्लवित नहीं हो पाया। नीरजा इससे काफ़ी निराश हुई क्योंकि उसने इस सिस्टम को अमरीका में बख़ूबी काम में आते देखा था।

उसने एक ख़ाली पन्ने पर पीडोफ़ाइल लिखा। फिर उसके नीचे उन चीज़ों की लिस्ट बनायी जो उसने क्राइम सीन पर देखी थीं। लेकिन उसे कुछ कमी लगी। क्राइम सीन पर दिखी सारी चीज़ें कहीं से भी उस लड़के के साथ हुए यौन शोषण की तरफ़ इशारा नहीं कर रहीं थीं। शायद अपराधी के पास उसके लिए वक़्त ही नहीं रहा होगा। लेकिन हाँ, अगर लड़का उस अपराधी को पहले से जानता था और उसे उस जगह सिर्फ़ मारने के लिए ही लाया गया था, तो बात और थी।

नीरजा के मुताबिक़ ये सेक्स का मॉमला नहीं था। लड़के की हत्या दिन-दहाड़े की गयी... कोई भी हत्यारे को देख सकता था! लेकिन फिर भी अपराधी ने क्राइम सीन को ऐसी साफ़-सुथरी हालत में छोड़ा था जैसे उसने

इसकी ठीक से प्लानिंग की हो। शायद पकड़े जाने का ख़तरा उसे उत्तेजित करता हो। ऊपर से लड़के के शरीर से लापता अंग अपने आप में एक समस्या थे। अपराधी उन्हें अपने साथ क्यों ले गया था? क्या वो उसके लिए किसी जीती हुई ट्रॉफी जैसे थे? या शायद लड़के का उसके कंट्रोल में होना उसे सेक्सुअली एक्साइटेड करता हो?

ये सोचते-सोचते नीरजा पन्ने के कोने में कुछ छोटे-छोटे आकार बनाने लगी। अपराधी एक सैडिस्ट था, यौन सम्बन्धी दर्द देकर उसे ख़ुशी मिलती थी। लेकिन किसी सैडिस्टिक कातिल की सबसे बड़ी निशानी होती है विक्टिम को खूब टॉर्चरकरना। तो फिर ये ख़ून इतनी जल्दी कैसे हो गया? न चीखना-चिल्लाना, न कोई चश्मदीद गवाह! कपड़े ठीक से तह लगाये हुए थे मगर विक्टिम की सारी व्यक्तिगत चीज़ें ग़ायब थीं। आखिर यह हत्यारा कहना क्या चाहता था?

नीरजा ने अपने हाथों पर अपना सर रख दिया। जितनी जानकारी अभी उसके पास थी, उसके आधार पर वो आगे नहीं बढ़ सकती। उसे विक्टिम के बारे में और भी जानना ज़रूरी हो गया था। क्या वो लड़का अपराधी को जानता था? वो उस वक़्त टिफ़िन टॉप पर कर क्या रहा था? नीरजा जितना ज़्यादा केस की गहराइयों में उतर रही थी, उतने ही सवाल उसके सामने खड़े होते जा रहे थे। और सबसे परेशानी वाली बात ये थी कि वे लोग अभी तक कोई चश्मदीद गवाह भी नहीं ढूँढ पाये थे।

नीरजा ने कप में ताज़ा बनी कॉफ़ी डाली, उसे सूँघा और अपने साथ काम कर रहे पुलिस से मिलने के लिए केबिन से बाहर निकल गयी। उसके साथ का कमरा विक्रम और उसके कलीग का था। वह दरवाज़े के पास हल्का-सा झुकी। ये कमरा देखने में उसे थोड़ा कम फॉर्मल लगा। कमरे की दीवारों पर तमॉम फ़ोटो फ्रेम लगे हुए थे और खिड़की पर पौधे थे जो ढेर सारी फाइलों से सटे हुए थे।

"तुम लोगों को कोई सिमिलर केस मिला?"

"बहुत सारे गुमशुदा बच्चों और कुछ हत्याओं के अनसुलझे केस मिले हैं लेकिन किसी का भी इस केस से कोई संबंध नहीं लग रहा।" विक्रम ने रूखेपन से कहा।

"इट्स इंपॉर्टेंट हम इन केसों को खुले दिमाग़ से देखें। हो सकता है शुरुआत में लगे कि इनका आपस में कोई संबंध नहीं है लेकिन वक़्त के साथ हत्यारा एक निश्चित दिशा में बढ़ता दिखाई पड़ता है। ये भी पॉसिबल है कि उसकी शुरुआती हत्याएँ उतनी हौलनाक न हों। इसीलिए मिसिंग बॉडी पार्ट्स एक ख़ास बात है और हमें उसी डायरेक्शन में ढूँढना चाहिए।"

"जी, मैं'म!" विक्रम ने कहा। ये कहकर विक्रम वापस अपनी फ़ाइल में देखने लगा।

"एक्स्क्यूज़ मी?"

सामने से कोई जवाब नहीं आया।

इतने में विक्रम का कलीग उठा और अपना भारी-भरकम शरीर लिए दरवाज़े से बाहर निकला जहाँ नीरजा खड़ी हुई थी। "मैं कॉफ़ी लेने जा रहा हूँ।"

नीरजा कमरे में दाख़िल हुई और उसने दरवाज़ा बंद कर दिया। विक्रम एकटक उसे देखता रहा। वो उससे उम्र में छोटा था, शायद तीस साल का भी नहीं था। चेहरे पर दाढ़ी-मूँछ का नामोनिशान नहीं था और रंग साँवला था। उसकी कसी हुई क़मीज़ की रूप-रेखा बता रही थी कि वो अच्छी ख़ासी एक्सरसाइज करता होगा। वो शायद उस तरह का आदमी था जो अपने शरीर पर कुछ ज़्यादा ही ध्यान देते हैं और ख़ाली वक़्त में यही सोचते रहते हैं कि वो दिखते कैसे हैं।

"तुम्हारी प्रॉब्लम क्या है?" नीरजा ने पूछा।

"मुझे प्रॉब्लम तब होती है जब बाहरवाले उन चीज़ों में इंटरफ़ेयर करते हैं जिनके बारे में वो कुछ नहीं जानते।"

"आर यू टॉकिंग अबाउट मी? क्योंकि मुझे नहीं लगता ये तर्क मुझ पर लागू होता है।"

विक्रम मुड़ के अपने ड्रावर में कुछ ढूँढने लगा। "प्रोफाइलर! ऐसा लग रहा है जैसे हम नेटफ्लिक्स की कोई वेब सिरीज़ देख रहे हैं। अब कोई साइकोलॉजिस्ट आ कर पुलिस वालों को काम सिखाएगी। अब इससे ज़्यादा वाहियात और क्या हो सकता है।"

ज़ाहिर है नीरजा को ये बात नहीं सुननी चाहिए थी लेकिन विक्रम ने बड़बड़ाया ही इतनी ज़ोर से था कि उसने सुन लिया।

"तुम्हें मेरे यहाँ होने से प्रॉब्लम है तो आई फ़ील सॉरी फॉर यू क्योंकि मुझे इस केस पर ऑफिशियली लिया गया है।"

विक्रम उठ खड़ा हुआ और नीरजा पर ऊँगली तान दी। "अब तुम अपने मज़ेदार ऑफिस से आज निकली हो हमें हमारा काम सिखाने? तुम्हें क्या पता कि असल दुनिया में क्या होता है। तुम वहाँ कभी गयी ही नहीं हो। डू यू नो जब कोई ड्रग डीलर आप पर बंदूक़ तान देता है तो कैसा लगता है? या जब किसी दलाल से किसी टीनएज़ लड़की को बचाना पड़ता है तो कैसा लगता है? या फिर जब उस दलाल से एक हफ़्ते बाद फिर मिलना होता है और इस बार उसके साथ एक नयी बच्ची होती है, फिर कैसा लगता है? कोई आइडिया है तुम्हें?" वो ग़ुस्से से आगबबूला हो रहा था।

"मुझे तुमसे बहस करने का कोई शौक़ नहीं है।" नीरजा मुड़ी और उसे अचानक अपने काँपते पैरों का एहसास हुआ, "और तुम्हारी जानकारी के लिए बता दूँ, मैं अभी तीन साल से बिहेवियरल एक्सपर्ट की जॉब कर रही हूँ। उससे पहले मैं भी पुलिस वाली थी, तुम्हारी तरह सड़कों की ख़ाक छानते हुए ही मैंने अपना करियर शुरू किया था। और एक छोटी सी टिप तुम्हारे लिए- कन्क्लूजन पर पहुँचने से पहले अपने फैक्ट चेक कर लिया करो!"

नीरजा ने दरवाज़ा खोला और सीधा प्रकाश से टकरा गयी।

"लड़के का बाप मिल गया।" प्रकाश ने कहा।

"लड़का आइडेंटीफाई हो गया?" विक्रम ने पूछा।

प्रकाश ने हाँ में सर हिलाया। "उसका नाम सिद्धार्थ शर्मा है और वो टिफ़िन टॉप का ही रहने वाला है। कुछ ऑफिसर उसके फ़ादर से मिलने गए हैं। तुम चलोगी नीरजा?"

नीरजा ने कनखियों से देखा कि विक्रम अपनी कुर्सी पर बैठ के कंप्यूटर स्क्रीन को घूर रहा था। वो समझती थी कि बिना डिस्कस किए किसी नये ऑफिसर को इनवेस्टिगेटिव टीम से जोड़ देना आसान नहीं था लेकिन इस तरह की दुश्मनी दिखाना साफ़ तौर पर बचपना था। नीरजा ने प्रकाश को देखा।

"हाँ चलती हूँ, लेट मी गेट माय बैग।"

सिद्धार्थ शर्मा के पिता के घर के सामने वाले बग़ीचे की घास काफ़ी बढ़ी हुई थी। एक हरे रंग की तितली घर के लिविंग रूम की खिड़की के बग़ल की दीवार पर बैठी हुई थी और साथ वाले कमरे से दो आँखें नीरजा की हर हरक़त पर नज़र रखे हुई थीं। आम तौर पर ये उस तरह के लोग थे जो ज़्यादातर घर पर ही रहते थे और अपने आसपास की हर चीज़ पर नज़र रखते थे। नीरजा ने मन ही मन सोचा कि वो जल्द से जल्द सभी पड़ोसियों से बात करेगी। उसका अंदाज़ा था कि पड़ोसियों के पास सिद्धार्थ शर्मा के बारे में कुछ कहानियाँ ज़रूर होंगी।

मुकेश शर्मा अकेला था। जब नीरजा और प्रकाश उस छोटे से लिविंग रूम में दाख़िल हुए तो देखा कि परिवार के दो लोग मुकेश के दोनों तरफ़ बैठे थे। कमरे में एक अजीब क़िस्म की घुटन थी, जैसे खिड़कियाँ कभी-कभार ही खोली जाती हों। नीरजा ने एक सदस्य से नज़रें मिलायीं जो रोते हुए मुकेश की पीठ सहला रहा था। वह एक पल के लिए वहीं रुक गयी और पूरे हालात का जायज़ा लिया। इस वक़्त वो हर चीज़ को सिर्फ़ देख रही थी लेकिन उसे मालूम था कि जल्द ही वह उस आदमी की तहस-नहस हुई दुनिया में डूबती चली जाएगी।

नीरजा को मुकेश की उम्र का अंदाज़ा लगाना मुश्क़िल पड़ रहा था। उसके चेहरे पर गहरी लक़ीरें और मुँहासों के दाग़ थे जिसकी वजह से वो अपनी उम्र से बड़ा नज़र आ रहा था। तम्बाकू के दाग़ से सनी दीवारों पर परिवार की तस्वीरें लटकी हुई थीं। सिद्धार्थ, उसके पिता और एक औरत। उसी औरत की टीवी के पास भी एक बड़ी-सी तस्वीर थी, जिसके सामने एक दिया जल रहा था। एक बड़ी-सी लकड़ी की अलमारी ने कमरे की तक़रीबन एक पूरी दीवार घेरी हुई थी। कमरे का फर्नीचर देखकर नीरजा को अपनी दादी का घर याद आ गया।

शर्मा परिवार ने अपने घर के रख-रखाव के लिए कई सालों से कुछ नहीं किया था। टेबल पर पड़ा कपड़ा भी पीला पड़ चुका था। सब कुछ बिखरा हुआ-सा था, फिर भी लग रहा था कि किसी ने उस जगह को आरामदायक बनाने की पूरी कोशिश की थी। कुछ मैली गद्दियाँ चमड़े के सोफ़े पर रखी थीं, कुछ मूर्तियाँ खिड़की की सिल्ली पर थीं और डाइनिंग टेबल पर सेबों से भरा एक कटोरा रखा था।

प्रकाश एक आराम-कुर्सी पर बैठ गया और यूँ लगा मानो उस कुर्सी से सिगरेट का धुआँ निकल रहा हो। नीरजा ने खिड़की खोलने की अपनी तेज़ इच्छा को वहीं दबा दिया।

"आपके बेटे के साथ जो हुआ, उसके लिए आय ऍम वेरी सॉरी मिस्टर शर्मा," प्रकाश ने बात शुरू की।

मुकेश शर्मा ने कुछ नहीं कहा, बस फूट-फूट के रोता रहा।

"हम आपसे कुछ सवाल पूछना चाहते हैं ताकि जल्द से जल्द उस ख़ूनी को पकड़ सकें।"

मुकेश ने आँसू भरी आँखों से प्रकाश को देखा। "वो मर चुका है। मेरा बच्चा मर चुका है," वो अपना सर यूँ हिला रहा था मानो उसे यक़ीन ही न हो रहा हो।

नीरजा उस बिलखते पिता के लिए दुःखी थी। दुनिया की सबसे अमूल्य सम्पत्ति को खोना क्या होता है। ये ख़याल ही कितना दर्दनाक था। नीरजा का भी सबसे बड़ा ख़ौफ़ यही था। और जब भी वह इस बारे में सोचती थी, उसे एक ज़बरदस्त बेचैनी और घबराहट होने लगती। उसे अहसास हुआ कि मुकेश आज उन्हें कुछ भी नहीं बता पाएगा, वह गहरे शोक़ में डूबा हुआ था।

“क्या मैं सिद्धार्थ का कमरा देख सकती हूँ?” नीरजा ने पूछा।

मुकेश ने हाँ में सर हिलाया। “सीढ़ियों से ऊपर बायीं तरफ़।”

नीरजा सीढ़ियों पर चढ़ने लगी और साथ ही साथ वहाँ दीवार पर लगी तस्वीरें भी देखने लगी। उनमें से कुछ तस्वीरें धुँधली-सी थीं लेकिन सभी में वही तीन लोग थे। सीढ़ियाँ चढ़ कर वह एक छोटे-से हिस्से में पहुँची जहाँ से बाथरूम दिख रहा था। वहाँ कुछ कपड़े एक कोने में पड़े थे। और बाथरूम की अलमारी शैम्पू की बोतलों, शेविंग के सामानों और बाक़ी छोटी-मोटी चीज़ों से भरी हुई थी। सब कुछ बेहद बेतरतीब और बिखरा हुआ था। ज़ाहिर सी बात थी कि घर को दो आदमी सँभाल रहे थे जिनके पास साफ़-सफ़ाई के लिए वक़्त काफ़ी कम था।

सिद्धार्थ का कमरा बिलकुल टीनेजर के कमरे जैसा था। अंदर एक अजीब-सी दुर्गंध फैली हुई थी। उसका बिस्तर फैला हुआ था और चद्दर काफ़ी वक़्त से बदली नहीं गयी थी। कमरे के कोने में एक टेबल थी जिस पर क़िताबें, पेन, रेड बुल के ख़ाली कैन, चॉकलेट के रैपर और खाने की गंदी प्लेट पड़ी हुई थी।

ज़मीन पर फैले हुए कपड़ों से बचती-बचाती नीरजा फटे हुए क़ालीन से होते हुए टेबल तक पहुँची। टेबल पर किताबें थीं। उसने धूल-मिट्टी से सनी हुई शेल्फ़ देखी जिस पर काफ़ी सारी छोटी-छोटी बेकार की चीज़ें रखी हुई थीं जैसे कि एक पत्थर, ख़ाली डब्बा, एक ताला...

बिस्तर के ठीक सामने एक केबिन में फ़्लैट स्क्रीन टीवी लगा हुआ था। नीरजा ने कैबिनेट के दरवाज़े खोले तो देखा कि वहाँ ढेर सारे वीडियो गेम के कंसोल थे। एक गेम तो अब भी बिना खुले पड़ा था। उसके अलावा ढेर सारे

दूसरे टॉयज और गेम रखे हुए थे। उसी कैबिनेट के एक दूसरे हिस्से में नीरजा को एक मैकबुक लैपटॉप मिला। उसने उस लैपटॉप पर हाथ घुमाया, वो नया लग रहा था। वहीं बगल के एक ड्रावर में उसे बैग मिला जिसमें कुछ डिज़ाइनर कपड़े थे जिनके अभी तक टैग भी नहीं निकले थे।

नीरजा ने सिद्धार्थ की अलमारी खोली जहाँ से एक पुराना घिसा हुआ पजामा निकाल कर उसे सूँघा। वो पजामा जो सिद्धार्थ अब कभी नहीं पहनेगा। उस खुरदरे कपड़े से डिटर्जेंट और सिगरेट की मिलीजुली बदबू आ रही थी।

नीरजा सीढ़ियों से नीचे उतरी तो देखा प्रकाश लिविंग रूम से निकलकर बाहर दरवाज़े की तरफ़ जा रहा था।

"चलें?" प्रकाश ने पूछा।

नीरजा ने सर हिलाया और उसके पीछे बाहर चली गयी। प्रकाश ने सिगरेट जलायी और नीरजा ने उससे अपने लिए भी एक सिगरेट ले ली।

"यह आदमी बिलकुल टूट चुका है। इस वक़्त हमारे किसी काम नहीं आ सकता।" प्रकाश ने कहा।

"हम इस फैमिली के बारे में क्या जानते हैं?" नीरजा ने गहरा कश खींचते हुए कहा।

"माँ नहीं है, चार साल पहले सुसाइड कर लिया था। सिद्धार्थ के फादर ही उसके सब कुछ थे। एक फैक्ट्री में रात की शिफ्ट में काम करते हैं और हफ़्ते में कुछ दिन कैब चलाते हैं।"

"मतलब सिद्धार्थ अक्सर अकेला होता था।"

“हाँ, पर अपनी मर्ज़ी से नहीं। मुझे लगता है कि उसके फ़ादर सब मैनेज करने के लिए हरसंभव कोशिश कर रहे थे। कल भी उन्होंने दिन में कैब चलायी और वहाँ से रात को सीधा फैक्ट्री चले गए।”

“मतलब रात की शिफ्ट शुरू होने से पहले ही उनके बेटे की मौत हो चुकी थी।”

प्रकाश ने हाँ में सर हिलाया।

“तुम लोगों ने सिद्धार्थ को पहचाना कैसे?” नीरजा ने अगला सवाल किया।

“सिद्धार्थ रूप नगर के ज्ञान शक्ति स्कूल में पढ़ता था। उसके प्रिंसिपल ने उसे पहचान लिया।”

“वो टिफ़िन टॉप के ही किसी स्कूल में क्यों नहीं पढ़ रहा था?”

प्रकाश ने कंधे उचकाए। “ये पता करना बाक़ी है।”

“और स्कूल वालों ने आज सुबह उसके स्कूल न आने की ख़बर उसके डैड को क्यों नहीं दी?”

“अभी कुछ ठीक से पता नहीं है। हो सकता है वो डैड से संपर्क ही न कर पाए हों। अभी उनसे जाकर बात करनी है।”

“सिद्धार्थ के यार-दोस्तों के बारे में कुछ पता चला?”

“वो लड़का काफ़ी हद तक अकेला ही रहता था।”

“उसे स्कूल में परेशान तो नहीं किया जा रहा था?” नीरजा ने पूछा।

“जो इन्फॉर्मेशन मुझे मिली है, उसके हिसाब से अकेले रहना उसकी ख़ुद की मर्ज़ी थी।”

“अजीब बात है। क्योंकि ज़्यादातर इस उम्र के बच्चे अपनी मर्ज़ी से इस तरह नहीं बनते।”

“हाँ, चौदह साल।”

“जो भी हो। सामान्यतः टीनेजर्स को किसी ग्रुप का हिस्सा बनना पसंद होता है। और भी तमॉम कारण होते हैं।”

प्रकाश ने उत्सुकता से नीरजा को देखा।

नीरजा ने अपने बैग से मोबाइल निकाल कर गिरीश को कॉल किया। वह सिद्धार्थ की जो तस्वीर बना रही थी उसे शायद गिरीश ही पूरा कर पाता। उस लड़के के बारे में कोई तो बात है। आखिर वह इस घिनौने हत्यारे के चक्कर में फँसा कैसे? उस मोहल्ले में वह कर क्या रहा था? नीरजा ने गिरीश के वॉयसमेल में मैसेज छोड़ा और कार का दरवाज़ा खोला।

ऑफिस पहुँच कर नीरजा ने अपने मन में बन रही सिद्धार्थ की तस्वीर को पूरा करने की कोशिश की लेकिन पहेली के काफ़ी हिस्से अभी भी गुम थे। सिद्धार्थ के पास इतनी महँगी चीज़ें कैसे आयी थीं? क्या सिर्फ़ पिता की नौकरी और कैब उसके महँगे शौक़ पूरे करने के लिए काफी थे? क्या ये इस बात की भरपाई थी कि सिद्धार्थ ज़्यादातर अकेला ही रहता था या माँ के जाने के दुख को कम करने के लिए वो ऐसा कर रहा था?

तभी नीरजा को बाहर से आते क़दमों की आवाज़ सुनाई दी। साहिल खुराना बिना नॉक किए सीधा उसके केबिन में दाख़िल हुआ। जब नीरजा ने उसे आख़िरी बार देखा था, तब से आज तक उसमें कोई ख़ास बदलाव नहीं आया था, सिवाए उसके बालों के जो अब काफ़ी छोटे कटे हुए थे। पूरे पाँच साल तीन महीने हो गए थे।

नीरजा को साहिल का व्यक्तित्व बिलकुल भी पसंद नहीं था लेकिन ये तो वो भी मानती थी कि वो अच्छा दिखता था। साहिल लम्बा-चौड़ा था, उसकी आँखें काफ़ी गहरी थीं, उसी की वजह से उसकी शख़्सियत में एक स्वाभाविक प्रभावशीलता झलकती थी।

"कैसी हो?" साहिल ने पूछा।

एक पल के लिए वह खोया-खोया सा लगा लेकिन फिर कुर्सी खींच कर नीरजा के साथ उसकी बगल बैठ गया। नीरजा उसके आफ़्टरशेव की ख़ुशबू महसूस कर रही थी। एकदम पानी जैसी थी उसकी ख़ुशबू—ताज़ी-ताज़ी सी।

साहिल के चेहरे की लक़ीरें और बोझिल आँखें बता रही थीं कि वो थका हुआ था। एक वक़्त था जब नीरजा उसे बहुत इज़्ज़त की नज़र से देखती थी। लेकिन आज नीरजा ने उससे नज़रें फिरा लीं।

“क्या कर रही हो?”

“क्लासिफिकेशन मॉडल पर काम कर रही हूँ। अपराधियों के लिए एक तरह का चार्ट है। प्रॉब्लम ये है कि अभी तक हमारे पास कुछ ख़ास इंफॉर्मेशन नहीं है।”

“तो अभी तक उस मर्डर के बारे में क्या बता सकती हो?”

“पुरुष, उम्र 30-50 साल के बीच। खून पहले से ही सोच-समझ के किया गया। सैडिस्टिक प्लेज़र! ये भी हो सकता है कि वो पहले से ही उस लड़के को जानता था।”

नीरजा ने अब तक की सारी जानी-समझी बात, यहाँ तक कि हत्या के तरीक़े और क्राइम सीन की सारी डिटेल, एक ही साँस में बता दी। “अगर हमने उसे रोका नहीं तो वो फिर किसी और के साथ ऐसा करेगा। ये आदमी चाक़ू का ठीक से इस्तेमाल करना जानता है।”

“तो तुम्हें यह लगता कि यह उसकी पहली हत्या नहीं है?” साहिल ने पूछा।

नीरजा अपनी कुर्सी साहिल से कुछ दूर खींचती हुई बोली,“अगर वो डॉक्टर या कसाई या वैसा कुछ नहीं है, तो नहीं।”

"मतलब फिर दुहराये जाने का पर्याप्त ख़तरा," साहिल बड़बड़ाया। "सीरियल किलर?"

"जितना अभी तक पता है, उससे तो यही लगता है। सीरियल किलर आम तौर पर काफ़ी व्यवस्थित होते हैं और अपने पीछे बहुत कम सबूत छोड़ते हैं। बॉडी पार्ट्स का निकाला जाना भी इसका एक सबूत है। पर कोई ख़ूनी तब तक सीरियल किलर नहीं होता जब तक हम दूसरे ख़ून के केसों को भी उसके साथ लिंक न कर लें।"

"और वैसे तुम उस ख़ूनी की प्रोफाइल बनाने के लिए क्या कर रही हो उस चार्ट में इंफॉर्मेशन भरने के अलावा?"

"इससे मिलते-जुलते केस ढूँढ रही हूँ जो सॉल्व किये जा चुके हैं। इससे मुझे उम्मीद है कि हमें इस तरह के ख़ूनी की बेहतर तस्वीर मिल जाएगी। ख़ूनियों के बीच क्या समानताएँ हैं, उनकी ख़ासियतों... पर अभी तक ज़्यादा आगे नहीं बढ़ पायी हूँ।"

"मतलब तुम्हें अभी तक कुछ ख़ास पता नहीं चला?"

"मैं इस केस पर कल से काम रही हूँ। मुझे उतना ही पता है जितना कि बाक़ी की टीम को। ये केस किसी भी डायरेक्शन में जा सकता है। अभी सबसे ज़रूरी है लड़के या ख़ूनी के बारे में ज़्यादा से ज़्यादा इंफॉर्मेशन इकट्ठी करना।"

"मुझे तुमसे ज़्यादा की उम्मीद थी नीरजा।"

"ठीक है, मैं सिर्फ़ उसी इंफॉर्मेशन के साथ काम कर सकती हूँ जो मुझे दी गयी है। मैं कोई जादूगर नहीं हूँ!"

"ठीक है। ठीक है। यह कोई गुस्सा होने वाली बात नहीं है। वैसे तुम्हारी गट फीलिंग क्या कहती है?"

"मैं फीलिंग के साथ काम नहीं करती। वो प्रोफेशनल तरीका नहीं है। मैं अपनी फाइंडिंग को आँकड़ों और साइकोलॉजिकल प्रिंसिपल्स के ज़रिए देखती हूँ, न कि इन्स्टिंग्ट या फीलिंग से।"

साहिल ने अपने बचाव में हाथ खड़े कर दिए। "उस पेडो-रिंग थ्योरी का क्या हुआ?"

"वो टीम की थ्योरी थी, मेरी नहीं।"

"इस स्टेज पर कोई भी आइडिया छोड़ना नहीं चाहिए।"

"ऑफ़कोर्स।"

कुछ देर के लिए दोनों चुप थे। नीरजा को उम्मीद थी कि साहिल चला जाएगा और वो आराम से काम कर पाएगी।

"और तुम कैसी हो?" साहिल ने टॉपिक चेंज करने की कोशिश की।

"मैं? बकवास प्रश्न! मैं इस केस पर काम कर रही हूँ क्योंकि मेरे पास कोई चॉइस नहीं है और तुम ये जानते हो।"

कहने के लिए अब कुछ नहीं बचा था। ख़ुशक़िस्मती से साहिल को भी ये बात समझ में आ गयी और वो नीरजा को उसके हाल पर छोड़कर बाहर जाने लगा। दरवाज़े पर पहुँच कर वो एक बार मुड़ा। "शायद तुम्हें अब घर जाना चाहिए, दस बज चुके हैं।"

नीरजा लिविंग रूम में अँधेरे में खड़ी थी और समझ नहीं पा रही थी कि क्या करे। वह मानना नहीं चाहती थी लेकिन साहिल सही था। उसके जाते ही नीरजा ने अपना लैपटॉप बंद किया और घर चली आयी। पर यहाँ सब कुछ शांत था और उस पर इसका उल्टा ही असर हो रहा था।

उसके दिमाग़ में मानों हज़ारों मधुमक्खियाँ भिनभिना रही थीं। उसे कुछ घंटों की नींद की सख़्त ज़रूरत थी ताक़ि उसके दिमाग़ को ज़रूरी आराम मिल सके। मगर इस ख़याल ने कि ख़ूनी कहीं बाहर आज़ाद घूम रहा था और अपने अगले ख़ून का प्लान बना रहा था, नीरजा के दिल को बेचैन कर दिया था। बिना नींद की गोली खाए उसकी पलक भी नहीं झपकने वाली थी।

किचन के स्लैब पर पड़ा उसका मोबाइल वाइब्रेट होने लगा।

"गिरीश?"

"हाय! मैंने बस अभी तुम्हारा वॉयसमेल देखा, सॉरी पूरी रात बहुत बिजी था।"

पैथोलॉजिस्ट गिरीश की गहरी आवाज़ ने नीरजा को ज़रा शांत किया। वह अपने मन में उसकी तस्वीर बनाने लगी जहाँ वो अपने ऑफिस में अपनी डेस्क पर बैठे हुए, टेबल पर पाँव रखे हुए, उँगलियों से अपने बालों की लट से खेल रहा होगा। उन बालों से, जो दिन भर प्रोटेक्टिव गीयर के नीचे सफ़ाई से छुपे रहते थे।

नीरजा ने गहरी साँस ली। "मैं अब सब कुछ शुरू से करना चाहती हूँ। एकदम ब्लैंक हो गयी हूँ, हत्यारे की कोई तस्वीर नहीं बना पा रही हूँ। इन्वेस्टिगेटिंग टीम किसी पीडोफ़ाइल रिंग के बारे में सोच रही है।"

"तभी मैंने तुम्हें इतना लेट कॉल किया। उस लड़के की बॉडी अभी भी मेरे पास है और मैंने एक अजीब-सी बात देखी है, जो मैं तुम्हें दिखाना चाहता हूँ।"

"क्या देखा तुमने?"

"शायद तुम्हारी टीम सही रास्ते पर है।"

अजीब ख़ुलासे

रात बहुत हो चुकी थी। नीरजा सच में थकान के नशे में चूर थी लेकिन फिर भी गिरीश जो उसे दिखाना चाहता था! उसे देखने के लिए नीरजा और इंतज़ार नहीं कर सकती थी।

"लग रहा है जैसे किसी हॉरर मूवी का सीन है," नीरजा ने गिरीश के दफ़्तर में दाख़िल होते हुए उससे कहा। वॉचमैन ने उसके लिए दरवाज़ा खोल दिया था और भले ही नीरजा को कुछ ही सीढ़ियाँ उतर के दफ़्तर तक आना था, उतने ही में उसे लगने लगा था कि उसका दिल उस के गले तक आ गया था। उसने अपने आपको किसी तरह समझाया कि ये सिर्फ़ ज़्यादा थकान की वजह से हो रहा है। इक्का-दुक्का जलती बत्तियों को छोड़कर बाक़ी सारे केबिन अँधेरे की गिरफ़्त में थे। ख़ास तौर पर मौत जैसा सन्नाटा नीरजा को और भी बेचैन कर रहा था।

गिरीश हँस पड़ा। "कमऑन, हमेशा जैसा ही तो है, बस अँधेरा थोड़ा ज़्यादा है।" उसने टॉफी का पैकेट नीरजा की तरफ़ बढ़ाते हुए पूछा, "लोगी?"

"नो, थैंक्स," आधी रात का वक़्त न होता तो शायद नीरजा को चॉकलेट खाने की इच्छा भी न होती, "क्या दिखाना चाहते थे तुम मुझे?"

गिरीश आगे झुका और उसने अपनी मेज़ पर एक पीला थैला फेंक दिया। "मैं उस लड़के की बॉडी को सुबह रिलीज़ करना चाहता हूँ लेकिन उससे पहले कुछ चीज़ों पर ध्यान देना ज़रूरी है।"

"तुमने प्रकाश को कॉल किया?"

"तुम हो न यहाँ, हाँ?"

"सिर्फ़ मेरी बात नहीं है, प्रकाश इस इन्वेस्टिगेशन का इंचार्ज है। मैं सिर्फ़ एक एडवाइजर हूँ।" वैसे नीरजा को इस बात पर भी शक़ था कि इतनी रात गए प्रकाश टिफ़िन टॉप से वहाँ तक आएगा भी या नहीं, लेकिन सबसे पहले उसे बताना सही होता।

"तो तुम उसे सुबह बता देना। कोई इशू होगा तो वो मुझे कॉल कर लेगा।" गिरीश ने नीरजा को प्रोटेक्टिव गियर और एक माउथ गार्ड दिया। "ये पहन लो, फिर दिखाता हूँ।"

ऑटोप्सी वाले कमरे में जाने से पहले गिरीश ने दरवाज़े के पास लगे एक साउंड सिस्टम पर कुछ बटन दबाए। तेज़ संगीत कमरे में फैलने लगा।

"तुम हमेशा मोहम्मद रफ़ी को ही क्यों सुनते हो?" नीरजा ने पूछा।

गिरीश ने नीरजा को देखा और हँस पड़ा। "क्योंकि मैं कभी भी क्लासिकल म्यूजिक नहीं सुनता।"

नीरजा मुँह बनाते हुए उसके पीछे गयी। "ये कोई कारण नहीं हुआ, एक्सप्लेन करो ठीक से।"

"जिस तरह की चीज़ें मैं यहाँ रोज़ देखता हूँ," गिरीश ने पूरे कमरे की तरफ़ हाथ हिलाते हुए इशारा किया, "वो काफ़ी परेशान करने वाली हैं। यहाँ तो मैं एक पैथोलॉजिस्ट हूँ, डॉ. गिरीश गुप्ता। लेकिन जब मैं घर जाता हूँ तो मुझे ये सब यहीं छोड़ के जाना पड़ता है वरना मैं कभी सो ही नहीं पाऊँगा। सारे ग़म, सारी तक़लीफ़; यहीं मोहम्मद रफ़ी के साथ रह जाती है, ये अलग दुनिया है।" उसने हर तरफ़ इशारा किया। "बाहर क़दम रखते ही मैं इस दुनिया को पीछे छोड़ जाता हूँ। म्यूजिक बंद होते ही जैसे कोई स्विच ऑफ हो जाता है। मैं फिर से सिर्फ़ गिरीश बन जाता हूँ।"

नीरजा ने सर हिलाया लेकिन उसके ख़याल किसी और ही तरफ़ थे। सिद्धार्थ का शरीर कमरे के ठीक बीचोंबीच मेज़ पर रखा हुआ था और घूमने वाले लैंप से आती रोशनी में उसकी त्वचा किसी सलेटी संगमरमर जैसी दिख रही थी।

"देखो," गिरीश ने पेट की तरफ़ इशारा करते हुए कहा, "ठीक प्यूबिक बोन के ऊपर। ये *फंनेंस्टिअल इनसीजन* है। या आम भाषा में कहें तो *बिकनी कट*।"

"यानी सिज़ेरियन सेक्शन की मदद से काटा गया है?"

"एक्जेक्ट्ली! पहले मुझे लगा था कि ये कट ग़लती से लगा होगा, शायद तब जब ख़ूनी प्राइवेट पार्ट निकाल रहा था। लेकिन ये ठीक इस टिश्यू से होता हुआ जा रहा है। यह बहुत बारीकी से किया गया है।"

"किसी डॉक्टर ने किया है?"

गिरीश ने अपने कंधे उचकाए।

"सस्पेक्ट को इससे मिला क्या होगा?" नीरजा ने अगला सवाल किया।

"फैक्ट तो यह है कि वो पेट खोलना चाह रहा था। मुझे नहीं पता क्यों, वो पता लगाना तुम्हारा काम है। पर मेरे ख़याल से अगर हम इस चीज़ को इस बात से लिंक करते हैं कि ग्लूटल मसल्स भी निकाले गए हैं तो ये सब काफ़ी इम्पॉर्टेन्ट हो जाता है। ग्लूटल मसल्स, यानी वो हिस्सा जो थाई से बटक तक जाता है।"

"बोलो भी गिरीश! अगर तुम्हें किसी बात पर शक़ न होता तो तुम मुझे यहाँ नहीं बुलाते। क्या लगता है तुम्हें, क्यों किया उसने ये? हेल्प मी यार।"

"देखो ये तो निश्चित है कि इसकी बॉडी का निचला हिस्सा बहुत वीभत्स है लेकिन इसे एब्यूज़ किया गया या नहीं, ये कह पाना कठिन होगा। पर हो सकता है कि किसी ने इसके अंदर से कुछ निकालने की कोशिश की है।"

"मतलब?"

"मान लो कि उसकी रेक्टम वाली जगह पर कुछ फँसा हो। कुछ ऐसा जिसका बाहर आना ज़रूरी हो। तो उसे तुम बाहर से तो खींच के निकाल नहीं सकते। इसीलिए ग्लूटल मसल्स निकाल के और सामने से पेट को काट के उस चीज़ को आँत से निकाल पाना पॉसिबल हो सकता है। जैसे किसी ट्यूब को दबा कर अंदर का सामान निकाला जाता है।"

"कितना वीभत्स है! कोई ऐसा क्यों करेगा?"

"*नो आइडिया!* मेरी सोच इतनी गंदी नहीं है कि मैं इस सब की कोई व्याख्या कर पाऊँ। बट हाँ, हो सकता है कि एब्यूज का कोई एविडेंस आँत में रह गया होगा जिसे बाहर निकालना ज़रूरी होगा।"

"कोई ऐसी चीज़ जिससे कि ख़ूनी की पहचान हो सके।" नीरजा ने अपना माथा रगड़ा। नहीं। ये सब कुछ बहुत जल्दी हो रहा है। उसे इतनी जल्दी किसी नतीजे पर नहीं पहुँचना चाहिए वरना हो सकता है कि उससे कुछ ज़रूरी सुराग़ छूट जाएँ।

"मैं अपनी अलग-अलग थ्योरीज़ में इसे भी शामिल कर लूँगी।" नीरजा ने गहरी साँस ली। "तुम्हें लगता है इसकी कोई और व्याख्या भी हो सकती है?"

"वो उसकी अब्डोमिनल कैविटी से कोई ऑर्गन निकालना चाहता था।"

"लेकिन कुछ भी मिसिंग नहीं है।"

गिरीश ने हाँ में सर हिलाया। "ठीक। सब ऑर्गन वहीं के वहीं हैं।"

"तुम्हें स्पर्म का कोई प्रमाण मिला?"

"नहीं।"

"क्या सेक्सुअल एब्यूज़ के प्रमाण को ढूँढने के लिए एक बार फिर से चेक करोगे? उन बातों को ध्यान में रखते हुए जो रिसेंटली नहीं बल्कि कुछ टाइम पहले हुई हों?"

गिरीश ने हाँ में सर हिलाया।

नीरजा मुश्क़िल से बिस्तर पर लेटी ही थी कि अगली सुबह उठ गयी। बिना कॉफ़ी पिये वह कार में बैठी और नैनीताल चली गई। वह वहाँ 7:30 से पहले ही पहुँच गयी थी क्योंकि गिरीश से मिली जानकारी को वो प्रकाश को उसके काम पर जाने से पहले ही देना चाहती थी।

चार घंटे की नींद काफ़ी नहीं होती। नीरजा ने अपने कंधे दबाए और पानी के एक बड़े घूँट के साथ पैरासिटामोल की दो गोलियाँ गटक लीं। उसे सर दर्द से छुटकारा चाहिए वरना वह काम पर ध्यान नहीं लगा पाएगी। उसने पानी की बोतल को बीच वाले होल्डर में वापस रख दिया, अपना बैग उठाया और कार से बाहर निकली। उसने अपनी कनखियों से देखा कि प्रकाश एक और आदमी के साथ उसी की तरफ़ चला आ रहा था। गिरीश के कॉल करने से पहले उसे प्रकाश से किसी भी तरह बात करनी थी। वो तहक़ीक़ात का इंचार्ज था और उसे ऐसा बिलकुल नहीं लगना चाहिए था कि उसे बिना बताए या बिना उसकी मर्ज़ी के कुछ किया जा रहा था।

नीरजा ने हाथ हिलाते हुए उसकी तरफ़ इशारा किया और उसकी ओर बढ़ी। क़िस्मत से वो दूसरा आदमी उसे देखते ही वहाँ से चलता बना। प्रकाश के छोटे कड़क घुँघराले बाल हेयर जेल से उसके माथे से चिपके हुए थे। उसके आफ्टरशेव की गंध नीरजा की नाक को जला रही थी।

प्रकाश ने अपना माथा रगड़ा। “लग रहा है कि मैं पागल हो जाऊँगा। यह न्यूज़पेपर वाले। सुबह साढ़े सात बजे भी ये लोग यहाँ हैं।”

तो प्रकाश उस आदमी को जानता था और लग रहा था कि वो जर्नलिस्ट था। चटपटी ख़बर के लिए ये जर्नलिस्ट पुलिस के काम में दख़ल देने से भी बाज़ नही आते।

नीरजा को श्रुति का ख़याल आया और फिर सब कुछ पीछे की तरफ़ घूम-सा गया।

पाँच साल तीन महीने पहले।

श्रुति के ग़ायब होने की तहक़ीक़ात के दौरान भी इन अख़बार वालों ने नीरजा को एक पल के लिए भी अकेला नहीं छोड़ा था। और जब ये पक्का हो गया कि केस बुरी तरह बिगड़ चुका है तो उन्होंने नीरजा की सरेआम बेइज़्ज़ती करने में भी कोई कसर नहीं छोड़ी।

नीरजा और प्रकाश चुपचाप बिल्डिंग में दाख़िल हुए। नीरजा पिछली रात को गिरीश से हुई मुलाक़ात के बारे में प्रकाश को बताना चाहती थी लेकिन समझ नहीं पा रही थी कि शुरुआत कहाँ से करे। नीरजा गलियारों से होते हुए उनके ऑफिस की तरफ़ प्रकाश के साथ-साथ ही चलने लगी।

"तुम ज़रा मेरे ऑफिस में आओगी, बात करनी थी।"

नीरजा ने हाँ में सर हिलाया।

"मैं कॉफ़ी ले आता हूँ।"

"नो, थैंक यू। मेरे पास मेरी अपनी कॉफ़ी है।"

प्रकाश ने अपनी एक भौंह ऊपर की और मुड़ कर चला गया।

नीरजा ने अपनी मेज़ पर जाकर अपना बैग नीचे रखा। उसे कंपकंपी का एहसास हुआ मानों वह बीमार पड़ने वाली हो। वह बहुत थकी हुई थी। सिर्फ़ एक चीज़ जो उसकी मदद कर रही थी, वो थी—बस चलते चले जाना। वो भी इस कोशिश के साथ कि बिना होश गँवाए किसी तरह दिन कट जाए।

नीरजा ने अपनी कॉफ़ी मशीन में पानी डाल कर उसका फ़िल्टर होल्डर बंद कर दिया। और कोई रास्ता नहीं था। जब तक अपराधी आज़ाद घूम रहा था, उसके लिए आराम हराम था।

"मैं चाहता हूँ कि तुम मेरे साथ आराम घर तक चलो," प्रकाश ने दफ़्तर में दाख़िल होते हुए कहा। विक्रम और उसके कलीग के कमरे के मुक़ाबले ये वाला कमरा कुछ ज़्यादा बड़ा था। यह एक राउंड टेबल थी और मेटल की अलमारी दीवार के साथ लगी हुई थी। "ये इंडस्ट्रियल एरिया का एक केयर ज़ोन है जहाँ प्रोस्टिट्यूशन अलाउड है। हम वहाँ एक सोशल वर्कर से बात करने जा रहे हैं, जो प्रोस्टिट्यूट्स के साथ मिलकर काम करता है। शायद वो हमें कुछ बता सके।"

नीरजा ने हाँ में सिर हिलाया। "कल रात गिरीश ने मुझे कॉल किया था। मैं गयी थी उसके ऑफिस। उसे बॉडी पर कुछ ऐसे ज़ख्म मिले हैं जिन्हें एक्सप्लेन करना मुश्क़िल है। शायद उसने तुम्हें अपनी रिपोर्ट भेज दी हो।"

"किस तरह के ज़ख्म?"

"लड़के की अब्डोमिनल में एक कट था, जैसे किसी प्रोफेशनल ने किया हो, जैसे कि सिज़ेरियन सेक्शन के लिए कट लगाया हो।"

"तो उससे हमें क्या पता चलता है?"

"उस ग़ायब ग्लूटल मसल्स से जोड़कर देखें तो इसका मतलब हो सकता है कि ख़ूनी ने रेक्टम एरिया से कोई चीज़ बाहर निकाली है।"

प्रकाश एक पल के लिए कुछ नहीं बोला। उसके चेहरे पर भी नफ़रत के वही भाव थे जो नीरजा ने तब महसूस किए थे जब गिरीश ने उसे इस बारे में बताया था। "मतलब पक्का है कि सेक्सुअल एब्यूज किया गया है?" प्रकाश ने पूछा।

"हाँ, लेकिन गिरीश को इसका भी कोई एविडेंस नहीं मिला। देखा जाए तो इस केस के बारे में कुछ भी लॉजिकल नहीं है।" नीरजा ने अपना माथा रगड़ा। ऐसा लग रहा था जैसे उसका सर रुई में लपेटा हुआ था। उसने रात

को नींद की आधी गोली ली थी जो कि शायद एक बुरा फ़ैसला था क्योंकि कॉफ़ी पीने के बावजूद वह बहुत सुस्त महसूस कर रही थी। लेकिन ऑटोप्सी रूम से आने के बाद बिना नींद की गोली खाए सोने की कोशिश भी करना नामुमकिन था। नीरजा ने बची हुई गुनगुनी कॉफ़ी एक घूँट में ख़त्म की और मन बना लिया कि अपने दफ़्तर में वापस जाते ही कैफीन की एक और डोज़ ज़रूर लेगी।

"ये रही।" प्रकाश ने अपनी स्क्रीन की तरफ़ इशारा करते हुए गिरीश की भेजी गई रिपोर्ट पर क्लिक किया। "ओके। आज की मीटिंग में साथ ले जाऊँगा।"

नीरजा ने अपने दफ़्तर की तरफ़ वापस जाते वक़्त राजेश के दफ़्तर का दरवाज़ा खटखटाया। वह अपने दो और कलीग के साथ दफ़्तर शेयर करता था। राजेश, नीरजा को देख कर मुस्कुराया। वह शायद अकेला ही था जिसने बिना किसी भेदभाव के नीरजा की मौजूदगी को अपना लिया था।

"तुम्हें कुछ और मिला?" नीरजा ने पूछा।

"मुझे नहीं लगता कि लैपटॉप को एक भी बार यूज़ किया गया है। फ़ोन का लास्ट सिग्नल भी टिफ़िन टॉप से ही था, जहाँ उसकी बॉडी मिली थी।"

"लेकिन फ़ोन अब तक नहीं मिला।"

"नहीं, शायद ख़ूनी उसे ऑफ़ करके अपने साथ ले गया होगा। मेरे ख़याल से उसने बैटरी भी निकाल दी होगी। इसी वजह से कोई लोकेशन भी नहीं मिलेगी।"

नीरजा अपराधी की जो प्रोफाइल बना रही थी, ये उसके लिए एक ज़रूरी जानकारी थी। ये एक और सबूत था कि अपराधी अच्छे से जानता था कि वो क्या कर रहा था।

मीटिंग वाला कमरा ज़रा गरम था। प्रकाश बाक़ी की टीम को गिरीश की रिपोर्ट के बारे में बता रहा था और नीरजा उसको ध्यान से सुनने की कोशिश कर रही थी लेकिन उसके ख़यालात कहीं और ही भटक रहे थे। उसे किसी भी हाल में राजीव को फ़ोन करना था। पिछले दो दिनों से नीरजा की राजीव से कोई बात नहीं हुई थी क्योंकि राजीव के सोने के बाद वो घर जाती और उसके उठने से पहले ही घर से निकल आती।

"क्या प्रोग्रेस है विक्रम?" प्रकाश ने पूछा।

"कुछ चीज़ें अभी भी मिसिंग हैं लेकिन हम सिद्धार्थ के पूरे दिन को इमैजिन करने की कोशिश कर रहे हैं। एक पेड़ से गिरने के बाद उसने बैक पेन की शिकायत की थी। उसने अपने डैड को सुबह फ़ोन करके कहा था कि वो स्कूल नहीं जा पाएगा। लेकिन उसके डैड ने उसे स्कूल जाने के लिए कन्विंस किया और कहा कि स्कूल के बाद डॉक्टर को दिखा ले। सिद्धार्थ ने अपॉइंटमेंट नहीं लिया था लेकिन हम यह मानकर काम कर रहे हैं कि उसने डॉक्टर से मिलने का प्लान बनाया था।"

"हम ऐसा क्यों मान रहे हैं?" नीरजा ने पूछा।

विक्रम ने उसे नफ़रत भरी नज़रों से देखा और फिर उसके सवाल को नज़रअदाज़ करते हुए अपनी बात आगे बढ़ायी। "स्कूल से पहले वह अपने दोस्त गौरव से मिला था। दोनों ने साथ में कुछ सिगरेट पी थी।"

"ये उसके स्कूल का दोस्त था?" नीरजा ने पूछा।

"नहीं, ये एक पड़ोसी का लड़का है। फिर सिद्धार्थ स्कूल चला गया लेकिन वहाँ पहुँचने में उसे देर हो गयी थी, वह सेकंड पीरियड तक नहीं पहुँचा था।"

"क्या स्कूल वालों ने उसके डैड को उसकी एब्सेंस के बारे में बताया था?"

"हाँ, उन्होंने सिद्धार्थ के डैड से बात की और उसके डैड ने फिर उसके मोबाइल पर कॉल भी किया था लेकिन तब तक वो स्कूल पहुँच चुका था और सेकंड पीरियड शुरू होने का इंतिज़ार कर रहा था। उसने अपने डैड से बताया कि उसकी क्लास मिस हो गयी थी। उसका आख़िरी पीरियड फिजिकल एजुकेशन का था और उसने अपने टीचर से जल्दी जाने की परमिशन माँगी थी क्योंकि उसकी पीठ में काफ़ी दर्द था," विक्रम ने कहा।

"तो वो दर्द किसी और वजह से भी हो सकता था," नीरजा ने कहा। "हो सकता है ये दर्द उसकी आँत में फँसी किसी चीज़ की वजह से हो।"

"उसके दोस्त गौरव ने बताया कि एक दिन पहले वो लोग यूँ ही खेलते-खेलते पत्थर फेंक रह थे और सिद्धार्थ को चोट लग गयी थी," विक्रम ने कहा।

नीरजा ने लिख लिया। लग तो रहा था जैसे लड़के मटरगस्ती कर रहे थे लेकिन फिर भी नीरजा को कुछ ठीक नहीं लग रहा था। उसका काम ही ऐसा था कि वो सारे आँकड़ों को जानती-समझती थी। छोटे-मोटे अपराधियों वाली हर बात थी: वो बचपन में ही अपराध की दुनिया में आ जाते थे क्योंकि उनकी देख-रेख करने वाला कोई नहीं होता था, वो दिन भर ऊबते रहते थे और भविष्य का साफ़ रास्ता नहीं देख पाते।

नीरजा ने सिद्धार्थ की ज़िंदगी के बारे में सोचने की कोशिश की। उसके पिता कभी घर पर नहीं होते थे, उसकी माँ उस वक्त चल बसी थीं जब उसे उनकी ज़रूरत थी। ज़ाहिर था कि सिद्धार्थ को ममता भरा घर नहीं मिला था। विक्रम की आवाज़ ने नीरजा का ध्यान तोड़ा।

“सिद्धार्थ को जल्दी घर जाने की परमिशन नहीं मिली लेकिन वह फिज़िकल वाली क्लास में भी नहीं गया। एक लड़के ने उसे स्कूल के बाद बस में चढ़ते हुए देखा था और बताया कि हमेशा की तरह वो बैक सीट पर बैठकर अपने मोबाइल से खेल रहा था,” विक्रम ने कहा।

“घर-घर पूछताछ से कुछ पता चला?” प्रकाश ने पूछा।

“एक आदमी ने बताया है कि उसने सिद्धार्थ को टिफ़िन टॉप और शक्ति नगर के मोड़ पर एक बेंच पर बैठे हुए देखा था। उसको लगा जैसे वो किसी का इंतिज़ार कर रहा है।”

“*यह बहुत अजीब है।*”

“हाँ, क्योंकि वो डॉक्टर के क्लीनिक में जाने का प्लान कर रहा था लेकिन यह मोड़ वहाँ से एकदम अलग दिशा में है। क्लीनिक तो उसके घर से तक़रीबन 900 मीटर दूर है।”

“तो वो आख़िर टिफ़िन टॉप कैसे पहुँच गया?” नीरजा ने पूछा। सिद्धार्थ को जिस डॉक्टर के पास जाना था, उसका क्लीनिक जब उसके घर की तरफ़ है तो उलटी दिशा में क्यों गया! आखिर वह किस चीज़ में शामिल था? उस दोपहर को उसने क्या करने का प्लान बनाया था? क्या किसी ने उसे विश्वास में लेकर उसे बहकाया! शायद किसी ने उसकी तक़लीफ़ों के लिए अपना कंधा आगे बढ़ाया था? क्या वो लगाव की तलाश में ग़लती से एक पीडोफ़ाइल की बाँहों में चला गया था?

“ऐसा लगता है कि वहाँ जाने का निर्णय उसका ख़ुद का था। स्कूल के बाद वो बस में चढ़ा क्योंकि उसे कोई बस चेंज नहीं करनी पड़ती। बस ने उसे तक़रीबन घर के सामने ही उतारा होगा। और, डॉक्टर के पास जाने के लिए बस घर से एक स्टॉप पहले उतरना था।” विक्रम ने बताया।

“मगर वो वहाँ पहुँचा ही नहीं,” नीरजा ने ये बात नोट की।

“लगता है वो बस से काफ़ी पहले ही उतर गया होगा और फिर पैदल ही टिफ़िन टॉप तक गया या फिर कोई उसे वहाँ ले गया,” विक्रम ने कहा।

“किसी को कुछ पता है कि वो कहाँ उतरा था? इतना तो हम पता लगा ही सकते हैं।” प्रकाश ने कहा।

“हमने भी यही सोचा था लेकिन वो चुपके से उतरा था। वैसे एक दूसरी विटनेस भी है। एक औरत अपने कुत्ते के साथ वहीं थी। वो सिद्धार्थ के पास से निकली थी और सिद्धार्थ ने एक पल के लिए उनके कुत्ते को सहलाया था। इस वक़्त तक वो अकेला ही था। उस औरत का कहना है कि कुछ देर बाद जब उसकी नज़र पड़ी तो वह दो आदमियों के साथ था।”

“उन दोनों का कोई डिस्क्रिप्शन?” प्रकाश ने पूछा।

“नहीं, उस औरत ने उन लोगों को काफ़ी दूर से देखा था, इसलिए वह कुछ ठीक से नहीं बता पा रही है।” विक्रम ने कमरे में सबकी तरफ़ देखा। उसके चेहरे पर कोई भाव नज़र नहीं आ रहा था।

“और कोई विटनेस?” प्रकाश ने पूछा।

विक्रम ने ना में सर हिलाया। “फ़िलहाल हमारे पास बस यही है। उसकी लाश 3:30 के क़रीब स्कूल से वापस आते दो लड़कों को मिली थी।”

नीरजा ने ताज़ी हवा में साँस ली जो आज सुबह की तेज़ बारिश के बाद आती हुई शरद ऋतु की ख़ुशबू से भरी हुई थी। गीली, हल्के रंग की चीड़ की पत्तियाँ फ़र्श पर चिपकी हुई थीं। वैसे तो नीरजा बस थोड़ी देर के लिए ताज़ी हवा लेने बाहर निकली थी लेकिन बरामदे में फ़ैली उदासी देख कर उसने सोचा की पार्क का एक चक्कर लगा लिया जाए।

नीरजा ने अपने बैग से फ़ोन निकाला और राजीव को कॉल किया जो सीधा राजीव के वॉयसमेल में चला गया। दोपहर का वक़्त था, वह शायद कार में होगा और घर जा रहा होगा। नीरजा ने राजीव को मैसेज किया और फिर अपने डॉक्टर को फोन किया। वह असिस्टेंट की खुशमिजाज आवाज़ से चिढ़ गयी।

“मैं रिपीट प्रिस्क्रिप्शनके लिए कॉल कर रही हूँ।” नीरजा ने अपना नाम और डेट ऑफ़ बर्थ बतायी।

“कौन सी दवाई के लिए है ये, मैडम?”

“सेरेस्टा।”

“ओके, एक मिनट प्लीज।” असिस्टेंट ने उसे होल्ड पर डाल कर ज़बरदस्ती इरिटेटिंग म्यूजिक सुनने को मजबूर कर दिया। नीरजा को तेज़ सरदर्द था और उसने ख़ुद से कहा कि वो आज जल्दी घर जाएगी।

“आर यू स्टिल देयर?”

नीरजा कुछ बुदबुदायी।

“डॉक्टर भाटिया रिपीट प्रिस्क्रिप्शन लिखने से पहले आपसे एक बार मिलना चाहते हैं।” अस्सिटेंट ने कहा।

नीरजा ने लम्बी आह भरी। उनकी पिछली बातचीत के बाद तो ये होना ही था। साढ़े पाँच बजे के बाद उनके पास अपॉइंटमेंट की जगह ख़ाली थी। नीरजा ने फ़ोन वापस बैग में रखा और सिगरेट का एक पैकेट निकाल लिया जो उसने कल पेट्रोल पंप से ख़रीदा था। सिगरेट हमेशा से राजीव और उसके बीच बहस का एक मुद्दा रहा है। असल में नीरजा ने कई साल पहले सिगरेट छोड़ दी थी लेकिन इस वक़्त उसे निकोटीन की ज़रूरत थी। उसने पहला कश लिया और परेशानी दूर होती हुई महसूस की। उसने शांति से सिगरेट ख़त्म की और फिर दफ़्तर लौट आयी।

नीरजा लैपटॉप के सामने बैठी ही थी कि विक्रम ने दरवाज़े से अंदर झाँका।

"तुम इंटरव्यू रूम में आ सकती हो? सिद्धार्थ के डैड, मुकेश शर्मा आए हैं।"

नीरजा अपना पेन और नोटबुक लेकर इंटरव्यू रूम में पहुँच गयी जहाँ प्रकाश, सिद्धार्थ के पिता मुकेश के सामने बैठा हुआ था। मुकेश एकदम झुक के बैठा हुआ था मानो उसका दुःख किसी भारी वज़न की तरह उसके कंधों को नीचे दबाए जा रहा हो।

"आपका बेटा डॉक्टर के पास जाना चाहता था लेकिन टिफ़िन टॉप पहुँच गया। वो वहाँ क्या कर रहा था?" प्रकाश ने पूछा।

मुकेश ने अपने कंधे उचकाए। "मुझे नहीं पता," उसने हल्के से कहा और अपने हाथों की तरफ़ घूरने लगा।

"आपकी उस दिन उससे क्या बात हुई थी?"

"मैंने सुबह उससे फ़ोन पर बात की थी और दोपहर में यह पूछने के लिए मैसेज भी किया था कि वो डॉक्टर के यहाँ गया या नहीं, लेकिन उसका कोई जवाब नहीं आया। मैं सुबह सात बजे से कैब में था और शिफ्ट पूरी होने के बाद सीधा फैक्ट्री चला गया।"

"ये आपका नॉर्मल डेली रूटीन है?"

"हफ़्ते में चार दिन ऐसा ही रहता है। मैं अल्टरनेटिव शिफ्ट में काम करता हूँ और दो जॉब आसानी से सँभाल लेता हूँ।"

"और जिन दिनों आप कैब चलाते थे, उन दिनों सिद्धार्थ अकेला ही रहता था?"

मुकेश ने भीगी आँखों से ऊपर देखा। "वो काफ़ी इंडिपेंडेंट था और अपनी उम्र से काफ़ी बड़ा दिखता था। मुझे लगा सब ठीक है। हमें पैसों की ज़रूरत थी।"

"ऑफ़ कोर्स, मैं समझ सकता हूँ, सर। हम आप पर कोई इल्ज़ाम नहीं लगा रहे। बस कोशिश कर रहे हैं कि सिद्धार्थ के आख़िरी दिन को बारीकी से इमैजिन कर पाएँ। और ऐसा करने में उसके डेली रूटीन से हमें मदद मिल सकती है।" प्रकाश ने कहा।

"क्या आप सिद्धार्थ को बहुत पैसे देते थे?" नीरजा ने पूछा।

"मैं उसे हर हफ़्ते 100 रुपए पॉकेट मनी देता था। वह अपने कपड़े ख़ुद ख़रीदता था तो क़रीब 500 रुपए महीना और लगा लीजिए।"

नीरजा सिद्धार्थ की अलमारी में मिले महँगे कपड़ों और एकदम नये लैपटॉप के बारे में सोच रही थी। एक-एक स्वेटर की क़ीमत ही सिद्धार्थ के हर महीने मिलने वाले पैसों से कहीं ज़्यादा थी।

"और आप कभी उसको महँगे गिफ्ट देते थे?" नीरजा ने पूछा।

"नहीं मै'म, मैं इतना सब अफोर्ड ही नहीं कर सकता।"

"पर आप दो जॉब एक साथ करते हैं।"

मुकेश ने एक पल के लिए सख़्त नज़रों से नीरजा की ओर देखा और फिर से सर झुका लिया। "मुझे यह करने का शौक नहीं है।" वो अपने हाथों से खेल रहा था। "मेरे सर पर काफ़ी उधारी है। स्मिता की मौत के बाद मुझ पर काफ़ी परेशानियाँ आ गयी थीं और मैंने भी कुछ बेवक़ूफ़ियाँ की थीं।"

स्मिता, तस्वीरों में नज़र आ रही सुनहरे बालों वाली औरत। प्रकाश ने बताया था कि उसने आत्महत्या की थी। नीरजा तन के बैठ गयी और उसने प्रकाश से नज़र मिलायी जिसने बेहद हल्के से अपने कंधे उचका दिए। मुकेश बोलता रहा।

"मैंने जुआ खेलना शुरू कर दिया था। सिर्फ़ इसलिए ताक़ि मैं कुछ और सोच पाऊँ। अब नहीं खेलता। जुआ खेलना छोड़ दिया लेकिन अब भी सर पर उधार बाक़ी है।"

"किसका उधार चुकाना है?" प्रकाश ने पूछा।

"सिर्फ़ बैंकों का।"

नीरजा, प्रकाश को बातचीत ख़त्म करने तक सुनती रही जिसके बाद मुकेश चला गया।

कुछ देर तक दोनों अपने ख़यालों में खोये चुपचाप बैठे रहे। नीरजा सिद्धार्थ के पिता के दिये जवाबों को अपने मन में फिर-फिर दोहराती रही। उसने इंटरव्यू के दौरान उसके हाव-भाव के बारे में सोचा। उसने महसूस किया कि वह काफ़ी उदास था लेकिन कुछ और बात भी थी।

"यह आदमी हमें सब कुछ नहीं बता रहा।" नीरजा ने कहा। "सिद्धार्थ का कमरा महँगी चीज़ों से भरा हुआ था। कुछ तो झोल है।"

"मुझे भी यही लग रहा है," प्रकाश ने कहा।

"हम उसकी मॉम के सुसाइड के बारे में क्या जानते हैं?"

"अभी तक कुछ भी नहीं। मैंने वो विक्रम पर छोड़ दिया है।"

"विक्रम ने उसके दोस्तों से भी स्टेटमेंट ली है न?"

"वो उसके क्लास के सभी बच्चों से मिला था। वो लड़का गौरव, अपनी माँ के साथ अपने आप कल पुलिस स्टेशन आया था," प्रकाश ने कहा।

"वो पत्थर फेंकने वाला?"

"हाँ, उसने ये भी बताया कि सिद्धार्थ का उसके अलावा और कोई दोस्त नहीं था। मुझे ये बात थोड़ी अज़ीब लगी।"

"पता नहीं बट मुझे लगता है कि पिछले कुछ सालों में सिद्धार्थ काफ़ी बुरे वक़्त से गुज़रा है। एक माँ जिसने ख़ुद की जान ले ली, एक बाप जो इस सब से निबट नहीं पाया और सारा पैसा जुए में उड़ा दिया और सिद्धार्थ को अपने हाल पर छोड़ दिया, तो भी इन सब चीज़ों के बीच," नीरजा ने कहा।

"ये तुम कैसे कह सकती हो? हो सकता है सिद्धार्थ का अपने डैड मुकेश से सच में संबंध बहुत अच्छा रहा हो।"

"हाँ, यह बिलकुल हो सकता है लेकिन जब मैं मुकेश को सुनती हूँ तो लगता है कि उसका ध्यान उसकी ख़ुद की दिक़्क़तों पर ज़्यादा है।"

घर जाते वक़्त नीरजा को प्रिस्क्रिप्शन के लिए अपने डॉक्टर से मिलते हुए जाना था। वो डॉक्टर भाटिया के सामने वाली कुर्सी पर बैठी तो उसके हाथों में हल्का पसीना था। आठ साल पहले जब वह हल्द्वानी में रहने आयी थी तब से वही उसके डॉक्टर थे। उन्हें न सिर्फ़ नीरजा का इतिहास पता था बल्कि पिछले कुछ सालों के बुरे वक्तों की जानकारी भी थी।

"तुम्हें नींद की दवाइयाँ चाहिए?" उन्होंने नीरजा से अपने पढ़ने वाले चश्मे से ऊपर देखते हुए पूछा। डॉ. भाटिया से झूठ बोलने का कोई फ़ायदा नहीं था, वो नीरजा को बहुत ठीक से जानते थे। जितने भी साइकेट्रिस्ट से वह आज तक मिली थी, उनके मुक़ाबले नीरजा को सब से ज़्यादा भरोसा डॉ. भाटिया पर ही था।

"फ़िलहाल तो मैं उन दवाइयों के बिना नहीं रह सकती।"

"लेकिन हमने बात कि थी तुम इन्हें छोड़ दोगी, राईट?"

नीरजा ने हाँ में सर हिलाया और फिर अपने हाथों की तरफ़ देखने लगी जो उसकी गोद में तह लगाए-से रखे थे। ये इतना मुश्क़िल क्यों है? डॉ. भाटिया सिर्फ़ एक काग़ज़ पर दवाई भी तो लिख सकते थे जिसे वह किसी फार्मेसी से ले लेती ऐसा तो था नहीं कि वो प्रेस्क्राइब नहीं करते तो नीरजा को ये दवाई कहीं और से नहीं मिलती!

"मैं एक केस पर काम कर रही हूँ। एक बच्चे का मर्डर केस है।" नीरजा ने खिड़की से बाहर देखा। "कुछ पुरानी यादें लौट आयी हैं और डरावने सपने भी। बिना दवाइयों के मैं सो नहीं पाती और बिना नींद के मैं कुछ नहीं कर सकती।"

“नीरजा, मैं आपको ये दवाइयाँ प्रेस्क्राइब कर सकता हूँ लेकिन हम दोनों जानते हैं कि ये समाधान नहीं है। आपके साइकेट्रिस्ट ने क्या कहा?”

“मैं उनसे काफ़ी टाइम से नहीं मिली।”

“एक काम करते हैं, मैं सिर्फ़ कुछ गोलियाँ प्रेस्क्राइब करता हूँ लेकिन इस शर्त पर कि आप अपने साइकेट्रिस्ट से जल्दी मिलेंगी।”

नीरजा ने हाँ में सर हिलाया।

नीरजा डॉक्टर के यहाँ से सीधा केमिस्ट के पास गयी। उसने काले पेन से प्रेस्क्रिप्शन में कुछ बदलाव कर दिए थे। उसे ज़्यादा गोलियाँ चाहिए थीं। उसने उसमें प्रोवोजिल भी लिख लिया। ये वो दवाई थी जिससे नींद की गोलियों के बाद होने वाली सुस्ती को हटाया जा सके। इन हालातों में उसके पास और कोई चारा नहीं था। नीरजा ने ख़ुद को समझाया कि इस केस के ख़त्म होते ही वह ये सब दवाइयाँ छोड़ देगी। वह जानती थी कि ग़लत कर रही है मगर उसके पास साइकेट्रिस्ट के पास जाने का वक़्त नहीं था। वैसे भी वहाँ होने वाली बातचीत उसे और भी परेशान कर देती थी और इस वक़्त वो ख़ुद को और परेशान नहीं करना चाहती। वैसे भी उसके लिए अपने आपको सँभाल पाना किसी मुश्क़िल होता जा रहा था।

नीरजा छः बजे से पहले घर आ गयी। उसने लिविंग रूम की बड़ी खिड़की से एक छोटे से बच्चे को भागते-दौड़ते देखा। वो आर्यन था। नीरजा उसे दौड़ कर गले लगा लेना चाहती थी और दिन भर में क्या-क्या हुआ, उसकी सारी कहानियाँ सुनना चाहती थी। वह जल्दी से अंदर गयी और दरवाज़े के पास ही अपना हैंडबैग फेंक दिया। उसे अहाना की मीठी आवाज़ सुनाई दी और फिर अहाना का तालियाँ बजाते हुए हँसना सुनाई दिया। नीरजा मुस्कुराए बिना न रह सकी।

"मम्मी... " आर्यन नीरजा के पास दौड़ता हुआ आया। "हमने आज बर्गर और फ्राइज खाये," उसने खिलती हुई बड़ी-सी मुस्कान के साथ कहा।

टीवी की आवाज़ कम थी लेकिन अहाना का पूरा ध्यान स्क्रीन पर नज़र आ रहे रंग-बिरंगे कूदते-फाँदते लोगों पर था। नीरजा ने उसे पुकारा। सिर्फ़ एक छोटी-सी टी-शर्ट और नैपी पहने हुए, जो उसके घुटनों पर लटक रही थी, अहाना नीरजा के पास आयी। उसने नीरजा के चेहरे को अपने गोल-मटोल हाथों में लिया और उसकी नाक पर एक गीली सी किस कर दी। नीरजा ने उसकी नैपी उतारी तो सुस्सू की बदबू उसकी नाक में भर गयी। नीरजा ने नैपी को कचरे के डब्बे में डाला और कुछ देर अहाना को यूँ ही घूमने दिया।

"सब ठीक है वहाँ?" नीरजा ने पूछा।

राजीव सोफ़े पर लेटा हुआ था और उसका आई-पैड उसकी गोद में था। उसने ऊपर देखा तक नहीं। नीरजा राजीव के पास गयी और उसे चूमने के लिए झुकी।

"कोई प्रॉब्लम है?" नीरजा उसके साथ सोफ़े के किनारे पर ही बैठ गयी। अहाना नीरजा की टाँग पर चढ़ने की कोशिश करने लगी। "राजीव?"

राजीव उठ के बैठ गया और उसने नीरजा को चिढ़ते हुए देखा। *"सब ठीक तो है न !"* "हम डिनर साथ करेंगे न?"

"बच्चों ने बाहर खा लिया और मैंने सैंडविच बना लिया था। जब मैंने खाना बनाया तब तुम दो दिन से घर ही नहीं आयी तो मैंने सोचा आज क्यों मेहनत करूँ।"

"कोई बात नहीं, मैं अपने लिए सैंडविच बना लेती हूँ।

नीरजा राजीव के बालों में हाथ फेरना चाहती थी लेकिन उसने नीरजा के हाथ को पीछे झटक दिया और वहाँ से उठ गया। अहाना तब तक नीरजा की गोद में जा बैठी थी और उसका ध्यान अपनी तरफ़ खींचने के लिए जितनी ज़ोर से हो सकता था, उतनी ज़ोर से चिल्लाने लगी। नीरजा ने ध्यान से अहाना को ज़मीन पर बैठाया और राजीव के पीछे-पीछे गयी जो न जाने गलियारे की तरफ़ कहाँ ग़ायब हो गया था। नीरजा ने अपने पीछे रसोई का दरवाज़ा बंद किया और दूसरी तरफ़ रोती हुई अहाना को छोड़ कर आगे बढ़ गयी।

"राजीव, मुझे बहुत ही डिफिकल्ट केस मिला है।"

राजीव नीरजा की तरफ़ पीठ किए खड़ा था और उसने कोई रिएक्शन नहीं दिया।

"एक लड़के का टिफ़िन टॉप पर मर्डर हो गया है। एक टीनेजर लड़के का। मुझे मर्डरर की प्रोफाइल बनाने के लिए कहा गया है और ये आसान नहीं है। और इसमें टाइम बहुत इम्पॉर्टेन्ट है, क्योंकि वो ख़ूनी अभी भी फ्री घूम रहा है।"

"तुम्हें इन्वॉल्व करने तक सब फ्री ही घूम रहे होते हैं।"

"इस बार इट्स डिफरेंट। यह एकदम अलग तरह का मॉमला है। ख़ूनी किसी भी वक़्त फिर से अटैक कर सकता है। मैं तो ख़ुद ये केस नहीं लेना चाहती थी मगर ये मेरे हाथ में नहीं है। तुम सपोर्ट करोगे तो मुझे अच्छा लगेगा।"

राजीव ने उसे नफ़रत भरी नज़रों से देखा और सीढ़ियाँ चढ़ गया। "मैं थका हूँ, सोने जा रहा हूँ।"

नीरजा अपनी मुट्ठियाँ भींचे सीढ़ियों के नीचे खड़ी थी और देखती रही कि कैसे वो ऊपर चढ़के कमरे में गया और पीछे से दरवाज़ा धड़ाम से बंद कर लिया। राजीव उसे ज़रा भी समझने की कोशिश क्यों नहीं करता? सब कुछ बस राजीव और उसकी तक़लीफ़ों के बारे में था जबकि नीरजा पूरे दो साल से काम और परिवार के बीच झूल रही थी और वो भी सिर्फ़ इस कोशिश में कि राजीव ठीक रहे। और इस बार जब नीरजा को ज़रूरत थी तो राजीव ने मुँह फेर लिया था।

नीरजा ने दरवाज़ा खोला, रोती हुई बच्ची को उठाया और उसे ज़ोर की झप्पी दी। "मीठू-मीठू खाना है?" वो अहाना के कान में फुसफुसायी। एकदम से मूड बदल गया और आँसुओं के बावजूद अहाना की बड़ी और ख़ूबसूरत आँखें मुस्कुरा उठीं। "आर्यन, तुम भी दही खाओगे?"

आर्यन टीवी बंद करके मेज़ पर बैठ गया। "डैडी कहाँ गए?"

"वो लेटने गए हैं। थक गए हैं।"

"आप कहाँ थीं, मम्मी?"

"मुझे काम करना था, बेटा। मैं एक बुरे आदमी को पकड़वाने में पुलिस की हेल्प कर रही हूँ।" आर्यन अब उसके काम के बारे में समझने लगा था और इसलिए अपने काम के बारे में सजा-धजा के बताना और भी मुश्क़िल होता जा रहा था। मगर नीरजा उसे अपने रोज़मर्रा के काम के बारे में नहीं बताना चाहती थी। भगवान करे उसकी मासूमियत बनी रहे।

"आप घर पर नहीं रहतीं तो मुझे अच्छा नहीं लगता। आय मिस यू," आर्यन ने दही खाते-खाते कहा।

अहाना की मेज़ पर फैलायी गंदगी साफ़ करने के लिए नीरजा रसोई से एक कपड़ा ले आयी। "*आई नो एंड आई मिस यू टू।*" उसने अपने हाथ आर्यन के घुँघराले बालों में फिराए और उसके माथे को चूमा। "इस वीकेंड कुछ मस्ती हो जाए?"

आर्यन की आँखें चमक उठीं।

"ज़ू चलें?"

आर्यन ख़ुशी के मारे कुर्सी पर नाचने लगा।

बच्चों के सोने तक राजीव वापस नीचे नहीं आया था। इससे नीरजा को उसके और राजीव के बीच हुई बहस के बारे में सोचने का वक़्त मिल गया था। नीरजा ने पिछले कुछ दिनों से अपने आपको काम में झोंक के रख दिया था। वह ये भी समझती थी कि ये सब राजीव के लिए भी आसान नहीं था। लेकिन वो ये भी नहीं समझ पा रही थी कि आने वाले कुछ दिनों में वो हालात को कैसे बदल सकती थी। जब तक राजीव आधा दिन काम कर रहा था, नीरजा के पास अपने काम पर सौ फ़ीसदी ध्यान देने के अलावा और कोई चारा नहीं था। आख़िर उसकी कमाई पर ही सब चल रहा था। वो राजीव को बताएगी कि गौतम ने किस तरह का दबाव उस पर डाला हुआ था। वो उसे सिद्धार्थ के बारे में एक बार और बताने की कोशिश करेगी। पर ये सब बहाने थे। अपने और अपने परिवार के बीच में काम को आने देना बिलकुल सही नहीं था। नीरजा एक ऐसे लड़के के लिए लड़ रही थी जिसे वो जानती तक न थी जबकि राजीव और बच्चे उसका यहाँ इंतज़ार कर रहे थे। उन्हें भी उनकी माँ की ज़रूरत थी।

"तुमसे सिगरेट की स्मेल आ रही है," राजीव बिना नीरजा को मौक़ा दिए उस पर टूट पड़ा। "मुझे लगा था तुमने छोड़ दिया है।"

नीरजा ने एक गहरी साँस ली। सुलह करने की क्या ही बेहतरीन कोशिश की जा रही थी। नीरजा उसको जवाबदेह नहीं थी। "मैं कोई बच्ची नहीं हूँ, राजीव।"

"तो मतलब अब ऐसे ही चलेगा?" वो उसके सामने मुट्ठियाँ भींचते हुए खड़ा था।

"ओह गॉड!! एक्ट नॉर्मल! मैं पहले ही बहुत सी चीज़ों को लेकर परेशान हूँ।"

"वो तो मैं देख ही रहा हूँ। तुम हम सबको भूल ही चुकी हो।"

"मैंने तुम्हें आज कॉल किया था।"

"ऑफ़ कोर्स! तुम सोच रही होगी कि दो दिन के बाद मैं कैसा हूँ। दो दिन, नीरू।"

"और तुम मुझे कॉल नहीं कर सकते थे?"

"मैंने पहले दिन किया था लेकिन तुमने कॉल बैक करना भी ज़रूरी नहीं समझा। ऑफ़ कोर्स, तुम्हें किसी चीज़ की टेंशन लेने की क्या ज़रूरत है, मैं हूँ ना इडियट जो घर पर बच्चों को देख ही रहा हूँ।"

"तुम उनके बाप हो।"

"हाँ और मेरी लाइफ़ में सिर्फ़ यही एक काम है। तुम आधी रात को वापस आती हो और सुबह फिर से काम पर चली जाती हो, बिना ये बताए कि जा कहाँ रही हो। मुझे तो इतना भी नहीं पता कि तुम आजकल काम क्या करती हो! तुम्हारे पंत नगर के कलीग ने बताया कि तुम आजकल कहीं और जाती हो। तुम्हें पता है कि यह कैसा फ़ील होता है, नीरू? आई फेल्ट सो स्टुपिड कि मैं उनसे पूछ भी नहीं पाया कि तुम हो कहाँ। तुम्हें कभी ख़याल भी आया कि तुम्हारी ज़रूरत यहाँ भी है, नीरू? तुम्हें कभी लगा कि तुम एक माँ भी हो?"

"धिक्कार है राजीव! और कितना नीचे गिरोगे? ऑफ़ कोर्स, मैं माँ भी हूँ, लेकिन मुझे घर भी चलाना है।"

"और वो तो मैं कर ही नहीं सकता न"

नीरजा को राजीव की आँखों में आँसू उभरते नज़र आए। ये सब किस बारे में था? ज़ाहिर है कि इस सब का उसके काम और बिजी दिनों से तो कोई लेना देना नहीं था।

"तुम्हें नहीं लगता कि मैं भी इस सब से तंग आ चुका हूँ? सिर्फ़ पड़ा हुआ हूँ यहाँ, कुछ नहीं कर सकता मैं।" राजीव रसोई में पड़ी एक कुर्सी पर निढाल हो गया। "चूतिया हूँ मैं।"

"राजीव!" अब एक पश्चाताप नीरजा पर हावी हो रहा था। उसने जा कर राजीव को अपनी बाँहों में समेट लिया। राजीव ने अपने आपको उसके पेट में छुपा लिया और रोने लगा। वह उसे दिलासा देने के लिए सही लफ़्ज़ ढूँढ रही थी पर सोच ही नहीं पायी कि क्या कहे।

सिद्धार्थ की मौत को एक हफ़्ता हो चुका था और पुलिस अभी ख़ूनी के बारे में कुछ भी कारगर नहीं जान पायी थी। नीरजा प्रकाश के पीछे चल रही थी। वे लोग उस सोशल वर्कर से मिलने जा रहे थे जो वेश्याओं के साथ केयर जोन में काम करता था। हल्की दोपहरी थी और शरद ऋतु के सूरज ने आराम घर के आस-पास बेकार पड़े ज़मीन के टुकड़ों को सुनहरी रोशनी में भिगो दिया था।

उनके सामने एक सलेटी रंग का कंटेनर था जिसका इस्तेमाल लिविंग रूम की तरह किया जा रहा था। प्रकाश ने बताया था कि वेश्याओं को सर्दी के दिनों में वहाँ जाकर थोड़ी गरमी लेने की इजाज़त है। उसके आस-पास एक बाड़ था। इस कंटेनर से होता हुआ एक रास्ता काम करने की जगह ले जाता था। उन सफ़ेद पत्थरों तक, वेश्याओं के ग्राहक अपनी गाड़ियाँ रोक कर सस्ते मज़े ले सकते हैं।

एक आदमी ने बाहर आ कर दरवाज़ा खोला। नीरजा ने चुपचाप सोशल वर्कर को देखा और प्रकाश को ही बात करने दिया। उस आदमी ने अपना नाम व्योम दीवान बताया और हाथ मिलाने के लिए अपना ढीला-ढाला हाथ आगे बढ़ा दिया। उसकी बाज़ुओं पर ढेरों टैटू बने हुए थे: फीकी टेढ़ी-मेढ़ी लक़ीरों ने कलाई तक उसकी त्वचा को बिगाड़ दिया था।

वे दोनों व्योम के पीछे-पीछे अंदर गए। दीवारें ख़ाली थीं लेकिन ज़मीन पर क़ालीन बिछी हुई थी और वहाँ एक सोफ़ा और टीवी था। दूसरी तरफ़ एक छोटी सी रसोई और बड़ा सा डाइनिंग टेबल था। छत पर चमकती लाइट कमरे को डरावना बना रही थीं मगर नीरजा ने अंदाज़ा लगाया कि शायद वेश्याओं के लिए वो सबसे बढ़िया जगह होगी। यहाँ पर आते वक़्त रास्ते में प्रकाश ने उसे व्योम द्वारा किए जा रहे सामाजिक कार्यों के बारे में थोड़ा-बहुत बताया था। नीरजा ने सोचा कि व्योम शायद एक जवान आदमी होगा लेकिन वह तो क़रीब 50 साल के आसपास का दिख रहा था।

“ये हमारा लिविंग रूम है,” व्योम ने अपने आसपास इशारा किया, “यहाँ वे किसी भी समय आ सकती हैं। सर्दियों में यहाँ ज्यादा आती हैं। फ़िलहाल यहाँ कोई नहीं है। ज़ाहिर है वे सब डर के छुप गयी होंगी क्योंकि वे जानती हैं कि आप लोग पुलिस से हो।” उसने अपने चिकने सफ़ेद बाल अपने चेहरे से एक तरफ़ हटाए।

नीरजा ने प्रकाश से एक्सेस पास और फेज़-आउट-पॉलिसी के बारे में सुना। उसी दौरान नीरजा ने व्योम के बारे में जितनी हो सकती थी, उतनी जानकारी हासिल करने की कोशिश की। व्योम सड़क से ही उठ के आया था, इसीलिए वेश्याएँ उससे मदद लेने से झिझकती नहीं थीं।

"औरतें अभी भी सड़कों पर काम कर रही हैं। टिफ़िन टॉप यहाँ से सिर्फ़ 2 कि. मी. दूर है और वहाँ भी प्रॉस्टिट्यूशन चल रहा है। लेकिन औरतें यहाँ की बजाय उस लोकेशन पर क्यों जा रही हैं?" नीरजा ने पूछा।

व्योम मेज़ पर बैठ गया जिस पर प्लास्टिक के बदरंग फूलों से भरा एक फूलदान रखा था। "इस साले पास की यही तो दिक्कत है। वे इस केयर ज़ोन में आ नहीं सकतीं और इसीलिए कहीं और चली जाती हैं। मैं कब से रिक्वेस्ट कर रहा हूँ कि नयी औरतों को इंट्री दी जाए। लेकिन वे लोग सिर्फ़ मुसीबत को टाल रहे हैं। मैं बराबर टिफ़िन टॉप पर जाता हूँ और वहाँ औरतों को अपने सामाजिक कार्यों के बारे में बताता हूँ। कम से कम उन्हें इतना तो पता है कि वे कहाँ जा सकती हैं। उससे ज़्यादा हम कुछ नहीं कर सकते।"

"और ये लड़का, इसे जानते हो?"

व्योम ने सिद्धार्थ की तस्वीर पर ऊँगलियाँ फेरीं और कुछ देर तक ताकता रहा। "आपका कलीग मुझसे पहले ही इस बारे में पूछ चुका है। सॉरी, मैंने इसे पहले कभी नहीं देखा।"

कार में पुलिस स्टेशन वापस लौटते समय दोनों ने ज़्यादा वक़्त चुप्पी में ही गुज़ारा। नीरजा को यक़ीन ही नहीं हो रहा था कि ठीक पुलिस की नाक के नीचे खुले आम वेश्यावृत्ति चल रही है। क्या सिद्धार्थ बस ग़लत वक़्त पर ग़लत जगह था? क्या वो ग़लत तरह के लोगों से मिलने के चलते उनका शिकार हो गया? नहीं। क्योंकि अगर ऐसा हुआ होता तो वो सब एक भावावेग में किया काम होता लेकिन इस केस के अभी तक के सारे सुराग इस बात की उल्टी तरफ़ इशारा कर रहे थे।

"तुम लोग टिफ़िन टॉप की प्रॉस्टिट्यूटस के बारे में कुछ क्यों नहीं करते?" नीरजा ने प्रकाश से पूछा।

"ये सब इतना सिम्पल नहीं है।"

"प्रॉस्टिट्यूशन इन्लीगल है। पुलिस कोई एक्शन लेकर सड़कों को ख़ाली क्यों नहीं करवा देती?"

"दिक़्क़त ये है कि कुछ ही दिनों में इन लड़कियों को पैसों की ज़रूरत पड़ेगी और वे फिर से बाहर आ जाएंगी। यह एक दुश्चक्र है। ज़्यादातर इससे कभी नहीं छूट पातीं।"

"काफ़ी ख़तरा है क्या वहाँ?"

"कहना मुश्क़िल है। अगर तुम ऐसे ही घूमते-फिरते उस मोहल्ले में जाओगी तो तुम्हें कुछ भी अजीब नहीं लगेगा। अजीबोग़रीब माहौल है वहाँ का, एक पैरलल वर्ल्ड जैसा। और ज़्यादा सुरक्षा भी नहीं है। ज़्यादातर वेश्याएँ बिना दलालों के ही काम करती हैं और नशे के अपने अगले शॉट के लिए कुछ भी करने को तैयार हो जाती हैं। इसी वजह से हिंसा का शिकार भी होती हैं रेप, शोषण जैसी चीज़ें तो नॉर्मल हैं और जो अपराध दर्ज़ हो पाते हैं, वो तो बस सुई की नोक बराबर हैं क्योंकि ज़्यादातर औरतें अपना मुँह बंद ही रखती हैं।"

"व्योम के बारे में क्या ख़याल है?" नीरजा ने पूछा। वो बातचीत के दौरान कुछ ख़ास सोच नहीं पा रही थी। "वो उस दुनिया को बेहतर जानता है, क्या वो इसमें शामिल हो सकता है?"

"मुझे भी ऐसा लगा था। लेकिन विक्रम पहले ही तफ्तीश कर रहा है। व्योम के लिए सारा सामाजिक कार्य किन्हीं चीज़ों से छुपने का ज़रिया हो ही सकता है।" प्रकाश रेड लाइट पर रुका। "भूख लगी है?"

नीरजा पर प्रकाश के शब्दों का एहसास होने में एक पल लगा। "क्या मतलब?"

"मेरी पत्नी ने डिनर तैयार कर लिया है। चल के खाएँ?"

नीरजा ज़रा हिचकिचाई। जब तक ये सारी जानकारी उसके दिमाग़ में ताज़ा थी, उसे केस पर काम करना था। अगर प्रकाश के साथ जाती है तो तय था कि रात को फिर से देर हो जाएगी। मगर वो बिना रुके काम करे तब भी रात को 8 बजे से पहले घर नहीं पहुँच पाएगी। और राजीव के बेरुख़े बर्ताव के ख़याल ने ही पक्का कर दिया था कि घर जाकर जाने क्या सुनना पड़े। और फिलहाल वो ऐसा-वैसा कुछ सुनने की स्थिति में नहीं थी।

इसलिए नीरजा ने हामी भर दी, *"दैट विल बी ग्रेट, थैंक यू।"*

प्रकाश नैनीताल से बाहर एक नहर के किनारे रहता था। रास्ते के साथ ही ख़ाली मैदान में कुछ सेब के पेड़ थे जहाँ से दो टट्टू अलसाते हुए उन्हें देख रहे थे।

प्रकाश ने नीरजा को उन्हें देखते हुए देखा। "वो मेरी बेटी, रिया के हैं। वह घोड़ों के लिए पागल है।"

नीरजा उसके पीछे घर के पिछले हिस्से में गयी। वहाँ एक बग़ीचा था जहाँ से घर के पीछे फैले हुए खेत साफ़ देखे जा सकते थे। वहाँ बेहद ख़ूबसूरत पापड़ा की झाड़ियाँ और इस मौसम में भी पीले गुलाबों की लम्बी क्यारी लहरा रही थी। हवा में गुलाबों की ख़ुशबू थी। नीरजा ने आख़िरी बार ये ख़ुशबू तब महसूस की थी जब वह अपनी दादी से मिलने नेपाल गयी थी। कोई इस बग़ीचे को इतना ख़ूबसूरत बनाये रखने के लिए घंटों काम कर रहा होगा।

"क्या ख़ूबसूरत जगह है! तुमने मालियों की फौज रखी है क्या?" नीरजा हँसी।

"नहीं, यह सब मेरी पत्नी की वजह से है। बागवानी उसकी हॉबी है और वो अपने खाली समय का हर सेकंड इधर ही लगाती है।" प्रकाश ने दरवाज़ा खोला और नीरजा को पहले अंदर जाने दिया। नीरजा एक बैठके से होते हुए घर में घुसी जिस पर टाइल्स लगी हुई थीं और वहाँ डिटर्जेंट और वाशिंग से आती हुई भीनी हवा की गंध फ़ैली हुई थी। प्रकाश उससे आगे बढ़ता हुआ रसोई में गया और उसने अपनी बीवी को गले लगा लिया।

"ये नीरजा है, आज हमारे साथ ही डिनर करेगी।"

नीरजा ने हाथ मिलाने के लिए हाथ आगे बढ़ाया लेकिन उस भारी स्तनों वाली औरत ने हाथ मिलाने कि बजाय नीरजा को गले लगा लिया। "मैं शिल्पा हूँ। ग्रेट टू मीट यू। तुम वही हो न, प्रोफाइलर? प्रकाश ने मुझे तुम्हारे बारे में सब बताया है।" शिल्पा किचन में जाने के लिए मुड़ी। "ख़ूनी के बारे में कुछ पता चला तुम लोगों को?"

नीरजा ने ना में अपना सर हिलाया।

"हमारे बच्चों के पेरेंट्स इस सब से काफ़ी परेशान हैं। इन फैक्ट, बहुत डरे हुए हैं।" शिल्पा ने कहा।

"शिल्पा एक डे केयर सेंटर संभालती है," प्रकाश ने बताया।

"हम लोग आफ्टर स्कूल केयर भी प्रोवाइड करते हैं और कई पेरेंट्स तो अब अपने बच्चों को बाहर खेलने भी नहीं देना चाहते।" शिल्पा ने हल्की परेशानी दिखाते हुए अपना सर हिलाया।

नीरजा ने दरवाज़े से देखा कि प्रकाश लिविंग रूम में सोफ़े के पास खड़ा था जहाँ उसे दो बच्चे भी दिखायी दे रहे थे। दो चमकते हुए छोटे-छोटे चेहरे: एक लड़का और एक लड़की। लड़की क़रीब 10 साल की होगी। वह पक्का रिया होगी। उसके काले घने बालों को चोटी में बाँधा गया था और वह अपनी बड़ी और गहरी आँखों से नीरजा को देख रही थी। उसका भाई उससे थोड़ा ही छोटा होगा और वो पूरी तरह से टीवी पर चल रहे कार्टून में घुसा हुआ था।

उन सभी ने चिकन और सब्ज़ियों के साथ चावल खाए और साथ में सॉस भी खायी जो अब तक खाये हर सॉस से बेहतर थी।

"यू आर ऑलवेज वेलकम हियर, नीरजा। प्रकाश ने मुझे बताया था कि तुम अक्सर देर तक काम करती हो और फिर तुम्हें वापस हल्द्वानी जाना पड़ता है। काफ़ी दूर है।" शिल्पा ने नीरजा को देखते हुए कहा।

नीरजा मुस्कुरायी और बस एक "थैंक यू" बुदबुदा पायी। मैं यहाँ क्या कर रही हूँ? मैं घर क्यों नहीं गयी? आज शाम को घर से ही काम कर सकती थी। घर पर मैं इस वक़्त राजीव, आर्यन और अहाना के साथ अपने डाइनिंग टेबल पर होती। यूँ तो इस वक़्त नीरजा के ख़ुद के घर में चीज़ें इतनी आसान और कम्फ़र्टेबल नहीं थीं लेकिन वही वह जगह थी जहाँ उसे होना चाहिए था। वह अपनी मुसीबतों से भाग रही थी। जैसे कि वह अपने परिवार की ख़ुशियों के लिए लड़ने को अब बिलकुल तैयार नहीं थी।

"कोई प्रॉब्लम है?" प्रकाश ने पूछा।

"नहीं नहीं, सब ठीक है।" नीरजा ने चम्मच नीचे रखा। "मैं बस केस के बारे में सोच रही थी।"

"गुड," प्रकाश ने कहा। प्रकाश ने अपनी कुर्सी पीछे खींची और उठ खड़ा हुआ। "सॉरी, हमें फिर से जाना होगा। लेकिन कल मैं खाना बनाऊँगा।" प्रकाश ने शिल्पा के माथे को चूमा और बच्चों को बाय कहा। "मम्मी को परेशान मत करना, ओके? गुड नाईट!"

नीरजा पहले ही बाहर जा चुकी थी। वो पिछले दरवाज़े की सीढ़ी पर एक पल के लिए रुकी और दूर फैले खेतों को देखने लगी। उसे राजीव से बात करनी ही होगी, उन्हें अपने रिश्ते पर काम करना होगा। शायद उन्हें साथ में कुछ मस्ती करने की ज़रूरत थी। नीरजा को याद भी नहीं था कि आख़िरी बार सिर्फ़ वो दोनों डिनर के लिए बाहर कब गए थे। वह चाहती थी कि उसके बच्चों को भी एक प्यार भरे घर का एहसास हो।

प्रकाश ने नीरजा और विक्रम को केस के बारे में जानने के लिए शुक्रवार को अपने दफ़्तर में बुलाया था। हमेशा की तरह विक्रम ने नीरजा को अनदेखा ही किया: एक घुसपैठिए, एक अनचाहे कॉम्पेटीटर की तरह।

"तो कहाँ पहुँचे हम लोग?" प्रकाश ने बात शुरू की।

"सब कुछ क्लियर है अब," विक्रम ने कहा। "मैं सही था, क्लूज़ कन्फर्म हो रहे हैं।"

"थोड़ा समझाओगे?" प्रकाश ने पूछा।

"वो वीभत्स घाव। पैथोलोजिस्ट ने कहा कि हो सकता है रेक्टम से कोई चीज़ निकाली हो। मैं अभी भी यही कहूँगा कि ये किसी पीडोफ़ाइल ग्रुप का काम है जिनके लिए एविडेंस मिटाना ज़रूरी था।"

"ये चीज़ों का सरलीकरण है," नीरजा ने कहा।

"सुनो, मैं सिर्फ़ इतना पूछ रहा हूँ कि वह डॉक्टर के क्लीनिक पर क्यों नहीं गया? क्या किसी को अंदाज़ा था कि वह डॉक्टर के पास जाने वाला है? ऑफ़ कोर्स, वो ऐसा नहीं होने दे सकते थे क्योंकि सच सामने आ जाता। ये उस चीज़ के बारे में है जो सीधा ख़ूनी तक ले जाती, जैसे कि कोई मोबाइल फ़ोन। ये तो सबको पता है कि मोबाइल फ़ोन के वाइब्रेशन फंक्शन को सेक्स गेम में इस्तेमाल किया जाता है, ख़ास तौर से गे लोगों की दुनिया में।"

ये बिलकुल ग़लत हो रहा था। ढेर सारे बेबुनियाद अंदाज़े लगाए जा रहे थे।

"तो तुम कह क्या रहे हो, तुम्हारी थ्योरी क्या है, विक्रम?" नीरजा ने पूछा।

“मेरे ख़याल से सिद्धार्थ का बहुत योजनबद्ध ढंग से शोषण किया जा रहा था। खून से एक दिन पहले उसके रेक्टम में कोई चीज़ डाली गयी थी जो ख़ूनी का राज़ खोल सकती थी। जब सिद्धार्थ डॉक्टर के पास जाने लगा तो उस चीज़, उस एविडेंस को डिस्ट्रॉय करना ज़रूरी था। और वो एकदम सर्जिकल तरीक़े से किया भी गया।”

“मगर उन्हें कैसे पता था कि सिद्धार्थ डॉक्टर के पास जाने वाला है?”

विक्रम ने नीरजा को बस देखा। “यही तो मैं जानना चाहता हूँ। मुझे तो उसके डैड पर शक़ है।”

नीरजा को भी लगा था कि उसके पिता कुछ छुपा रहे थे। लेकिन क्या अपने ही बेटे को किसी पीडोफ़ाइल ग्रुप के हवाले कर देना मुमकिन था?

“डॉक्टर के पास जाने वाली बात किसी तरह खुल गयी। और हो सकता है कि ये उसके डैड ने किया हो। हो सकता है कि शायद जानबूझकर न भी किया हो। हम पुराने केसों से इतना तो जानते हैं कि ऐसे बहुत से पेरेंट्स हैं जो ऐसा कर सकते हैं। पैसों की ज़रूरत कुछ भी करवा सकती है,” विक्रम ने कहा।

“मगर उस ख़ूनी ने बॉडी को काट के सिर्फ़ फ़ोन ही क्यों नहीं निकाल लिया, प्राइवेट ऑर्गन निकालने की क्या ज़रूरत थी? इसका कोई मतलब समझ नहीं आता,” नीरजा बोली।

“ताक़ि ये एक *सैडिस्टिक मर्डर* लगे। वास्तविक उद्देश्य छुपा दिया गया, यह तफ्तीश को भटकाने की कोशिश है।”

"तो, तुम्हारे हिसाब से अब क्या करना चाहिए?"

"उसके डैड को सस्पेक्ट की तरह अरेस्ट करना चाहिए," विक्रम ने कहा।

"तुम्हें सच में लगता है कि वो ऐसा कर सकता है?"

"नहीं, मुझे नहीं लगता। लेकिन मेरे ख़याल से वो एक सूत्र है जो हमें ख़ूनी तक पहुँचा सकता है।"

प्रकाश कुर्सी पर पीछे की ओर टेक लगा कर बैठ गया और अपने हाथ सर के ऊपर बाँध लिए। वह उस लड़के के पिता मुकेश शर्मा को गिरफ़्तार करने का सोच रहा था।

"ठीक," प्रकाश ने फ़ैसला लिया। "जाओ और पकड़ लो। मैं वकील को बता दूँगा।"

विक्रम मुस्कुराते हुए उठा और मीटिंग रूम से बाहर निकल गया। नीरजा अपनी कुर्सी पर ही बैठी रही। सब गड़बड़ था। किसी बात का कोई आधार नहीं था। नीरजा असल में यहाँ कर क्या रही है? जब प्रकाश को भी उसकी कोई ज़रूरत नहीं है तो बेहतर है कि वह घर ही चली जाए। वह खड़ी हुई लेकिन मन ही मन निराशा में दबी जा रही थी।

नीरजा अपने कंप्यूटर के सामने बैठी और क्राइम सीन की तस्वीरें देखने लगी। उसे पीडोफ़ाइल थ्योरी पर विश्वास नहीं था। बहुत सारे अंदाज़े लगाए जा रहे थे। और इन्हीं अंदाजों के बिना पर एक कहानी गढ़ ली गयी थी जिससे लग रहा था कि यह कहानी असल हादसे को बयान करती है। लेकिन दरअसल यह सिर्फ़ पुलिस की एक कल्पना थी।

इस तहक़ीक़ात में कमियाँ थीं। बहुत सारी चीज़ें न स्याह थीं न सफ़ेद, बल्कि कहीं इनके बीच में थीं। कौन था सिद्धार्थ? वह टिफिन टॉप पर क्या कर रहा था? उसके पिता क्या कर रहे थे? नीरजा का ध्यान बार-बार इसी बात पर जाता कि ख़ून बहुत प्रोफ़ेशनल तरीक़े से किया गया था। कपड़ों का तह लगाकर रखा जाना, किसी साफ़ सबूत का मौजूद न होना; सब कुछ एक ही तरफ़ इशारा कर रहा था कि यह बहुत सोच-समझ कर किया गया ख़ून था। ख़ूनी एक खेल खेल रहा था। जो कुछ भी वह जानती थी, वो सब किसी सीरियल किलर की तरफ़ इशारा कर रहा था।

नीरजा ने पिछले दिन ही विक्रम से पूछा था मगर कोई भी पुराना केस सिद्धार्थ के केस से मेल नहीं खाता था। शायद अब उसे ख़ुद ही ढूँढने के लिए बाहर जाना होगा, शायद नेपाल जाना पड़े। उसने एक गहरी साँस ली। वह विक्रम पर भरोसा नहीं कर सकती थी। विक्रम या तो उसकी बात पर ध्यान नहीं दे रहा था या नीरजा के जानकारी माँगे जाने पर उसका मज़ाक उड़ा रहा था।

नीरजा का फ़ोन बज रहा था। ये गौतम की कॉल थी।

"कैसा चल रहा है?" गौतम ने पूछा।

"ठीक ही है। जितने मुझे चाहिए थे, उतने सुराग नहीं हैं मगर फिर भी बहुत सारी चीज़ें हैं जो एक ख़ास दिशा की तरफ़ इशारा कर रही हैं।"

"मतलब उतना बुरा भी नहीं है।"

“लेकिन दिक़्क़त ये है कि टीम मुझसे एकदम अलग लाइन पर सोच रही है। उन्हें लग रहा है कि खून के पीछे किसी पीडोफ़ाइल ग्रुप का हाथ है। यानी लोगों के एक ग्रुप ने मिल कर इस खून की योजना बनायी ताक़ि एविडेंस डिस्ट्रॉय कर सकें।”

“और तुम कुछ अलग सोच रही हो?”

“मुझे लगता है कि ख़ूनी ने सैडिइस्ट मोटिव से ये ख़ून किया और यहाँ “ख़ून” ज़रूरी है, जैसे किसी तरह का कोई रिवाज़ हो। लेकिन अभी दिल्ली दूर है। टीम की थ्योरी बेहद कमज़ोर है।”

“तो अब क्या?”

“वो लोग बस एक ही थ्योरी पर फोकस किए जा रहे हैं।”

“इसीलिए तो तुम वहाँ हो कि इस तरह के अँधे कुएँ से निबटा जा सके।”

“हाँ।” नीरजा एक पल के लिए हिचकिचाई। अगर नीरजा ने मान लिया कि वह टीम के साथ कोई रिश्ता नहीं बना पायी थी तो इसका मतलब था अपने लिए ख़ुद गड्ढा खोदना।

“नीरजा। उन्हें दिखाओ कि तुम टीम की समझदारी में कुछ जोड़ रही हो, तुम्हारा इस केस में जुड़ना महज संयोग नहीं था।”

“यस, ऑफ़ कोर्स। मैं उस पर काम कर रही हूँ। दिक़्क़त ये है कि मैं ख़ुद भी बेहतर जवाब नहीं दे पा रही।”

“लेकिन तुम कर सकती हो! बल्कि, अभी-अभी तुमने किया।”

गौतम से बात कर के नीरजा जहाँ थी वहीं काफ़ी देर तक बैठी रही, अपने सामने सफ़ेद दीवार को देखती हुई। फिर उसने ख़ुद के लिए कॉफ़ी डाली और गरमा-गरम मग लेकर प्रकाश के दफ़्तर में चली गयी।

"एक मिनट बात कर सकती हूँ?" नीरजा ने पूछा।

ये ज़रा मुश्क़िल होने वाला था। नीरजा बैठ गयी और अपनी गोद में रखे गर्म कॉफ़ी मग पर हाथ सेंकने लगी। वह वहाँ इसलिए बैठी थी क्योंकि उसे अपने आपको गौतम के सामने ख़ुदको साबित करना था। वह चाहता था कि नीरजा टीम को बताए कि वह पूरी तरह से उस टीम का हिस्सा बनने के क़ाबिल थी। नीरजा को महसूस हो रहा था कि उसका भविष्य इसी केस पर टिका है। इसीलिए उसे अब अपनी क़ीमत, अपनी ज़रूरत का एहसास कराना था।

"मुझे डर है कि... " वो कहते-कहते रुक गयी। ये ठीक नहीं लग रहा था। "मुझे लगता है कि इन्वेस्टिगेशन ग़लत दिशा में जा रही है। अनुमान के आधार पर सिद्धांत गढ़े जा रहे हैं जिनके कोई मायने नहीं है।"

"ये बहुत कड़ी बात है। तुम्हें लग रहा है कि इन्वेस्टिगेशन टीम पूरी तरह गलत दिशा में है?" प्रकाश ने पूछा।

नीरजा ने आह भरी। "मैं सिर्फ़ इतना कह रही हूँ कि अभी किसी निष्कर्ष पर पहुँचना जल्दबाज़ी होगी। और वो भी निराधार।"

"तुम्हारी कोई दूसरी थ्योरी है?"

"अभी तक नहीं। लेकिन अगर हम सिर्फ़ पीडोफ़ाइल ग्रुप पर ही फोकस करेंगे तो हो सकता है बाक़ी इम्पोर्टेंट सुराग छूट जाएँ।"

"देखो नीरजा, मैं कुछ भी कर के उस कमीने को पकड़ना चाहता हूँ। केस में प्रोग्रेस बहुत ज़रूरी है, हम यहाँ बैठे हुए बस कुछ होने का इंतज़ार नहीं कर सकते। तुम्हारे पास कोई और तर्क हैं जिससे कि कोई दूसरी तस्वीर उभरती हो?"

"एब्यूज के कोई भी साफ़ संकेत नहीं हैं। एक बार ये तो देखो कि ख़ूनी ने क्राइम सीन को किस हालत में छोड़ा है। एक पीडोफ़ाइल, जिसे सुराग नष्ट करना होगा, वह जूतों को विक्टिम की छाती पर नहीं छोड़ेगा। वह उसके कपड़ों को तह करने के लिए नहीं रुकेगा।"

"और?"

नीरजा ने अपना ही हाथ मेज़ पर मारा। "ये हमें ख़ूनी के मनोविज्ञान के बारे में बताता है। उसने ये खून अपनी एक बाक़ायदा योजनाबद्ध फैंटेसी में क्लाईमैक्स की तरह किया है।"

"तुम्हें लगता है कि उसके रेक्टम में कोई चीज़ थी ही नहीं?"

"एक प्रोफाइलर के बतौर मेरे पास जो इन्फॉर्मेशन है, उस के बेसिस पर मैं सिर्फ़ इस निचोड़ पर पहुँची हूँ कि ये ख़ून उस ख़ूनी के लिए एक मज़े जैसा है! ये ख़ून उस ख़ूनी के लिए बस इतना ही था, एक क़िक... मज़ा!"

"ठीक है, हो सकता है। वैसे मुकेश शर्मा को अरेस्ट किया जा रहा है। मैंने साहिल खुराना से भी बात कर ली है। वो तुम्हारे बारे में पूछ रहे थे। बेहतर होगा कि तुम उन्हें कॉल कर लो।"

नहीं, नीरजा साहिल को कॉल नहीं करेगी। कम से कम आज तो उससे ये झेला नहीं जाएगा। नीरजा को एक ख़ालीपन महसूस हुआ, जैसे कि वो कुछ भी साफ़ ना देख पा रही हो।

घर पर सब वैसे का वैसा ही था। राजीव सोफ़े पर अपने आईपैड के साथ था, आर्यन और अहाना अपनी मस्ती में लगे हुए थे और पूरा लिविंग रूम एकदम गंदा पड़ा हुआ था। नीरजा ने एक गहरी साँस ली और बच्चों को प्यार किया। उसमें इतनी ताक़त ही नहीं थी कि वो राजीव के ऊपर झुक सके या उसे सोफ़े से हिला सके। नीरजा का बस हो गया था। सिंक में पड़े बर्तनों से उसने अन्दाज़ा लगा लिया कि बच्चों ने खाना खा लिया था।

"मैं जॉगिंग करने जा रही हूँ," उसने कहा, लेकिन राजीव ने उसकी तरफ़ देखा तक नहीं।

अपने जॉगिंग के कपड़े पहनकर जब वह सीढ़ियों से उतर कर नीचे आयी तो आर्यन उसके पास आया।

"मम्मी, आप मुझे कहानी कब सुनाओगी?"

"आज नहीं, आर्यन। मम्मी को ज़रा अपना माइंड फ्रेश करना है। लेकिन मैं वापस आकर आपको किस ज़रूर दूँगी।"

"पर तब तक तो मैं सो जाऊँगा। अब आप मुझे कभी कहानी नहीं सुनातीं। अभी सुनाओ।" आर्यन ने अपनी माँग को और असरदार बनाने के लिए अपने हाथ बाँध लिए और होठों को ज़रा गोल कर लिया।

"कल आर्यन। कल। ओके?" नीरजा उसके जवाब का इंतज़ार किए बिना बाहर निकल गयी। जब तक वह कोने में मुड़ नहीं गयी, किसी तरह अपने आँसुओं को रोके रही। फिर वो पार्क में इस तरह दौड़ी जैसे उसकी ज़िंदगी इसी दौड़ने पर टिकी हुई हो। जितना तेज़ हो सकता था, वह उतनी

तेज़ दौड़ी, इस उम्मीद में कि अपने शरीर के हर दुःख को बाहर निकाल फेंकेगी। वह किसी तरह काफ़ी देर तक दौड़ती रही जब तक कि उसके फेफड़े जलने नहीं लगे और टाँगों की माँसपेशियों ने जवाब नहीं दे दिया और हार कर उसे रुकना ही पड़ा। वह एक बेंच पर बैठ गयी और अपने सर को अपने हाथों में थाम लिया।

"व्हाट अ ब्लडी मेस !" वह ज़ोर से चिल्लाई। नीरजा कुछ भी हासिल नहीं कर पा रही थी। तहक़ीक़ात में उसकी बातों पर कोई ध्यान नहीं दे रहा था और घर पर भी सब बर्बाद ही था। कुछ वक़्त पहले तक बड़ी मुश्क़िल से वो राजीव से बात कर पाती थी। कम से कम राजीव बात करते वक़्त उसकी तरफ़ देखता तो था। नीरजा को लगा था कि पिछली बहस के बाद शायद वो दोनों कुछ और क़रीब आ पाएँ लेकिन अगली ही सुबह से राजीव ने नीरजा को फिर से अनदेखा कर दिया। राजीव बिलकुल बेरुख़ा था। मानो उसने मान लिया था कि उनका रिश्ता किसी गहरी खायी में गिर रहा है। क्या उनके लिए सब कुछ ख़त्म हो गया था?

सब कुछ इतना ग़लत कैसे हो गया? अहाना के पैदा होने पर? तभी राजीव का *बर्नआउट* हुआ था: एक अंदरूनी बीमारी, जिसे नीरजा ने शुरुआत से ही हल्के में लिया। उसकी वजह से राजीव की शख़्सियत में बदलाव आए थे, कुछ ऐसे बदलाव जिससे पूरी शख्सियत ही गुम हो जाए। राजीव का जुनून, अंदर की आग, सब बुझ गयी थी। उसने अपनी इसी ज़िंदगी को अपना लिया था: एकदम उदास! अगर राजीव का बस चलता तो कभी कोई बड़ी लड़ायी नहीं होती लेकिन ख़ुशियाँ भी मॉमूली ही रहतीं।

तभी नीरजा का फ़ोन वाइब्रेट हुआ। साहिल का कॉल था। वो आँसुओं के बीच मुस्कुरा पड़ी। वह बेवक़ूफ़ हमेशा ही ग़लत वक़्त चुनता है। नीरजा किसी से बात नहीं करना चाहती थी, ख़ास तौर पर साहिल से तो बिलकुल भी नहीं। पर हो सकता है ये सिद्धार्थ के बारे में हो। यह सोचने के बाद उसे फ़ोन उठाना ही था।

"साहिल?"

"नीरजा, क्या मैं ग़लत टाइम पर कॉल कर रहा हूँ?"

नीरजा ने अपना चेहरा पोंछा जो उसके आँसुओं और पसीने से भीगा हुआ था। "नो नो, इट्स ओके।"

वो एक पल के लिए कुछ नहीं बोला। "आर यू श्योर ?"

नीरजा ने कोई जवाब नहीं दिया, साहिल को नीरजा की इस छोटी-सी टूटन के बारे में पता नहीं चलना चाहिए था।

"मैंने प्रकाश से बात की है," साहिल ने कहा। "लेकिन सच्चाई यह है कि तुम बाक़ियों से सहमत नहीं होओगी।"

"मैं नहीं चाहती कि इन्वेस्टिगेशन पूरी तरह ठप पड़ जाए क्योंकि हम सिर्फ़ एक ही दिशा में जा रहे हैं जबकि उसके लिए हमारे पास कोई एविडेंस भी नहीं है।" वो एक ही बात कह कह के थक गयी थी। बहुत ज़्यादा थक गयी थी।

"ऑफ़ कोर्स, आई अंडरस्टैंड। मैं तुम्हें सिर्फ़ इतना बताना चाहता हूँ कि मैं इस मॉमले में तुम्हारे साथ हूँ। हम मंडे की सुबह बात करेंगे। अपना ध्यान रखो, नीरजा।"

नीरजा ने अपने फ़ोन की तरफ़ बड़ी हैरानी से देखा। साहिल ने फ़ोन काट दिया था। क्या अजीब बातचीत हुई थी। उसने नीरजा को कॉल क्यों किया था? कोई फ़र्क़ नहीं पड़ता। नीरजा में सच में इतनी हिम्मत नहीं थी कि वो साहिल श्रीवास्तव के बारे में सोच सके। उसे सिर्फ़ एक ही चीज़ चाहिए थी—नींद। जॉगिंग करके धीरे-धीरे घर वापस जाते हुए वह बाथरूम की कैबिनेट में पड़ी नींद की गोलियों के बारे में सोच रही थी। उसे आज शायद दुगुनी डोज़ लेनी होगी लेकिन इसका मतलब है कि उसकी गोलियाँ जल्दी ख़त्म हो जाएंगी। डॉक्टर से अब और गोलियाँ नहीं मिलेंगी और उसे मिमियाते हुए अपने साइकेट्रिस्ट के पास वापस जाना होगा और प्रिस्क्रिशन के लिए मिन्नतें करनी पड़ेंगी। वो भी तब जब उसने पिछली मुलाक़ात में वादा किया था कि वो नींद की गोलियाँ लेना छोड़ देगी। साइकेट्रिस्ट सवाल करेगा। डरावने सवाल जो नीरजा के पुराने ज़ख़्म फिर से कुरेद देंगे।

अगली सुबह जब नीरजा उठी तो उसे कुछ वक़्त लग गया ये अंदाज़ा लगाने में कि आज दिन कौन सा है। राजीव उसकी बग़ल में नहीं था। तो मतलब शनिवार होना चाहिए था: हफ़्ते का बस वह एक दिन जब राजीव नीरजा से पहले बिस्तर छोड़ दिया करता था।

नीरजा किसी तरह सीढ़ियों से नीचे गयी। उसे राजीव से बात करनी ही थी। उसी वक़्त। पिछली रात जब वो जॉगिंग से वापस आयी थी तो वो सो चुका था। इस तरह जीना मुश्किल था और वो हार मानने वाली नहीं थी। वो इसके लिए बिलकुल भी तैयार नहीं थी। वो दोनों सिर्फ़ साथ में रह रहे थे और अगर उनकी शादी उनके लिए कोई मायने रखती थी तो राजीव को उसके आगे अपने दिल का हाल खोलना ही होगा। फ़िलहाल ऐसा लग रहा था जैसे राजीव अपने ही बनाए हुए ख़ुद पर तरस खाने वाले किसी खोल में घुसता चला जा रहा था। ज़ाहिर है, वह समझती थी कि राजीव के लिए सब कुछ काफ़ी मुश्क़िल था। ख़ास तौर पर जब से नीरजा दिनों-रात काम पर रहती थी। लेकिन उन्हें क़रीब आने का कोई रास्ता तो ढूँढना ही होगा।

आर्यन और अहाना अपने अंडरगारमेंट्स में ही गार्डन में घूम रहे थे। राजीव मेज़ पर बैठा हुआ कॉफ़ी पीते हुए अख़बार पढ़ रहा था। यह एक आदत जैसा था: हर शनिवार को राजीव टाइम्स ऑफ़ इंडिया का सैटरडे एडिशन लेगा, जिसे आराम से पढ़ेगा। नीरजा, राजीव का हल्का शावर जेल सूँघ सकती थी। ये छोटी-छोटी चीज़ें ही उसे जाना-पहचाना-सा बनाती थीं।

वो राजीव को खोना नहीं चाहती।

एक उदास-सा सरदर्द नीरजा की आँखों के पीछे धधक रहा था। ज़ाहिर है कि वो नींद की गोलियों की वजह से था लेकिन उन्हें न लेने का नतीजा और भी भयानक था: डरावने सपने। नीरजा ने एक मग में कॉफ़ी भरी और राजीव के अख़बार के साथ रख दी और पीछे से उसे बाँहों में भर लिया।

“लव यू!”

राजीव ने एक आह भरी लेकिन पलट के उसे चूम लिया। वह उसे थामे रही, राजीव के अंदर एक शक्ति को महसूस करने लगी, एक चट्टान की तरह जो हमेशा उसके साथ खड़ा था। कहीं किसी गहरायी में वो चट्टान अभी भी कहीं थी।

“आई ऍम सॉरी!” नीरजा ने कहना शुरू किया लेकिन राजीव ने उसके लबों पर ऊँगली रख दी और उसे अपने और क़रीब खींच लिया।

नीरजा के फ़ोन की घंटी ने उनके इस ख़ास लम्हे को तोड़ दिया। नीरजा ने फ़ोन को कोसा। उसने अपने आपको राजीव की बाँहों से अलग किया और रसोई की स्लैब पर पड़े फ़ोन को उठाया। प्रकाश का फ़ोन था।

“ये ज़रूरी कॉल है, उठाना पड़ेगा।”

“तुम आज काम पर नहीं जाओगी।” राजीव ने कहा।

वह मुस्कुरायी। “नहीं। हम लोग आज कुछ मस्ती करेंगे। किसी तरह इसे टाल दूँगी।”

नीरजा ने एक गहरी साँस ली और फ़ोन उठाया।

“नीरजा। हमें ख़ूनी का डिस्क्रिप्शन मिल गया है। दो बच्चे जो वहीं बाहर खेल रहे थे, उन्होंने सिद्धार्थ के साथ बेंच पर बैठे दो आदमियों को साफ़-साफ़ देखा था। तुम आ सकती हो?” प्रकाश ने पूछा।

नीरजा ने आर्यन की तरफ़ देखा जो बग़ीचे में सूखी पत्तियाँ इकट्ठी करके बाल्टी में डालने में मसरूफ़ था। नीरजा ने उससे वादा किया था कि वह उसे ज़ू ले जाएगी।

"आज नहीं आ पाऊँगी, प्रकाश।"

"कुछ और भी है। हमें यहाँ तुम्हारी ज़रूरत है, तुरंत।"

नीरजा ने आह भरी। आर्यन के चेहरे पर निराशा के ख़याल ने ही नीरजा को परेशान कर दिया था। क्या वो उसे इस बार माफ़ करेगा?

"सिद्धार्थ का डैड रात से यहीं है और वह कह रहा है कि सिर्फ़ तुमसे बात करेगा।" प्रकाश ने बताया।

राजीव नीरजा के होठों पर नज़रें गड़ाये था, जैसे कि वह उससे ज़बरदस्ती ना कहलवा सकता हो।

"मुझ से?" नीरजा ने हैरानी से पूछा।

"हाँ, सिर्फ़ तुम से। निश्चय ही वह जानता है कि सिद्धार्थ टिफिन टॉप पर क्या कर रहा था।"

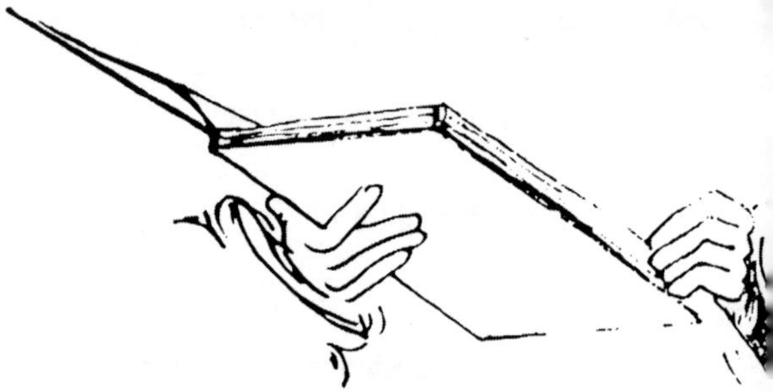

डायरी

"तुम्हें आना ही होगा नीरजा। हमें अभी तुम्हारी सख्त ज़रूरत है।" प्रकाश ने उसे फ़ोन पर कहा। यह ऑर्डर था।

"ओके।" नीरजा ने मजबूरी में हामी भारी।

राजीव अपनी कुर्सी से उठ खड़ा हुआ। उसके चेहरे पर निराशा साफ़ झलक रही थी।

"तुम जा रही हो, है न?" राजीव ने गुस्से में पूछा। जब नीरजा ने अपना फ़ोन रसोई की स्लैब पर फेंका तो राजीव की नज़रें नीरजा के चेहरे पर गड़ी हुई थीं।

नीरजा ने हाँ में सिर हिलाया। प्रकाश ने उसे ऑर्डर दिया था कि वो उसी वक़्त नैनीताल पहुँचे और सिद्धार्थ के पिता से पूछताछ के दौरान मौजूद रहे। शर्मा ने किसी से भी बात करने से साफ़ इनकार कर दिया था और जो जानकारी वो देने वाला था, वो केस के लिए बहुत ज़रूरी थी। लेकिन आज का दिन आर्यन के लिए भी ख़ास था।

"मैंने आर्यन से प्रॉमिस किया था कि उसे ज़ू ले जाऊँगी।" नीरजा ने कहा।

"सो नाउ व्हाट? मतलब अब ये भी मुझे ही सँभालना पड़ेगा?" राजीव ने चिढ़ते हुए कहा।

नीरजा के दिमाग़ में बहुत से ख़याल दौड़ रहे थे। "मैं समझती हूँ। एक काम करती हूँ, मैं तुम लोगों को नैनीताल तक ले चलती हूँ और फिर नेशनल ज़ू पर ड्रॉप कर दूँगी।" उसने कहा। "वहाँ से पुलिस स्टेशन चली जाऊँगी और फिर जितनी जल्दी हो सकेगा, तुम लोगों को फिर से ज्वाइन कर लूँगी।" ये सबसे बढ़िया रास्ता था। क्योंकि इस तरह नीरजा अपने परिवार से कुछ देर के लिए ही अलग रहेगी। और पूछताछ के तुरंत बाद फिर से उनके पास पहुँच जाएगी। राजीव कम से कम एक घंटे के लिए तो बच्चों को सँभाल ही सकता है।

राजीव ने अख़बार बंद करके एक कोने में फेंका और वहाँ से निकल गया, "और कोई ऑप्शन भी कहाँ है!"

नीरजा ने न चाहते हुए भी ब्रेड का एक टुकड़ा अपने मुँह में ठूँसा और कॉफ़ी के साथ ज़बरदस्ती निगल गयी। और कोई रास्ता नहीं था। उसने ख़ुशी वाला रास्ता ही चुना था। इससे पहले कि बच्चों को महसूस भी हो कि नीरजा उनके साथ नहीं है, वह वापस भी आ जाएगी और फिर आर्यन और अहाना के साथ घने जंगल में दौड़ती फिरेगी। फिर हम लोग तब तक जिराफ़ के साथ रहेंगे जब तक आर्यन चाहेगा। आर्यन जिराफ़ के पीछे पागल था।

नीरजा सीढ़ियों से ऊपर गयी और उसने जीन्स और टी-शर्ट पहन ली। उसे अपने इस ख़याल को बस किसी तरह आर्यन के सामने मज़ेदार तरीक़े से

रखना था। ये काम और भी आसान हो जाता अगर राजीव उसके साथ होता। अचानक बदलाव हमेशा से ही आर्यन के लिए मुश्क़िल रहे थे। और जितना राजीव और नीरजा आर्यन को समझते थे, आर्यन की नज़र उससे कहीं ज़्यादा तेज़ थी। अहाना के लिए सब ठीक चल रहा था। वो अभी बहुत छोटी थी कि नीरजा और राजीव के बीच के तनाव को देख-समझ पाती। कम से कम नीरजा को तो यही लग रहा था जब वो सीढ़ियों से नीचे उतर रही थी।

नीरजा ने दरवाज़े को हल्का सा खोला और बाहर निकल गयी। उसको नंगे पाँव के नीचे घास गीली सी महसूस हुई। वह जहाँ थी, वहीं खड़े हो कर बच्चों को देखने लगी। अहाना रेत में प्लास्टिक की बाल्टी और फावड़े के साथ खेलने में मसरूफ़ थी, मगर आर्यन ने नीरजा को देख लिया था और उसी की तरफ़ आ रहा था। नीरजा ने उसकी आँखों में शक़ पढ़ लिया था। वो समझदार आँखें सिर्फ़ छह साल की उम्र में ही नीरजा के आर-पार देख लेती थीं।

श्रुति भी छह साल की ही होती।

नीरजा ने जल्दी से अपने बुरे ख़यालों को मन के बाहर फेंका और घुटनों के बल बैठ कर आर्यन को गले लगा लिया। वह उसे निराश नहीं करना चाहती थी।

“हम लोग आज साथ में मस्ती करने वाले हैं, है न?” आर्यन ने पूरे जोश से पूछा।

“बिलकुल। डैड तुम लोगों को ज़ू ले जाएंगे और मैं एक घंटे के बाद आप लोगों को जॉइन कर लूँगी।”

आर्यन नीरजा से दूर हट गया। “क्यों?”

नीरजा ने अपने होंठ भींचे। आर्यन बहुत ग़ुस्से में दिख रहा था। नीरजा के मन ने उसे कहा, ठीक से समझाओ। "मुझे थोड़ी देर के लिए कुछ और करना है और फिर मैं आप लोगों को जॉइन कर लूँगी। मैंने सुना है जिराफ़ को बेबी हुआ है।"

"आप ऑफिस जा रही हो।"

"बस थोड़ी देर के लिए, बेटू।"

आर्यन मुड़ कर ज़मीन पर पाँव पटकते हुए बग़ीचे में चला गया। "आप अच्छी मम्मी नहीं हो। आप सिर्फ़ काम, काम और काम करना चाहती हो।" वो रेत के टीले के पास कंधे झुका कर बैठ गया।

अहाना ने नीरजा के पास आकर फावड़ा घुमाया। "आर्यन ग़ुस्सा।"

नीरजा ने अहाना को अपनी बाँहों में उठा लिया और उसकी मीठी बक-बक को दबाते हुए उसे अपने क़रीब खींच लिया। नीरजा ने ख़ुद से ही कहा कि धिक्कार है। आर्यन से बात करने का कोई फ़ायदा नहीं था, इससे उसका ग़ुस्सा और बढ़ जाता। वैसे भी वो सही था, काम को हद से ज़्यादा वक़्त देना वाक़ई में बहुत बुरी बात थी। नीरजा ने अहाना को अपनी गोद से नीचे उतारा और बहुत मायूस महसूस करते हुए वापस अंदर चली गयी। उन्हें दिन भर बाहर रहना था, इसलिए बच्चों के कपड़े, नैपी और ज़रूरत की बाकी चीज़ों को एक बड़े से थैले में डालते हुए नीरजा अलमारियों के दरवाज़ों को ताबड़तोड़ खोल-बंद कर रही थी।

क़रीब डेढ़ घंटे के बाद नीरजा जल्दी-जल्दी पुलिस स्टेशन में दाख़िल हुई और उसके माथे पर पसीने की बूँदें चमक रही थीं। आर्यन ने हल्द्वानी ज़ू के गेट पर पहुँच कर एक बार फिर बता दिया कि वो बहुत नाराज़ था। राजीव ने नीरजा का साथ देने की कोशिश भी नहीं की थी। वह बस एक कोने में अहाना का हाथ पकड़े हुए खड़ा रहा और बेचारी नीरजा को आर्यन को समझाते हुए देखता रहा। नीरजा ने क़रीब पंद्रह मिनट तक आर्यन को समझाने की कोशिश की लेकिन उसका मन नहीं बदल पायी। हार कर उसने आर्यन को वहीं छोड़ा और कार में बैठ कर चली गयी।

एक माँ के तौर पर तुम फेल हो गयी नीरू!

नीरजा को फ़िलहाल ये सब भूलना होगा क्योंकि अब वक़्त था प्रोफाइलर नीरजा गांधी के सामने आने का। वह कोई ग़लती नहीं कर सकती थी। टीम में वैसे भी उस पर किसी को ख़ास भरोसा नहीं था। ऐसा लग रहा था कि वह हर चीज़ में नाक़ाम हो रही थी और ये बात उसके ज़हन में और भी हावी होती जा रही थी।

वो एकदम से इंटरव्यू रूम की तरफ़ गयी जहाँ उसे उम्मीद थी कि उसके कलीग पहले से मौजूद होंगे। प्रकाश कॉरिडोर में चक्कर लगा रहा था।

"अच्छा हुआ तुम आ गयीं नीरजा। मुकेश तुमसे बात करना चाहता है।"

"किस बारे में?"

"मुझे नहीं पता। जाकर सुनो वो कहना क्या चाहता है। मुझे उन बच्चों से मिलना हैं, जिन्होंने शायद ख़ूनी को देखा है। ख़ूनी का स्केच बनाने के लिए आर्टिस्ट भी रेडी है।" ये कहकर प्रकाश वहाँ से चला गया।

नीरजा ने खिड़की से देखा कि विक्रम के ठीक सामने सिद्धार्थ का बाप बैठा हुआ था और अपने हाथ छाती के आगे बाँधे हुए छत की तरफ़ देख रहा था। विक्रम उसे घूर रहा था जैसे कि सिर्फ़ इतना ही कर देने से वो शर्मा के अंदर से लफ़्ज़ खींच कर बाहर निकाल लेगा। नीरजा को एहसास हुआ कि वो विक्रम को देखते हुए मुस्कुरा रही थी। लड़के के बाप शर्मा ने विक्रम से बात करने से इन्कार दिया था और इस बात की चिढ़ विक्रम के चेहरे पर साफ़ झलक रही थी।

नीरजा कमरे में दाख़िल हुई। बंद कमरे और शर्मा के बदन से आ रही बदबू से एक पल के लिए नीरजा को उल्टी आने को हुई। सिगरेट, शराब और पसीने की मिली-जली बू ने उसे पढ़ाई के दिनों के एक कमरे की याद दिला दी थी, जहाँ रात भर शहर में करने के बाद उसने सुबह इसी तरह की बू को महसूस किया था।

नीरजा ने विक्रम को देख कर हल्के से सर हिलाया जैसे उसे 'हाय' कह रही हो और फिर शर्मा के पास जाकर हाथ मिलाने के लिए अपना हाथ आगे बढ़ाया। "हेलो, मिस्टर शर्मा!"

"जब तक ये इस कमरे में हैं, मैं कुछ नहीं बताऊँगा।" मुकेश ने कहा।

विक्रम ने अपनी आँखें घुमायीं और उठ खड़ा हुआ। कुर्सी पीछे की ओर गिरने ही वाली थी पर गिरी नहीं। विक्रम ने जाते-जाते दरवाज़ा ज़ोर से बंद कर दिया।

नीरजा ध्यान से शर्मा के ठीक सामने बैठ गयी और अपनी हर हरक़त का ख़ास ख़याल रखा क्योंकि वो जानती थी कि विक्रम ज़रूर देख रहा होगा कि वो क्या, कैसे करेगी। मन ही मन नीरजा को मज़ा आ रहा था क्योंकि फ़िलहाल

उसने विक्रम को हरा दिया था। उसे इसलिए बुलाया गया था क्योंकि विक्रम, शर्मा से कुछ भी नहीं उगलवा पाया था। नीरजा को इस बात की हैरानी भी नहीं थी। विक्रम नीरजा के साथ जैसे पेश आता था, वैसा ही उसने शर्मा के साथ किया था तो शर्मा की तरह नीरजा भी यूँ ही अपने जबड़े को कसे हुए बिना कुछ बोले बैठी रहती।

पिछली बार जब नीरजा ने शर्मा को देखा था, उसके मुक़ाबले वो अभी बिलकुल अलग दिख रहा था। वो समझ नहीं पा रही थी कि इसकी वजह क्या थी। दुःख अभी भी था लेकिन कुछ और भी था। शर्मा की लाल आँखें चमक सी रही थीं। वो गुस्सा था या निराशा थी?

नीरजा चुपचाप कुर्सी पर पीछे की ओर टेक लगा कर बैठ गयी और शर्मा को बोलने का मौक़ा दिया।

“इन पुलिस वालों को लगता है कि इसमें मेरा हाथ है।” शर्मा एकदम से बोला। उसके ऊपरी होंठ पर उभर रही पसीने की बूँदों को नीरजा देख पा रही थी।

शुरुआत में नीरजा ने फ़ैसला किया कि वो ऐसे पेश आएगी जैसे कुछ जानती ही ना हो। “तुम मुझसे मिल के बात करना चाहते थे। क्या बताना चाहते हो?”

“तुम्हें उन लोगों को मेरे बारे में समझाना होगा। मैं अपने बेटे से प्यार करता हूँ, करता था।” उसकी आवाज़ टूटी। “मैंने उसे नुक़सान नहीं पहुँचाया। तुम मुझ पर भरोसा करती हो? तुम तो ख़ुद एक माँ हो, समझ सकती हो कि मैं क्या कहना चाह रहा हूँ। मेरा सब कुछ लुट गया है और अब ये लोग मेरी दिक़्क़तें, मेरे दुःख और बढ़ा रहे हैं। अगर मेरे बस में होता तो मौत के मुँह से

खींच के ले आता उसे। और मैं चाहता हूँ कि तुम अपने बेवकूफ़ सहकर्मियों को ये बात बताओ।"

निराशा सी फैलने लगी थी। क्या इसके लिए नीरजा ने अपने परिवार को अकेला छोड़ा था? ताक़ि एक सस्पेक्ट उसका इस तरह इस्तेमाल करे?

"आई'म सॉरी , मैं इसमें तुम्हारी कोई मदद नहीं कर सकती।" जितना नीरजा ने सोचा था, ये बात उससे ज़्यादा कड़क तरीक़े से निकली थी और वह अपनी चिडचिड़ाहट छुपा नहीं पायी। वह इस वक़्त आर्यन का हाथ पकड़ कर चिड़ियाघर में घूम रही होती, अपना वक़्त उन के साथ बिता रही होती जो उसके लिए सबसे ज़रूरी थे।

"मैं नहीं चाहता कि तुम लोग सिद्धार्थ को एक बिगड़ैल, बर्बाद लड़का समझो। वह अच्छा लड़का था।" शर्मा ने समझाने की कोशिश की।

नीरजा सीधी होकर बैठ गयी। ये सिर्फ़ शर्मा की बेगुनाही के बारे में नहीं था: कुछ और भी बात थी। क्या वो उसे कुछ बताना चाह रहा था जो नीरजा को पहले से नहीं पता था? हो सकता है अगर नीरजा अपना मुँह बंद रखे तो शर्मा कुछ बता पाएगा। सभी गुनहगार और सस्पेक्ट ऐसा ही करते थे बशर्ते चुप्पी को लम्बा खींचा जाता।

"वो ज़्यादातर बाहर रहता था। रात को काफ़ी देर से घर आता। उसे लगा था कि मैंने ध्यान नहीं दिया लेकिन मैंने ध्यान दिया था, बल्कि कई बार उसके इंतज़ार में जागता रहता था।" शर्मा कहता रहा।

"तो वह जाता कहाँ था?"

"उसने मुझे कभी नहीं बताया और इस बात की वजह से हमेशा ही हम

दोनों में लड़ाई हो जाती।" शर्मा कहीं और देखने लगा। "वो कई बार ऐसी चीज़ें लेकर आता था जो वो ख़रीद भी नहीं सकता था।"

"क्या तुम जानते हो वे चीज़ें उसे कहाँ से मिलती थीं?"

शर्मा ने धीरे से अपना सर ना में हिलाया, "इस बारे में हर बात का बतंगड़ बन जाता था, लड़ायी हो जाती और हम दोनों के बीच की दूरी और भी बढ़ जाती। होते-होते मैं ही थोड़ा और केयरफुल हो गया। मुझे डर था कि अगर मैंने ज़्यादा ज़ोर दिया तो वो घर से न भाग जाए।"

"तुमने उसे कभी बताया कि तुम्हें उसे खो देने का डर था?"

"नहीं, हमारे बीच ऐसा रिश्ता नहीं था। हम दोनों का जीवन काफ़ी कठिन था और हम दोनों अपने-अपने तरीक़े से चीज़ों से जूझ रहे थे। पर हमने कभी भी अपना दुःख एक-दूसरे से शेयर नहीं किया। मुझे कभी समझ ही नहीं आया कि मैं उससे इस बारे में कैसे बात करूँ और उसने भी कभी ख़ुद मुझसे इस बारे में बात नहीं की। मानता हूँ कि ये ग़लत था।"

नीरजा को इस बात में बहुत दुःख नज़र आया कि चाहते हुए भी शर्मा अपने बेटे को दिलासा देने से ख़ुद को रोकता रहा था।

"क्या लगता है, इतनी महँगी चीज़ें कैसे मिली होंगी उसे?"

शर्मा ने अपना सर झुका लिया। "सिद्धार्थ अच्छा लड़का था, किसी को कोई नुक़सान नहीं पहुँचा सकता था। उसकी माँ की मौत ने उसे बिलकुल तोड़ दिया था। मुझे भी। हमें तोड़ दिया था। उसके मरने के बाद जैसे सिद्धार्थ के अंदर कुछ टूट गया। मैं उसे बिलकुल समझ नहीं पाता था। मेरी समझ से उसी वक़्त शायद उसने कोई ग़लत रास्ता ले लिया था।" शर्मा ने चैन की साँस

ली। ये बात बताकर उसने अपने दिल का बोझ हल्का कर लिया था उसने।

"और तुम्हें ये बताना था मुझे?"

शर्मा ने नीरजा को सख़्त नज़रों से देखा, "मैं जानता हूँ तुम्हारे कलीग क्या सोच रहे हैं। उन्हें लग रहा है कि सिद्धार्थ एक गिरा हुआ लड़का था, एक ऐसा टीनेजर जो भटक गया था और वो सब काम कर रहा था जो उसे नहीं करने चाहिए थे। मगर सिद्धार्थ वैसा नहीं था। वह बस अपनी छोटी सी दुनिया में चला गया था। और मैंने सब बर्बाद कर दिया। मुझे और कोशिश करनी चाहिए थी ये जानने की कि वो क्या कर रहा था।"

"तो तुम्हें लगता है वो कुछ ग़ैर-क़ानूनी कर रहा था? कोई एविडेंस है?

शर्मा ने अपने चेहरे को रगड़ा। "मेरी समझ से वो स्थितियों पर क़ाबू नहीं रख पाया।"

"मतलब?"

"शायद वो ग़लत लोगों के साथ इन्वॉल्व हो गया था। ड्रग्स। चोरी का सामान। मुझे नहीं पता। शायद कुछ अज़ीब सी चाहतें थीं उसकी। सिर्फ़ तेरह साल का ही तो था वो।"

विक्रम वापस अंदर आ गया। नीरजा ने सोचा कि बात ख़त्म करने तक वो कॉरिडोर में इंतज़ार क्यों नहीं कर सकता था?

शर्मा के हाव-भाव एकदम से बदल गए। उसने अपनी बाँहें छाती के सामने बाँध लीं और दीवार की तरफ़ टकटकी लगा कर देखने लगा। ज़ाहिर था कि वो अब और कुछ नहीं बोलेगा।

"और कुछ है तो बताओ, मैं जानना चाहती हूँ। कोई संकेत कि हमें अपनी इन्वेस्टिगेशन को कहाँ फोकस करना चाहिए?" ये बेकार का सवाल था क्योंकि नीरजा जानती थी कि विक्रम के अन्दर आते ही इंटरव्यू ख़त्म हो चुका था।

शर्मा ने ना में अपना सर हिलाया।

नीरजा खड़ी हुई और शर्मा को गुडबाय कहा। फिर अपना सर ऊँचा रखते हुए बाहर कॉरिडोर में चली गयी। वह आदमी दुःख में टूट सा गया था और अब उस पर अपने ही बेटे के ख़ून का इल्ज़ाम लगाया जा रहा था। वह ये कर ही नहीं सकता था।

"किसी का व्यवहार उसके व्यक्तित्व के बारे में बताता है" नीरजा ने अपने मन में दोहराया। एक प्रोफाइलर के तौर पर उसने ये सबसे ज़रूरी बात सीखी थी। जिस ख़ूनी को वे लोग ढूँढ रहे थे, उसने साफ़-सफ़ाई और अपने क़ायदे को बहुत ज़्यादा तवज्जोह दी थी। क्राइम सीन बहुत साफ़ सुथरा था और हर चीज़ बड़े ध्यान से रखी गयी थी। नीरजा ने शर्मा के घर को अंदर से देखा था और बातचीत के दौरान उसे जाना भी था। मुकेश शर्मा का अपने बेटे के ख़ून से बिलकुल कोई लेना देना नहीं था। बस थोड़े वक़्त की बात थी, फिर नीरजा विक्रम की थ्योरी को अपने तथ्यों से ग़लत साबित कर देगी।

नीरजा ने विक्रम का इंतज़ार किया और उसे ज़्यादा वक़्त नहीं लगा आने में। वो इतना उदास दिखता हुआ आया कि नीरजा मन ही मन भड़क उठी।

"तुमने यह क्यों किया? मैं उस आदमी के साथ इंटरव्यू के बीच में थी, वह मुझे दे रहा था। तुमने हमें इंटरप्ट क्यों किया?"

विक्रम ने उसकी बात पर ध्यान ही नहीं दिया। "और, क्या बताया उसने?"

नीरजा सच में विक्रम पर अपने मन की भड़ास निकालना चाहती थी और कहना चाहती थी कि वो कितना ग़लत था, लेकिन उसने ऐसा नहीं किया। उसे फ़िलहाल चुप रहना होगा जब तक कि उसके पास अपनी थ्योरी के और सबूत इकट्ठे न हो जाएँ।

"दरअसल कुछ भी नया नहीं," नीरजा ने कहा, "उसे लगता है शायद सिद्धार्थ कुछ छोटे-मोटे क्रिमिनल के साथ इन्वॉल्व हो गया होगा। लेकिन कुछ ठोस नहीं है।"

विक्रम ने अपने कंधे उचकाए। "मुझे भी यही लगा था।"

"अच्छा, तुम इससे मिलते जुलते केसों के बारे में ढूँढने वाले थे न?"

विक्रम ने न में अपना सर हिलाया। "मुझे कुछ नहीं मिला।"

"ओके। प्रकाश कहाँ है?"

"वो अभी भी दूसरे रूम में उन बच्चों के साथ है जिन्होंने शायद ख़ूनी को देखा था।"

"ख़ूनी? हम उस बारे में निश्चित हैं? कैसे?"

"उन बच्चों ने एक बंदे को देखा था जो बिजली घर के पीछे सिद्धार्थ के साथ ग़ायब हो गया था।"

ये एक दिलचस्प बात थी। नीरजा ने विक्रम को वहीं छोड़ कर प्रकाश के कमरे का दरवाज़ा खटखटाया। जब उसने अंदर झाँका तो प्रकाश थोड़ा इरिटेट लग रहा था मगर नीरजा को देखकर वह खड़ा हो गया। प्रकाश के पीछे नीरजा को दोनों बच्चे नज़र आए जो अपनी माँओं के साथ स्केच आर्टिस्ट के सामने बैठे थे। वे उस आर्टिस्ट के सवालों के जवाब दे रहे थे जो अपना ड्राइंग पैड अपनी गोद में रखकर स्केच बना रहा था और काफ़ी भौंचक्का सा लग रहा था।

"भूरे रंग की मूँछ?" आर्टिस्ट ने पूछा।

दोनों बच्चों ने हाँ में सर हिलाया। वो दोनों क़रीब दस साल के लग रहे थे।

प्रकाश नीरजा के साथ बाहर कॉरिडोर में आ गया। "शर्मा ने क्या बताया?"

"ऐसा कुछ इम्पॉर्टेन्ट भी नहीं कि जिसकी वजह से मुझे अपने बच्चों के साथ एक दिन छोड़ कर आना पड़ा। यहाँ पर कोई न्यूज़?"

"सिद्धार्थ के साथ देखे गए आदमी का ये दोनों बच्चे काफ़ी बारीक़ डिस्क्रिप्शन दे रहे हैं।"

"एक आदमी? मुझे लगा दो थे?"

"नहीं, ये लोग सिर्फ़ एक की ही बात कर रहे हैं।"

"कहाँ तक पहुँचा स्केच?" नीरजा ने अंदर झाँक कर देखा तो आर्टिस्ट के हाथ तेज़ी से काग़ज़ पर चल रहे थे।

"शायद आधा घंटा और लगेगा।" प्रकाश ने कहा।

नीरजा ने लम्बी साँस ली। उसके पास बेकार इंतज़ार करने का वक़्त नहीं था लेकिन वहीं स्केच को लेकर काफ़ी बेसब्री भी थी।

"तुम जाओ। जैसे ही पूरा होगा, मैं तुम्हें भी एक कॉपी भिजवा दूँगा। हम इस हफ़्ते ये स्केच लेकर लोगों से पूछताछ करेंगे, हो सकता है किसी ने इसे देखा हो।" प्रकाश ने कहा।

"ठीक है। चलती हूँ। मंडे को मिलते हैं।"

वो कॉरिडोर में चलने लगी। एक घंटे से ज़्यादा हो चुका था मगर कुछ ख़ास नहीं मिला था। सिर्फ़ वक़्त बर्बाद हुआ था।

"मिसेज गांधी?" ये मुकेश शर्मा था जो कॉरिडोर में एक नीली स्कूलबुक पकड़े हुए खड़ा था। "ये मुझे सिद्धार्थ के कमरे से मिली थी। उसके गद्दे के नीचे दबी हुई थी, शायद आपके किसी काम आए।"

नीरजा ने विक्रम को देखा जो शर्मा के पीछे ही खड़ा था, मगर विक्रम ने बस अपने कंधे उचका दिए। नीरजा ने शर्मा से क़िताब ली और उसे खोला।

शायद यहाँ आना वक़्त की उतनी भी बर्बादी नहीं थी।

रसोई के साथ वाले छोटे से कमरे को नीरजा ने अपना दफ़्तर बनाया हुआ था जहाँ वो रात के क़रीब साढ़े आठ बजे हाथ में वाइन का गिलास लिए हुए आयी और अपनी कुर्सी में धँस सी गयी। वो बहुत थकी हुई थी लेकिन आख़िरकार दिन अच्छा गुज़रा था। जब वो ज़ू पहुँची तो मॉमला शांत था। बच्चों ने जो कुछ भी देखा हो, उन्हें बहुत मज़ा आया था और राजीव का मिज़ाज भी अच्छा था। जब बच्चे बेबी जिराफ़ को देख रहे थे तो राजीव ने नीरजा के कंधे पर अपनी बाँह को घुमा के उसका माथा चूम लिया। छोटी सी बात थी मगर इतनी जानी-पहचानी-सी लगी मानो वो पाँच साल पहले के वक़्त में चले गए हों। नीरजा ऐसी ही आसान मोहब्बत के लिए बेक़रार थी जहाँ दोनों लोग एक ही दिशा में साथ-साथ चल रहे हों मानो दुनिया जीत लेंगे। उनके बीच ऐसा कुछ बहुत लम्बे समय से नहीं था लेकिन नीरजा को लगने लगा था जैसे वो आज राजीव के थोड़ा और क़रीब आ गयी थी। उसने पूरी कोशिश की थी कि ज़ू बंद होने तक वो सब वहीं रहें क्योंकि उसे डर था कि कार तक पहुँचते-पहुँचते वो इस एहसास को खो देगी।

अब वो सब सो रहे थे। आर्यन और अहाना को एक-एक खिलौना लेने की इजाज़त थी तो वे दोनों अपने-अपने खिलौने पकड़े हुए अपने बिस्तर में सो रहे थे। राजीव सोफ़े पर था। सब अच्छा था। उन सब का दिन अच्छा बीता था। किसी भी बारे में बात करने की कोई ज़रूरत नहीं थी और मन में ऐसी कोई भड़ास नहीं थी जिसे निकालने के लिए बहस की कोई ज़रूरत हो। और घर में फैली शांति ने नीरजा को मौक़ा दिया कि वो फिर से केस पर पकड़ मज़बूत कर सके।

नीरजा ने वाइन का एक बड़ा घूँट लिया जिसका स्वाद ताज़ा और थोड़ा खट्टा था और उसने उसे आर्यन वाली प्रेगनेन्सी से पहले की गर्मियों की याद दिला दी। राजीव और उसने हिमाचल में एक ट्रेक पूरा किया था और रोज़

रात को उनके खाने में वाइट वाइन और चिकन ही होता था। उसने अपनी आँखें बंद कीं और दूर तक जंगली फूलों से सजे हुए खेतों और उनके पीछे काले पहाड़ों के बारे में सोचने लगी।

अपने बेफ़िक्री के दिनों की तस्वीरों को हटाने के लिए नीरजा ने अपनी आँखें मलीं। उसने अपने लैपटॉप पर बनी एक पेंटिंग को क्लिक किया। अपने मोबाइल पर उसने इस पेंटिंग को दोपहर में एक झलक देखा था, लेकिन यहाँ उसी की बड़ी तस्वीर काफ़ी अलग सी महसूस हो रही थी। नीरजा उस आदमी के चेहरे को कुछ देर तक देखती रही जो उसकी कंप्यूटर स्क्रीन से उसकी तरफ़ जानेलवा नज़रों से देख रहा था।

जिस आदमी को उन दो बच्चों ने देखा था वो क़रीब 60 साल का था। बाल झड़ने शुरू हुए थे, सर पर सफ़ेद बालों का बिखरा सा गुच्छा था, मोटी, सफ़ेद मूँछ और बिखरी हुई दाढ़ी थी। चश्मे के पीछे से नीली, गीली आँखें नीरजा को देख रही थीं। वो सीरियल किलर की बजाय धोखा खाया डिप्रेशन का मरीज़ लग रहा था।

नीरजा ने वो डॉक्यूमेंट खोला जहाँ उसने ख़ून के बारे में सारी जानकारियाँ रखी थीं। वैसे अभी तक उसमें सिर्फ़ ऑटोप्सी और क्राइम सीन की जानकारियाँ थीं। वह सिद्धार्थ के बारे में और ज्यादा जानना चाहती थी ताकि वह ख़ूनी की मानसिक हालत का और ठीक से अंदाज़ा लगा सके। नीरजा की बनाई जाने वाली प्रोफाइल के लिए विक्टिम के बारे में जानकारी सबसे ज़रूरी बात थी। इससे वह ये पता लगा सकती थी कि आख़िर वह खून का शिकार हुआ ही क्यों!

जो तस्वीर नीरजा ने अपने दिमाग़ में बनायी थी, वो स्केच से बिलकुल भी मेल नहीं खाती थी। उसने अपने अंगूठे का नाख़ून चबाया। नहीं। ये बहुत

जल्दी था। जब तक उसके पास सारी ज़रूरी जानकारी नहीं आ जाए, वो ख़ूनी की कोई भी तस्वीर नहीं बना सकती थी। उसके दिमाग़ में भी नहीं। हाँ, बच्चों ने इस आदमी को ज़रूर देखा था, लेकिन इसका मतलब ये नहीं कि वही ख़ूनी हो। नीरजा ने एक दूसरे ख़ूनी के होने की गुंजाइश वाली थ्योरी से भी इन्कार नहीं किया था। ये बात टीम को कैसे समझानी है, उसके बारे में वह बाद में सोच सकती थी। उसने गौतम के सिद्धांतों के बारे में सोचा जिसे बताते वक़्त वो अपना एक हाथ अपने पेट पर रख देता था और आँखें बंद कर लिया करता था। 'जवाब यहाँ है। तुम्हारा इंस्टिंक्ट ख़ूनी को देखने के लिए ट्रेंड है। अपने आपको अनुमान, जल्दबाज़ी में बनाए गए निष्कर्षों और गलत दिशा में भटकने मत दो।'

नीरजा को सिद्धार्थ के बारे में और जानना था। अब चूँकि वो विक्टिम बन गया था, यही बात नीरजा को ख़ूनी की सोच के बारे में बहुत कुछ बता सकती थी। सिद्धार्थ की ज़िंदगी ने बहुत सारे सवाल खड़े कर दिए थे। नीरजा को उसे ठीक से जानना ही होगा। एक तेरह साल के लड़के के इतने सारे राज़ कैसे हो सकते थे? वो आख़िर था कौन? कम से कम यही अज़ब बात लगती है कि सिद्धार्थ अकेले रेड लाइट एरिया में घूमता रहता था। वह एक दोहरी ज़िंदगी जी रहा था और उसके ख़ुद के पिता को ये अंदाज़ा नहीं था कि वो किस तरह की चीज़ों में शामिल था।

जो जानकारी नीरजा को चाहिए थी, विक्रम ने उसे वो नहीं दी थी। नीरजा को अब ख़ुद ही बाहर जाकर वो हासिल करनी होगी। प्रकाश ने बताया था कि वेश्याएँ दिन में बहुत बार रेल की पटरी या नेशनल पार्क के आस-पास घूमती नज़र आती थीं। नीरजा को वहाँ जाकर और जानकारी निकालनी पड़ेगी और वो भी बिना विक्रम या प्रकाश को अपने साथ लिए क्योंकि लड़कियाँ उन्हें पहचान जाएंगी और नीरजा एक सुनहरा मौक़ा खो

देगी। और स्कूल से भी पता करना होगा। वे लोग भी ज़रूर ही नीरजा को बता पाएंगे कि सिद्धार्थ किस तरह का बच्चा था। वो ख़ुद ही सोमवार को स्कूल जाएगी। जितना ये लोग इस ख़ून के बारे में जानते थे, बात उससे कुछ ज़्यादा थी और नीरजा इसे किसी भी हालत में सिद्ध करके रहेगी।

नीरजा ने वो नोटबुक खोली जो सिद्धार्थ के पिता को उसके गद्दे के नीचे दबी मिली थी। वैसे उसे यह नोटबुक घर नहीं लानी चाहिए थी क्योंकि वो ऑफिशियल सबूत का हिस्सा थी। वह इसे सुबह ही प्रकाश को लौटा देगी। वह एक तरह की डायरी थी। उसमें लिखी हुई बातें कम थीं और स्केच ज़्यादा बने हुए थे। शर्मा ने बताया था कि उसके और सिद्धार्थ के बीच बातें अधूरी ही रह जाया करती थीं। और ज़रूरी मुद्दों पर तो वे बात ही नहीं करते थे। क्या ये डायरी सिद्धार्थ के लिए अपनी माँ की मौत का दुःख ज़ाहिर करने का ज़रिया थी? ये बात साफ़ थी कि ये छोटी-सी डायरी एक ऐसा राज़ थी जिसे उसने अपने पिता से छुपाने की कोशिश की थी।

उसमें हथियारों की, ज़मीन पर ख़ून से सने लोगों की और पैसे के पहाड़ों की ड्राइंग थीं। एक ड्राइंग को नीरजा काफ़ी देर तक ध्यान से देखती रही। वो एक रोते हुए लड़के की ड्राइंग थी जिसके बाल किसी फूलों के गमले जैसे बने हुए थे। क्या ये ड्राइंग सिद्धार्थ ने ख़ुद बनाई थी? उस चेहरे के साथ एक हाथ था जिसने पैसे पकड़े हुए थे। और नीचे एक हँसता हुआ स्माइली था। उसकी हैंडराइटिंग समझने के लिए नीरजा को काफ़ी ध्यान से देखना पड़ा। उस पर लिखा था कि : मेरी क़ीमत 10,000 रुपए है, बाक़ी सब से ज़्यादा। सिद्धार्थ क्या कहना चाह रहा था? अगले पन्ने पर एक औरत की ड्राइंग थी जिसकी भौंहें काफ़ी मोटी थीं और चेहरे पर कमीनापन था और नीचे लिखा था- "Fuck off, शालू bitch!"।

“मैं सोने जा रहा हूँ,” राजीव दरवाज़े पर खड़ा था। नीरजा का उस पर ध्यान भी नहीं गया था। उसके पीछे से आती हुई रोशनी ने उसे एक काला सा साया बना दिया था।

“एक मिनट रुकोगे मेरे लिए? मेरा काम भी हो गया, बस।” ये झूठ था लेकिन शायद नीरजा के लिए एक ब्रेक लेना अच्छा था ताक़ि वह अपने ख़यालों को ठीक से सँजो सके।

राजीव दरवाज़े से टेक लगा के खड़ा हो गया। “मुझसे वेट नहीं होगा नीरू, आई जस्ट वांट टू गो टू स्लीप।”

“क्यों न हम एक दूसरे के साथ थोड़ा-सा टाइम स्पेंड करें? तुम अपने लिए वाइन ले लो, फिर बैठ के कुछ देर बातें करते हैं।”

राजीव ने आह भरी। “हम पहले भी कई बार ये बातें कर चुके हैं।”

“अच्छा सच्ची बताओ। आज का दिन अच्छा था न?”

“ठीक, यह तुम्हारे लिए होगा, शायद। क्योंकि तुम जब भी अचानक ग़ायब होना चाहो, तुम्हारा ग़ुलाम तुम्हारे लिए हाज़िर रहता है।”

“क्या? सिर्फ़ इसलिए कि मुझे कुछ देर के लिए ऑफिस जाना पड़ा? ये तुम अब क्यों सुना रहे हो? सुबह तो तुम्हें इससे कोई प्रॉब्लम नहीं थी।”

“बकवास! तुमने मुझसे ये नहीं पूछा कि मुझे चलेगा या नहीं, कि मैं क्या चाहता था। और फिर कार से ज़ू के बाहर फेंक दिया ताक़ि तुम जल्दी से अपनी मनपसंद जगह ऑफिस जा सको। तुम्हारी प्राथमिकता, नीरू। सब उसी की बात है। और हम तो साफ़ तौर पर तुम्हारी प्राथमिकता में नहीं हैं,” उसने अपना सर झुकाया, “मैंने कोशिश की कि ये मज़ेदार हो। बच्चों के

लिए। हमारे लिए। तुम सब कुछ बिगाड़ देती हो। तुम सिर्फ़ अपने बारे में सोचती हो और तुम्हारे जाने के बाद हर टूटी-फूटी बिखरी बात मुझे सँभालनी पड़ती है।"

एक पल के लिए नीरजा को समझ नहीं आया कि वो क्या कहे। उसे दोपहर की याद आयी जब आर्यन बहुत ग़ुस्से में था लेकिन वो उसे छोड़ के चली गयी थी। नीरजा ने अंदाज़ा लगा लिया था कि उसके जाने के बाद आर्यन का ग़ुस्सा अपने आप ही ठंडा हो गया होगा। मगर राजीव सही था, नीरजा ने उसके ऊपर एक बहुत ही ग़ुस्सैल बच्चे का भार डाल दिया था। उसने उठ के राजीव का हाथ थाम लिया।

"ये सिर्फ़ एक फेज़ है। ये केस ख़त्म होते ही मैं सब ठीक कर दूँगी, ओके?" नीरजा का हाथ राजीव की बाँह से होते हुए उसके गाल तक पहुँचा। "अगर मैं तुम्हें दिखाऊं कि मेरी प्राथमिकता में तुम्हीं हो तो? अभी, इसी वक़्त।" वो उसे चूमने के लिए अपने पंजों पर खड़ी हुई। "सच्ची, चलो ऊपर चलें।"

राजीव ने उसे पीछे धकेल दिया। "सॉरी, मैं बहुत ज़्यादा थका हुआ हूँ।" वो नीरजा को यूँ ही दरवाज़े पर खड़ा छोड़ के चला गया। तो नीरजा उसे सेक्स के लिए भी राज़ी नहीं कर सकती थी। उसने निराशा का घूँट भरा।

"राजीव?"

वो सवालिया नज़रों से पलटा।

"इस हफ़्ते किसी दिन हम लोग डिनर पर चलें? सिर्फ़ हम दोनों? बच्चों को तुम्हारी मॉम के पास छोड़ देंगे। लम्बा समय हो गया ऐसा कुछ किए। रोस्ट एंड टोस्ट पर जा सकते हैं शायद।"

"लेकिन वो तो लिंक रोड पर है," राजीव ने कहा।

"मैं ऑफिस से सीधा वहाँ पहुँच जाऊँगी।"

"लेकिन तब हमें दो गाड़ियाँ ले जानी पड़ेंगी। काफ़ी झंझट होगा, मैं नहीं सोच पा रहा।"

"ओह कम ऑन, मज़ेदार होगा! हम पहली डेट पर वहीं तो मिले थे।"

"ऑलराइट।" और राजीव बेडरूम में चला गया।

सिर्फ़ खाना खाने के लिए बाहर जाना था। ये एक मॉमूली सी चीज़ थी जो दूसरे, हैप्पी कपल के लिए आम सी बात होगी लेकिन नीरजा को मानो एक छोटी जीत जैसी महसूस हुई और वह उम्मीद से भर उठी। उम्मीद की एक बहुत ही छोटी सी किरण जैसी।

सोमवार को नीरजा रूप नगर के ज्ञान शक्ति स्कूल पहुँची। सिद्धार्थ वहीं पढ़ता था और नीरजा को उसकी टीचर से कुछ जवाब मिलने की उम्मीद थी। विक्रम पहले ही उस स्कूल में आ चुका था और कुछ विटनेस की स्टेटमेंट भी ली थीं लेकिन उसने वे सवाल नहीं पूछे थे जो नीरजा के मन में थे। सिद्धार्थ पढ़ाई में कैसा था, टीचर और दूसरे स्टूडेंट का उसके बारे में क्या ख़याल था? उसकी शारीरिक और मानसिक हालत कैसी थी? क्या वह किसी चीज़ से डरता था और उसकी आदतें क्या थीं? सिद्धार्थ की क्लास टीचर को उसके घर की ज़िंदगी और परिवार के साथ रिश्ता कैसा लगता था? ये सब नीरजा की प्रोफाइलिंग के लिए ज़रूरी बातें थीं और वह किसी तरह इन बातों का जवाब चाहती थी। क्राइम सीन और गिरीश की रिपोर्ट ने यह तो साफ़ कर दिया था कि ख़ूनी ने हर चीज़ की ध्यान से तैयारी की थी। काफ़ी हद तक ये तय था कि उसने ख़ास तौर पर सिद्धार्थ को ही चुना था और नीरजा को ये जानना था कि उसने ऐसा क्यों किया होगा।

ज्ञान शक्ति स्कूल की बिल्डिंग बड़ी और अत्याधुनिक थी। बाहरी हिस्सा गहरे भूरे रंग की प्लास्टर से ढका हुआ था जो कि एंट्रेंस गेट के आस-पास की ईंटों वाली दीवारों से अलग नज़र आ रही थी। स्कूल के आँगन में काफ़ी हरियाली थी। वहाँ नींबू के पेड़ थे और रूफ़ पैनल के नीचे कुर्सियाँ और मेज़ लगाए गए थे। मैदान पीली और भूरी पत्तियों से ढका हुआ था, शरद जैसी महक थी।

नीरजा आगे बढ़ के बाएँ मुड़ी और एक लंबे कॉरिडोर में पहुँच गयी जो टीचर्स के कमरों से जुड़ा हुआ था। वो हर दरवाज़े के बाहर नेम प्लेट पढ़ती हुई चल रही थी। जैसे ही उसने पढ़ा, सुषमा कपूर, वह रुक गयी। एक छोटी सी खिड़की से सिद्धार्थ की क्लास टीचर नज़र आयी। वह औरत 34-35 साल के आस-पास की होगी, तक़रीबन नीरजा की ही उम्र की। उसका व्यक्तित्व काफ़ी कड़क था और काले गहरे बाल एक ढीली सी गाँठ में बँधे हुए थे। नीरजा ने गहरे भूरे रंग के दरवाज़े को खटखटाया और अंदर चली गयी।

नीरजा ने छोटी-मोटी बातों पर वक़्त ज़ाया न करते हुए सीधे बताया कि वो सिद्धार्थ की शख़्सियत को और बेहतर तरीक़े से जानने की कोशिश कर रही है ताक़ि ख़ूनी के क़रीब जा सके। सुषमा ने उसकी बात ध्यान से सुनी और बीच-बीच में सर हिला के बताया कि वो पूरे ध्यान से सुन रही है। सुषमा की आँखें भूरे रंग की और बड़ी थीं और उसके गाल गुलाबी थे: एक प्यारा सा खिला हुआ चेहरा। सिद्धार्थ ने इस औरत के साथ अपने दिल का हाल क्यों नहीं बाँटा? नीरजा को एकदम ये लगा कि सुषमा सिद्धार्थ की मुश्क़िलों को सुलझाने में उसकी मदद ज़रूर करती।

"आप सिद्धार्थ को कैसे डिस्क्राइब करेंगी? क्या वह मुश्किल लड़का था?" नीरजा ने पहला सवाल किया।

सुषमा ने एक गहरी साँस लेकर ऊपर छत की तरफ़ देखा, मानो वह वहाँ से जवाब मिलने की उम्मीद कर रही हो। "सिद्धार्थ टीचर या बाक़ी स्टूडेंट के लिए अपने एग्रेसिव बिहेवियर की वजह से तो मुश्किल नहीं था। लेकिन हाँ, उसको डिसिप्लिन में रख पाना असंभव था। कितना भी पकड़ के रखो, उँगलियों से फ़िसल ही जाता था।"

"उसे डिसिप्लिन में रखने की क्या ज़रूरत थी?"

"वह कई बार ग़ायब हो जाता था।"

"मतलब?"

"उसका ग़ायब होना बढ़ता ही जा रहा था। रिसेंटली वह लेट आने लगा था और फिर लंच के वक़्त ग़ायब हो जाता। जब हम उससे पूछते तो वह इस तरह देखता जैसे उससे ज़बरदस्ती की जा रही हो। फिर वह उठ के बस बाहर निकल जाता और मुझे फिर से यक़ीन हो जाता कि कुछ बदलने वाला नहीं है। दिन-ब-दिन वह पहुँच के बाहर होता जा रहा था। लेकिन मैंने यह कभी नहीं सोचा था कि इस सब का ऐसा अंत होगा।" सुषमा ने टिश्यू से आँखें पोंछीं।

"उसका अपने डैड के साथ संबंध कैसा था?"

"ठीक-ठाक। वह मुझसे दो बार मिलने आए थे। हमने उनसे कहा था कि अपने बेटे को साइकोलॉजिकल हेल्प दिलवाएँ।"

"क्या तुम्हें पता है कि उन्होंने ऐसा किया या नहीं?"

"मेरे ख़याल से नहीं। बल्कि उनका रिएक्शन ज़रा संदेहास्पद लगा था। उन्हें लगा था कि शायद यह सब मॉमले को और बिगाड़ देगा।"

नीरजा इस बात से पूरी तरह सहमत थी क्योंकि उसने ख़ुद इसका दर्दभरा तजुर्बा किया था। श्रुति के बाद साइकेट्रिस्ट सिर्फ़ इतना कर पाया था कि नीरजा को बद से बदतर महसूस हुआ था और ध्यान से छुपा कर रखा हुआ हर दर्द उसने फिर से जिया था।

"पर आपने बस ऐसे ही साइकेट्रिस्ट का सुझाव नहीं दिया होगा न? कोई ख़ास कारण रहा होगा।" नीरजा ने जानने की कोशिश की।

सुषमा ने हाँ में सर हिलाया और बालों की एक लट उसके चेहरे पर आ गिरी जिसे उसने ध्यान से अपने कानों के पीछे धकेल दिया, "मुझे लगने लगा था कि सिद्धार्थ डिप्रेस्ड था। वह कॉरिडोर में बस यूँ ही फिरता रहता, उसका शायद ही स्कूल में किसी के साथ कोई संबंध रहा हो और मैंने उसे कभी हँसते या मुस्कुराते नहीं देखा। उसकी माँ की मृत्यु काफ़ी समय पहले हुई थी। मुझे नहीं लगता कि उसका दुःख रिलीज़ हुआ था।"

"लेकिन आपने उसे क्लास टीचर होने के नाते एप्रोच क्यों नहीं किया? आप तो उससे बात कर ही सकती थीं न?"

"यह दुखद है कि मैं ऐसा नहीं कर पायी। मैंने कई बार कोशिश की लेकिन वह एक बंद क़िताब जैसा था।"

"आपको लगता है वह ग़लत संगत में पड़ गया था?"

हल्की सी चुप्पी छा गयी, सुषमा सही लफ़्ज़ ढूँढ रही थी।

"मुझे नहीं पता कि वह स्कूल के बाद क्या करता था। लेकिन यहाँ स्कूल में ऐसा लगता था जैसे उसने जानबूझ कर ख़ुद को सबसे अलग कर लिया था। कोई उसे परेशान भी नहीं कर रहा था। बस उसने ही चुन लिया था कि उसे किसी भी चीज़ में शामिल नहीं होना। लंच में वह बस कहीं अलग बैठ जाता और अपने फ़ोन से खेलता रहता।"

नीरजा जानती थी कि सुषमा अब कुछ और ख़ास नहीं बता पाएगी। नीरजा ने उठ कर टीचर को बाय कहा और उसने एक बार आँसू भरी लाल आँखों से सिद्धार्थ के साथ जो हुआ, उस पर दुःख जताया। क्या सच में कोई ऐसा नहीं है जो सिद्धार्थ को जानता था, उस तक पहुँच पाता था? ऐसा लग रहा था जैसे सिद्धार्थ कभी अपना दिल खोल ही नहीं पाया था। ये सच में कितना अकेले तरह का दुःख रहा होगा।

नीरजा ने भारी-भरकम एंट्रेंस गेट को धक्का दे कर खोला और सिगरेट जलाने ही वाली थी कि एक गहरे काले बालों वाली लड़की कोने से निकल के आयी।

"आप यहाँ सिद्धार्थ की वजह से आयी हो न?"

नीरजा ने हाँ में सर हिलाया और फिर उस लड़की के क़रीब आने का इंतज़ार किया। उस लड़की की पतली टाँगों में पतली जींस लपेटी हुई थी और नीचे सफ़ेद जूते पहने थे। लम्बे, काले बाल ब्लीच किए हुए, जो कंधे से काफ़ी नीचे तक लहरा रहे थे। उसका चेहरा नाज़ुक था और होंठ पतले से थे।

"मैं उसे जानती थी।" उस लड़की ने कहा।

नीरजा ने सर हिलाया लेकिन कुछ बोली नहीं।

"हम दोनों के बीच एक बार कुछ था।" वह लड़की घूम गयी। "प्रॉपर गोइंग आउट या वैसा कुछ नहीं, बस एक फ्लिंग। आई लाइक हिम। वह हमेशा अपने मन की करता था और उसे किसी की कोई परवाह नहीं थी। मुझे लगा यह कूल था।"

"मैने सुना कि उसके ज़्यादा दोस्त नहीं थे।"

"उसे लगता था यहाँ ज़्यादातर लोग बेवकूफ़ हैं।"

"लेकिन निश्चय ही तुम उन बेवकूफ़ों में नहीं थीं।"

वो लड़की मुस्कुराई और उसकी आँखें चमक उठीं।

"तुम लोग कितने समय साथ में थे?" नीरजा ने पूछा।

"वेल, हम लोग वैसे साथ में नहीं थे, बस कभी कभार किस कर लेते थे। सिर्फ़ स्कूल में ही मिलते थे। बट रिसेंटली हमारा आर्गुमेंट हुआ था।" वो अपने हाथों से खेल रही थी। "शायद यह उतना ज़रूरी न हो।"

"तुम मुझे बता सकती हो।"

"वो जो कुछ करता था, आर्गुमेंट उसके बारे में था।" वो लड़की एक पल के लिए रुकी। "उसकी मोबाइल पर कुछ चैट chats थीं। उनमें से एक पर मैंने क्लिक किया था।"

"क्या था उसमें?"

"उसे टिफ़िन टॉप पर जाना था, किसी आदमी से वहाँ मिलने के लिए अग्री किया था उसने।"

"क्या चाहिए था उस आदमी को?"

उस लड़की ने नीरजा को देखते हुए अपने कंधे उचकाए। "मुझे ठीक ठीक पता नहीं क्या था पर ज़रूर गैरकानूनी था। मुझे कुछ भी बताना नहीं चाहता था। सिद्धार्थ इस बात से डर सा गया कि मैंने उसका मोबाइल देख लिया था। उसने मुझे सीधे कहा कि उस चैट का तेरे से कोई लेना देना नहीं है। और तुम अपने काम से काम रखो । वो उसके बाद मुझसे कभी नहीं मिला।"

"कब की बात है ये?"

"शायद कुछ महीने पहले की।"

"ये इन्फॉर्मेशन काफ़ी इम्पॉर्टेन्ट है। तुम अपने पेरेंट्स के साथ पुलिस स्टेशन आकर ये दोबारा बता सकती हो?"

उस लड़की ने अपने दोनों होंठ एक साथ भींचे। वो सोच रही थी। नीरजा को किसी तरह इस विटनेस स्टेटमेंट की ज़रूरत थी। वो लड़की इस बात को प्रूव कर रही थी कि सिद्धार्थ एक सीक्रेट ज़िंदगी जी रहा था। नीरजा कुछ नहीं बोली और पूरे बदन में एड्रेनालाईन की बरसात होने के बावजूद वो उस लड़की को काफ़ी सब्र के साथ देखती रही।

उस लड़की ने हाँ में सर हिला दिया

नीरजा रोस्ट एंड टोस्ट पर ज़रा देर से पहुँची। मंडे होने के बावजूद रेस्टोरेंट भरा हुआ था। गार्लिक बटर में बने खाने की ख़ुशबू से पूरी जगह महक रही थी। राजीव ठीक उसके सामने बैठा था। वो नीरजा के आने से पहले ही दो लोगों वाली मेज़ पर आकर बैठ गया था। नीरजा ने चिकेन मँगवाया जबकि राजीव ने स्टेक ऑर्डर किया था। दोनों के लिए एक-एक गिलास वाइन का भी था। राजीव ने अपना खाना जल्दी से ख़त्म कर लिया था जबकि नीरजा की थाली में काफ़ी सारा चिकन बचा हुआ था। नीरजा ने पलकें नीची करके राजीव को देखा। ऐसा लग रहा था जैसे दोनों अपनी ही छोटी सी दुनिया में क़ैद थे, आस-पास की आवाज़ों और हँसी के बेसुरे शोर में डूबे हुए।

राजीव चुपचाप अपने नैपकिन के एक कोने से खेल रहा था। नीरजा ने अपनी प्लेट ज़रा दूर खिसकायी। उसे ज़्यादा भूख नहीं थी। वे दोनों आख़िर कर क्या रहे थे? कभी दूसरे कपल्स के ऊपर हँस रहे थे, कभी खाने पर झुके हुए थे या कभी बाहर देख रहे थे ताक़ि किसी तरह एक-दूसरे का सामना ना करना पड़े। नीरजा ने कभी सोचा नहीं था कि ऐसा वक़्त भी आएगा जब वो इस तरह के कपल बन जाएंगे कि दोनों के पास एक दूसरे से कहने के लिए कुछ होगा ही नहीं।

वह फोर्क से आलू का टुकड़ा उठाने लगी। “शायद हमें किसी की मदद लेनी चाहिए। अपने लिए।”

“रिलेशनशिप थेरेपी?” राजीव ने नाक सुड़की और नीरजा की तरफ़ बिना किसी जज़्बात के देखा। इस तरह से कि जैसे नीरजा को बता रहा हो कि कोशिश करने का कोई फ़ायदा नहीं है। सारी मेहनत एक-तरफ़ा ही होगी क्योंकि राजीव ने तो काफ़ी पहले ही हाथ खड़े कर दिए थे। नीरजा नहीं जानती थी कि ये असल में कब हुआ था, हो सकता है शायद कई साल पहले हुआ हो। ज़ाहिर है कि वह उस पल से अनजान थी। और अब वे दोनों बस शादी को घसीट रहे थे, उनकी ज़िंदगी बच्चों के इर्द-गिर्द निकल रही थी। और अगर वे उसके पीछे छुप नहीं सकते थे तो इतनी कोशिश कर ही सकते थे कि एक दूसरे से दूर रहें।

"मैं एक और ट्राई करना चाहती हूँ। तुम नहीं चाहते?" नीरजा ने एक बार फिर कोशिश की।

राजीव ने कंधे उचकाए। "अगर तुम्हें लगता है कि थेरेपी कोई सलूशन दे सकती है तो ठीक है, कर के देख लेते हैं।"

"तुम सहमत नहीं लग रहे। अगर पूरी तरह से तैयार नहीं हो तो बेहतर है कि हम इसे शुरू ही न करें।" नीरजा दिल से नहीं कह रही थी।

"मैं सच में चाहता हूँ। बच्चों के लिए।"

"और तुम्हारे लिए?"

"हे भगवान, नीरू! तुम और मैं दोनों जानते हैं कि चीज़ें पहले जैसी नहीं हैं।"

नीरजा ने धीरे से सर हिलाया। "मैं समझती हूँ कि है, मैं सच में अपनी रिलेशनशिप पर काम करना चाहती हूँ पर ये मैं अकेले नहीं कर सकती। मैं चाहती हूँ कि हम लोग फिर से ख़ुश रहें। साथ में।"

"मैं भी यही चाहता हूँ।"

नीरजा ने अपना हाथ उसके हाथ में बढ़ाया, उसका हाथ एकदम ठंडा था। वेटर ने जल्दी से और चुपके से उनकी मेज़ साफ़ कर दी। ज़ाहिर है कि वो भाँप गया था कि माहौल उतना अच्छा नहीं है इसीलिए जल्दी से उनके रास्ते से हट गया।

जैसे ही उन्होंने बिल मँगवाया, नीरजा का फ़ोन वाईब्रेट होने लगा। साहिल। वो नीरजा को सबसे ग़लत वक़्त पर कॉल करने में माहिर हो चुका था। नीरजा ज़रा सा हिचकिचायी पर फिर सोचने लगी कि इतनी देर से फ़ोन कर रहा है, शायद कोई नयी इन्फॉर्मेशन मिली होगी।

"बोलो।" नीरजा ने सीधे कहा।

"गुड इवनिंग, नीरजा।"

"मैं एक रेस्टोरेंट में हूँ। मेरी नाईट ऑफ है।"

"जब तक ख़ूनी पकड़ा नहीं जाता, तुम्हारी कोई नाईट ऑफ नहीं हो सकती। कहाँ हो तुम?"

"लिंक रोड पर। एक रेस्टोरेंट में," नीरजा ने कहा। यह नीरजा और राजीव की यादों का हिस्सा था। ये बात और है कि इस वक़्त यहाँ आना एक ग़लतफ़हमी ही साबित हुआ था। राजीव अपने नाखून साफ़ करता हुआ ऊब रहा था।

"हमें बात करने की ज़रूरत है। ऑफिस आ सकती हो?" साहिल ने कहा।

नीरजा ने राजीव की ओर देखा जो उससे नज़रें न मिलाने की हर मुमकिन कोशिश कर रहा था। "ठीक है, आती हूँ।" बिना साहिल को जवाब देने का वक़्त दिए, नीरजा ने फ़ोन काट दिया।

वेटर ने उनके सामने एक छोटी सी ट्रे में बिल और कुछ मिंट लाके रख दीं। नीरजा ने बिल भरने के लिए अपना पर्स उठाया। "मुझे पुलिस स्टेशन जाना होगा। सी यू एट होम।"

नीरजा को साहिल के दफ़्तर में साफ़ तौर पर शराब की बू रही थी। वह एक पल के लिए दरवाज़े पर ही खड़ी रही, सोच रही थी कि साहिल की बात मान के कहीं कोई ग़लती तो नहीं की।

“तुम मुझसे बात करना चाहते थे।” नीरजा ने कहा।

साहिल ने सर हिलाया और दोनों हाथों में अपना सर पकड़ लिया। फिर वो अचानक उठ खड़ा हुआ और मीटिंग टेबल पर आकर उसने नीरजा के लिए कुर्सी खींची। साहिल की क़मीज़ उसकी पेंट से बाहर लटक रही थी और ज़ाहिर था कि दाढ़ी सिर्फ़ एक दिन से ज़्यादा की बढ़ी हुई थी।

“हुआ क्या है तुम्हें? बिलकुल भिखारी लग रहे हो।” नीरजा ने उससे पूछा।

“थैंक यू फॉर द कॉम्प्लीमेंट।”

“तुम बीमार हो क्या? या पी रखी है"। शायद दूसरी बात ही सच थी।

नीरजा के माथे पर गुस्से की लकीरें उभर आयीं थीं लेकिन वो कुर्सी पर बैठ गयी जबकि साहिल ने दरवाज़ा बंद किया।

“हम इस इन्वेस्टिगेशन में कहाँ तक पहुँचे हैं?” साहिल ने पूछा।

“आई’म श्योर , मेरी बजाय प्रकाश इसका बेहतर जवाब दे पाएगा। उससे क्यों नहीं पूछते कि,” नीरजा ने अपनी घड़ी की तरफ़ जानबूझकर देखते हुए कहा, “...वो रात को साढ़े नौ बजे तुम्हारे ऑफिस में आकर सारे अपडेट दे दे।”

साहिल ने अपनी मुट्ठियाँ भींचीं। “मैं तुमसे जानना चाहता हूँ।”

नीरजा ने एक पल के लिए सोचा कि वो उसी वक़्त वहाँ से उठ कर चली जाए। साहिल के घमंड का कोई अंत नहीं था।

"हमारे पास दो बच्चे हैं जिन्होंने शायद ख़ूनी को देखा है। एक स्केच बना लिया गया है जो इस हफ़्ते टीवी पर दिखाया जाएगा।"

"और उस एब्यूज थ्योरी का क्या?"

"वो थ्योरी मेरी नहीं है।"

"तो तुम उसे झूठा साबित कर सकती हो? प्लीज़ एक्सप्लेन।"

नीरजा ने अपनी एक भौंह ऊपर चढ़ायी। साहिल उसके ठीक सामने बैठ कर उसके मुँह की ओर ताक रहा था मानो किसी तरह ज़बरदस्ती शब्द बाहर खींच लेगा।

"मेरी एक अलग थ्योरी है।" नीरजा पीछे होकर बैठ गयी ताक़ि दोनों के बीच दूरी बढ़ जाए और साहिल की शराब से भरी साँस से भी बची रह सके। "इस खून का एब्यूज से कोई लेना देना नहीं है।"

"तो क्या उसे एब्यूज नहीं किया जा रहा था?"

"मेरे ख़याल से वो लड़का इतना उलझा हुआ था कि बहुत सी चीज़ें अपनी मर्ज़ी से कर रहा था जिन्हें इस वक़्त हम संदेहास्पद मान सकते हैं।"

"जैसे?"

यही बात नीरजा अभी तक ठीक से पता नहीं लगा पायी थी। "शायद वो ड्रग में डील कर रहा था। मुझे लगता है वह किसी क्रिमिनल सर्कल्स का हिस्सा बन गया था।"

"ये तुम कैसे कह सकती हो? कोई विटनेस स्टेटमेंट हैं तुम्हारे पास?"

"मैं उस पर काम कर रही हूँ। मेरी समझ से सिद्धार्थ एक आसान शिकार था। वह टिफ़िन टॉप पर किसी कस्टमर का वेट कर रहा था।"

"ये काफ़ी सीरियस पॉइंट है।"

"इसलिए मैं अभी किसी को कुछ बता नहीं रही, जब तक कि मेरे पास और प्रूफ़ न आ जाएँ।"

"हमारे पास उसके लिए टाइम नहीं है।" साहिल ने ज़ोर से मेज़ पर हाथ मारा। "कोई और बच्चा किसी भी वक़्त इस पागल का शिकार बन सकता है। तुम्हारे पास इससे ज़्यादा इन्फॉर्मेशन क्यों नहीं है? ये सब सिर्फ़ अनुमान हैं, ढीली ढाली सूचनाएँ हैं। नीरजा, इस बार हमें बच्चे को बचाना है। इस बार बचाना ही है।"

एक पल के लिए नीरजा सन्न रह गयी और साहिल के चिल्लाने को अपने दिमाग़ में बार-बार बजने दिया। वो श्रुति के बारे में बोल रहा था। मतलब वो सही थी। साहिल ने उसे इस तहक़ीक़ात में शुरू से ही सिर्फ़ श्रुति की वजह से शामिल किया था।

"तो तुमने मुझे यहाँ रात को क्यों बुलाया? यह सिद्धार्थ के बारे में नहीं है, राईट?" नीरजा ग़ुस्से में आग उगल रही थी। उसने अपना बैग उठाया और वहाँ से जाने को हुई। "ये कोई भूल सुधार है? है न साहिल? एक और मौक़ा सबको दिखाने के लिए कि बच्चे को बचा सकते हैं? वेल, मेरे पास तुम्हारे लिए एक न्यूज़ है: वो आलरेडी मर चुका है। हम सिद्धार्थ को नहीं बचा सकते।" नीरजा जितनी ज़ोर से हो सकता था, उतनी ज़ोर से चिल्ला रही थी।

साहिल भी उठ खड़ा हुआ और खिड़की के पास जाकर खड़ा हो गया। उसकी पीठ नीरजा की तरफ़ थी। "तुमने कहा कि ऐसा हो सकता है कि ख़ूनी फिर से हमला करे," साहिल ने कहा।

"हाँ, मेरी समझ से इसकी पर्याप्त गुंजाईश है।"

"इसका मतलब दूसरे बच्चे ख़तरे में हैं। हम इस बार गलती नहीं कर सकते।"

"हम? श्रुति की मौत तुम्हारी ग़लती थी, साहिल। पूरी तरह से सिर्फ़ तुम्हारी ग़लती।" और उसके बावजूद नीरजा की ग़लती भी थी। वो अपने आपको भी उतना ही क़सूरवार मान रही थी क्योंकि उसने अपनी पूरी ताक़त नहीं लगायी थी। पर इस वक़्त बहुत गुस्से में होने के कारण वो ये बात मानना नहीं चाहती थी।

ऐसा लगा कि साहिल की आँखें चमकने लगी थीं। "मुझे तुम्हारी ज़रूरत है, नीरजा। प्लीज़ मुझे बताओ कि क्या करना पड़ेगा उसे पकड़ने के लिए।"

नीरजा ने कोई जवाब नहीं दिया। क्या बोल रहा था वो? उसे साहिल की मानसिक स्थिति पर शक़ होने लगा था जबकि वो ये अच्छे से जानती थी कि इस वक़्त ये सब वो नहीं बोल रहा था, शराब बोल रही थी।

"शायद हमें इस बारे में कल बात करनी चाहिए जब तुम फिर से थोड़ा होश में आ जाओगे।" नीरजा ने साफ़ जवाब दिया।

साहिल ने उसकी तरफ़ डर भरी नज़रों से देखा। "ठीक है। वैसे भी शामें मेरे लिए भयानक होती हैं, उसी वक़्त मैं अपने सारे गुनाहों के बारे में सोचता हूँ।"

नीरजा उस स्थिति को ठीक से जानती थी। मगर हाल फ़िलहाल में उसकी सुबहें भी उतनी ही ख़राब थीं जितनी की शामें। बुरी यादों के पिशाचों से पीछा छुड़ाने के लिए नीरजा जो इतनी सारी नींद की गोलियाँ खा रही थी, उनसे एक गहरा धुँधलापन पैदा हो रहा था। मन को अच्छा रखने में मदद तो ज़रूर मिल रही थी लेकिन उसकी हर सुबह की शुरुआत किसी ज़ोम्बी की तरह ही होती।

“मैं उसके बारे में हर वक़्त सोचता रहता हूँ,” साहिल बुदबुदाया, नीरजा की बजाय ख़ुद के लिए,“ये दिल पर पड़ा एक बोझ है जिसे मैं हर वक़्त ढोता रहूँगा, लेकिन इस केस के साथ ऐसा लग रहा है जैसे यह मुझे ख़त्म कर रहा है।” वो इतने धीरे बोल रहा था कि नीरजा को कुछ ख़ास समझ में ही नहीं आ रहा था।

वो जानती थी कि साहिल क्या कहना चाहता था। श्रुति। वो ख़ूबसूरत फ़रिश्ते सा चेहरा, जो सिद्धार्थ के केस पर काम शुरू करने के बाद नीरजा के हर डरावने सपने में आता था।

“पिछली गर्मियों में वो 11 साल की हो गयी होती,” नीरजा ने कहा। श्रुति छह साल की थी जब उसका ख़ून हुआ था। आज आर्यन भी छह साल का था। नीरजा अपने दिमाग़ से ये ख़याल निकाल ही नहीं पा रही थी। उसने कई बार देखा था कि एकदम आम से दिखने वाले लोग कितनी आसानी से राक्षस बन जाते थे। सुरक्षित होना सच्चाई नहीं थी, ख़तरा हर जगह मँडराता रहता था। राजीव को लगता था कि वो राई का पहाड़ बना रही थी। ये मुद्दा अक्सर उन दोनों के बीच में होने वाली ढेर सारी बहसों का हिस्सा होता था। राजीव को लगता था कि नीरजा अपने बच्चों की तरक़्क़ी के रास्ते में आ रही थी। उसे लगता था कि आर्यन इतना बड़ा हो चुका है कि घर के सामने वाले

मैदान में अकेले जाकर खेल सकता है। लेकिन इस ख़याल से ही नीरजा के पसीने छूट जाते थे। इस मुद्दे पर हर तरह की बहस के बावजूद नीरजा आर्यन को अकेले कहीं भी भेजने के लिए तैयार नहीं थी। आर्यन और अहाना को सिर्फ़ उनके बग़ीचे में ही खेलने की इजाज़त थी, वो भी मेन गेट को कुंडी-ताला लगाने के बाद।

"मैं जा रही हूँ, साहिल। आज रात को हमें कुछ नया नहीं मिलने वाला।"

साहिल ने सर हिलाया मगर दरवाज़े तक उसके पीछे गया और उसका हाथ थाम लिया। वो कुछ कहना चाहता था लेकिन अपना मन बदल लिया, सर हिलाया और वापस मुड़ गया।

आधी रात को अपनी गाड़ी चला कर घर जाते वक़्त नीरजा थक के चूर हो रही थी। ये जानते हुए कि उसके और राजीव के रिश्ते को अब बचाया नहीं जा सकता, हर बीतते पल के साथ वो हार मान लेना चाहती थी। उनका डिनर एकदम बकवास साबित हुआ था। जब राजीव ने डिनर पर चलने की हामी भरी तो वो बहुत ख़ुश थी। एक रोमांटिक जगह, मीठी यादें और मज़ेदार खाना, उनके रिश्ते को एक नयी उड़ान देने के लिए वो एकदम बढ़िया इंतज़ाम लग रहा था। पर जब से वो साथ आए थे, ऐसा पहली बार हुआ था कि नीरजा ने सच में असहज सा महसूस किया था। मानो वह किसी अनजान आदमी

के साथ अललटप्पू डेट पर गयी थी और एकदम से समझ आ गया था कि वो एक दूसरे के लिए नहीं बने थे। उनकी बातचीत जितनी भी हुई, एकदम तक़लीफ़ से भरी थी। उसकी शुरुआत नीरजा ने ही की थी। सारे सवाल उसी ने किए थे जिनके जवाब राजीव ने सिर्फ़ हाँ या न में दिए थे। नीरजा को लग रहा था कि जैसे वह लगातार शुरू होती, रफ़्तार पकड़ती और फिर किसी दीवार से टकरा के चूर-चूर हो जा रही है।

उसकी बची-खुची ताक़त साहिल से मिलने के बाद ख़त्म हो गयी थी। रुकी हुई तहक़ीक़ात का मुखौटा पहन कर वो अपनी निराशा दिखा रहा था लेकिन आज रात नीरजा जान गयी थी कि साहिल का ग़ुस्सा किसी और ही तरफ़ था। लग रहा था जैसे साहिल सारी दुनिया से नाराज़ था। कुछ देर के लिए उसका मुखौटा गिर पड़ा था और नीरजा ने उस मुखौटे के पीछे जो देखा था, वो उसी के दर्द से कुछ मिलता जुलता था।

श्रुति।

उसने नीरजा की पूरी ज़िंदगी को तार-तार कर दिया था और वो अभी तक उस केस को भुगत रही थी जो कि भयानक तरीक़े से बिगड़ गया था। वह नीरजा के करियर में एक नया मोड़ था। श्रुति के बाद वो अपनी नौकरी छोड़ना चाहती थी। उसे पुलिस में ही रहने की सलाह दी गयी थी और फिर वो अमरीका चली गयी थी, ये मानते हुए कि उसे उसका रास्ता मिल गया था। एक प्रोफाइलर के रूप में वो अपनी पसंदीदा नौकरी करती रह सकेगी लेकिन विक्टिम और उसके बीच थोड़ी और दूरी बना कर, जब तक कि साहिल फिर से उसकी ज़िंदगी में घुसा चला नहीं आया।

श्रुति ने अपने पीछे जज़्बातों का एक बड़ा पहाड़ छोड़ा था जिसे नीरजा अब भी अपने साथ घसीटे जा रही थी। अपने डॉक्टर, साइकेट्रिस्ट या गौतम

के साथ भी अलग-अलग तरह की बातचीत उन हालातों को बदलने में नाक़ाम थी। सिर्फ़ गोलियों से दर्द कम होता था मगर उनका असर इतना नहीं चलता था कि हर ख़ौफ़ को हमेशा के लिए दूर किया जा सके।

नीरजा बहुत क़िस्मतवाली थी कि उसकी और गौतम की राहें मिल गयीं थीं क्योंकि उसने ही पिछले तीन साल से नीरजा की मानसिक स्थिरता को बनाए रखा था। हर सुलझे हुए केस के साथ नीरजा का अपने ऊपर भरोसा बढ़ता गया था और इसी वजह से उसने अपनी आत्मा में खोयी हुई थोड़ी-सी शांति पायी थी। लेकिन सिर्फ़ अब तक। अब ऐसा लग रहा था जैसे सब कुछ फिर से किसी उथल-पुथल में डूबता जा रहा था। और न जाने क्यों वह इस ख़याल को हटा नहीं पा रही थी कि गौतम ने ही उसे ऐसे हालात में ला खड़ा किया था। वो सब जानता था। वो जानता था कि श्रुति की मौत कैसे हुई थी और उसने नीरजा पर कैसा असर किया था। फिर भी उसने नीरजा को भेड़ियों के आगे फेंक दिया था। साहिल खुराना बड़बोला था और उस पर हुक़्म नहीं चलाया जा सकता था लेकिन इस केस से गौतम साफ़ इंकार कर सकता था। वो किसी और प्रोफाइलर का इस्तेमाल कर सकता था। सबसे आसान रास्ता था गौतम से इस बारे में दो टूक सवाल करना लेकिन उसका जवाब क्या होगा, इससे डर के नीरजा ने अपना सर रेत में छुपाना ही बेहतर समझा। कायर!

नीरजा ने अपनी कार गराज के सामने पार्क की और अंदर गयी। घर ख़ाली-ख़ाली सा लगा। आम तौर पर बच्चे उसकी सास के साथ रात नहीं बिताते थे। वो बहुत ही अच्छी हैं। वो सुबह आर्यन को स्कूल ले जाएंगी और अहाना को नर्सरी भी, ताक़ि राजीव आराम से घर पर रह सके। शायद नीरजा को भी यही करना चाहिए। नैनीताल जाने से पहले अपनी पति के साथ शांति से कॉफ़ी का लुत्फ़ उठाए। उसके लिए थोड़ा वक़्त निकाले। नीरजा राजीव को बताना चाहती थी कि वो उसके लिए ख़ास था। अभी भी रिश्ता बचाया जा सकता था।

वो सीढ़ियाँ चढ़ी, शायद राजीव अभी तक जाग रहा हो। मन ही मन में वो चाह रही थी कि वो उसका इंतज़ार कर रहा हो। वो उसी हालत में अकेला ही घर में इतनी देर तक नहीं हो सकता था। नीरजा का मन हुआ कि जाकर उसे गले लगा ले। उसे याद भी नहीं था कि उन्होंने आख़िरी बार सेक्स कब किया था। वह थकी हुई थी मगर राजीव के बदन की गरमी को महसूस करना चाहती थी। शायद कभी-कभार सेक्स कर लेने से ही वो एक दूसरे के नज़दीक आ पाएँ।

नीरजा ने बाथरूम में कपड़े उतारे और सीधा दवाइयों की कैबिनेट की तरफ़ गयी। पर फिर उसने अपना मन बदल लिया। आज रात नहीं। उसने ठान लिया कि राजीव और उसके रिश्ते को एक नयी ज़िंदगी देनी होगी और नींद की गोलियाँ उससे यह नहीं छीन सकतीं।

वह कमरे में बिना कपड़ों के दाख़िल हुई। लेकिन एकदम से रुक गयी। बाथरूम से आती रोशनी से उसे अंदाज़ा लगा कि बिस्तर पर एक सिलवट भी नहीं थी। उसने बत्ती जलायी तो देखा कि राजीव वहाँ नहीं था। वो अचानक बेचैन हो उठी। वो पंत नगर के लिए उससे एक घंटा पहले निकला था। नीरजा वापस बाथरूम में गयी और अपना मोबाइल उठाया। कोई मैसेज नहीं था। नीरजा ने उसे कॉल किया लेकिन कॉल सीधा वॉयसमेल पर चली गयी। ओफ्फ़! वो है कहाँ?

दो घंटे बाद नीरजा लिविंग रूम में बत्ती जला कर बैठी हुई थी। किसी एक्सीडेंट की कोई ख़बर नहीं थी। उसके कलीग ने भी कोई अजीब ख़बर नहीं सुनी थी। नीरजा ने उसे कम से कम तीस बार कॉल किया होगा लेकिन लग रहा था कि राजीव ने अपना फ़ोन ही बंद कर दिया था।

जब आख़िर में नीरजा का फ़ोन बजा तो वो उछल पड़ी। राजीव का ही फ़ोन था।

"डार्लिंग?" नीरजा ने एकदम से पूछा।

"नीरू? मैं हूँ।"

"हो कहाँ तुम?"

"मैं आज रात घर नहीं आऊँगा।"

"व्हाट? राजीव, कहाँ हो तुम? मैं आऊँ तुम्हें लेने? कुछ हुआ है क्या?"

"सब ठीक है, बट मैं घर नहीं आऊँगा।"

"पर तुम हो कहाँ?"

"सो जाओ, नीरू। मैं तुम्हें कल कॉल करूँगा, फिर देखेंगे।"

"ओफ़्फ़, राजीव! क्या बकवास कर रहे हो!"

"कल बात करता हूँ।" और इसके साथ फ़ोन कट गया।

फ़ोन की स्क्रीन होने के बाद भी नीरजा काफ़ी देर तक उसे देखते हुए बैठी रही। राजीव जा चुका था। नीरजा इस ख़याल से डर गयी कि वो अब वापस नहीं आएगा। उसने अपने पाँव ऊपर किए और अपने घुटनों को अपनी बाँहों में ले लिया। राजीव उसका था, उसके दिल का एक ज़रूरी हिस्सा

था। उन दोनों ने अपनी आधी से ज़्यादा ज़िंदगी साथ गुज़ारी थी। वो उसे छोड़ भी सकता है, ये ख़याल ही उसे सपने जैसा लगा। नीरजा ने कभी सोचा ही नहीं था कि राजीव उस रिश्ते को ख़त्म करने का फ़ैसला ले लेगा। पिछले कुछ सालों में उनके रिश्ते में राजीव उसके पीछे-पीछे चलता था, उसने कभी भी आगे बढ़ के कुछ करने की कोशिश नहीं की थी। नीरजा ने उसके कमज़ोर रवैये के आगे अपनी आँखें बंद कर ली थीं, अपने आपको सुरक्षित समझ बैठी थी और उसे ख़ुद से दूर धकेल दिया था। लेकिन अब, अब वो जा चुका था!

नीरजा सोफ़े पर ही पड़ी रही जब तक कि सुबह की पहली रोशनी लिविंग रूम में छलक नहीं पड़ी। वो सोयी नहीं थी, शायद कुछ पलों के लिए आँखें बंद हों तो की हो। वो जागते रहना चाहती थी कि क्या पता राजीव वापस घर आने का फ़ैसला कर ले। फिर नीरजा ने अपनी बाँहें उसके गले के इर्द-गिर्द डाल के उसे बताया होता कि वो उसके लिए कितना ख़ास था।

नीरजा ने अपने लिए ज़ोरदार फ़िल्टर कॉफ़ी बनाई ताक़ि उसकी नींद खुले और दवाइयाँ शरीर से साफ़ हो सकें। उसे उनकी आज ख़ास ज़रूरत थी वर्ना वो हिल भी नहीं पाती। वो रेड लाइट एरिया में जाना चाहती थी। वो किसी ऐसे को ढूँढना चाहती थी जो सिद्धार्थ की गर्लफ्रेंड की बतायी हुई बातों को पक्का कर सके। उसने अपना स्वेटर ज़रा कस के बाँधा। शायद वो इस प्लान को टाल कर पहले राजीव को ढूँढने जाए, वो चाहे जहाँ हो। राजीव ने अपनी सारी दोस्तियाँ ख़त्म कर दी थीं तो नीरजा को विश्वास था कि वो किसी दोस्त के यहाँ तो गया नहीं होगा। और वो अपने माँ-बाप के यहाँ भी नहीं गया था क्योंकि वहाँ तो बच्चे थे। राजीव ने वैसे भी उन्हें आधी रात को परेशान नहीं किया होगा सिर्फ़ इसलिए कि वो अपने घर नहीं जाना चाहता था।

आधा घंटा और बीत गया तो नीरजा ने आख़िरकार काम पर ही जाने का फ़ैसला किया। उसने राजीव को एक व्हाट्सएप किया कि वो तुरंत कॉल करे। फिर वो कार में बैठी और नैनीताल चली गयी। उसके शरीर का हर अंग दुःख

रहा था ठीक से न सोने और चिंता की वजह से। वो ऐसे ज़्यादा दिन चला नहीं पाएगी। शायद उसे इस केस के बाद एक ब्रेक ले लेना चाहिए।

पुलिस स्टेशन जाने से पहले नीरजा ने नेशनल पार्क की पार्किंग में कार खड़ी कर के फिर सड़क पार की। वह अपने सामने फैली हुई पार्क की सुंदर हरियाली से बिलकुल उलट, एक लम्बी-सी दीवार के साथ चलने लगी जिस पर गंदी ड्राइंग बनी हुई थीं। नीरजा को अपने चेहरे पर लगती ताज़ी हवा अच्छी लग रही थी। उसने एक तालाब के किनारे रास्ते पर चलना शुरू कर दिया। हवा काफ़ी तेज थी और पत्तियाँ उड़ रही थीं।

ये वो जगह थी जहाँ आम तौर पर वेश्याएँ दिन में रहा करती थीं। नीरजा इससे भी घटिया जगहों के बारे में सोच सकती थी लेकिन फिर भी इस पतझड़ के मौसम में अपना पूरा दिन इस पार्क में बिताना नहीं चाहेगी। जैसा कि विक्रम ने बाताया था, उसे नेशनल पार्क की बेंचों पर औरतें बैठी दिखायी दीं। वे बिना एक-दूसरे से कोई बात किए लगातार बस उस बड़े से तालाब के पार देख रही थीं। नीरजा उनके पास जाने से पहले कुछ देर दूर से ही उन्हें ध्यान से देखती रही। फिर वह उनके ही साथ बेंच पर बिना उनसे इजाज़त लिए बैठ गयी। कुछ औरतों ने उसे ग़ुस्से से देखा लेकिन नीरजा ने उसे अनदेखा कर दिया।

वहाँ तीन औरतें थीं। नीरजा ने अंदाज़ा लगाया कि उनमें से कोई भी तीस के ऊपर की नहीं होगी। लेकिन चेहरे से वे काफ़ी बड़ी दिख रही थीं—धँसे हुए गाल और आँखों के नीचे काले गड्ढे। बेंच के साथ ही ढेर सारे थैले थे जो कपड़ों और एक कम्बल से भरे हुए थे।

वे औरतें बेघर और नशे की मारी थीं। फ़िलहाल इस समय उन्हें कोई परेशान नहीं करेगा लेकिन शाम को अगर ख़ुद ही वहाँ से ग़ायब न हो गयीं तो उन्हें ज़बरिया हकाल दिया जाएगा। ग्राहक जो भी चाहेगा, ये औरतें वो सब

करेंगी, वह भी सिर्फ़ 100-50 रुपयों के लिए। हमेशा नशे की अगली डोज़ के बारे में सोचते हुए।

नीरजा ने सिद्धार्थ की तस्वीर अपने बैग से निकाल कर उन औरतों को दिखायी।

“इसे जानती हो?”

उन में से दो औरतें बिना पीछे देखे उठ के ज़रा लड़खड़ाते हुए चली गयीं। मगर तीसरी औरत वहीं बैठी रही। उसके काले घने बाल उसके कंधे पर चिपचिपे-से पड़े हुए थे। उसकी त्वचा ज़रा पीली-सी थी। अच्छी हालत में उसकी त्वचा सफ़ेद और होंठ भरे हुए और गुलाबी रहे होंगे, मगर इस वक़्त वो कोई गिरी-पड़ी बंजारन लग रही थी।

“मैं इसे जानती हूँ। यहाँ इतनी कम उमर के वैसे कम ही मिलते हैं।” उस औरत ने कहा।

“इसका नाम सिद्धार्थ है। यहाँ से कुछ ही दूरी पर पिछले हफ़्ते इसका ख़ून हो गया था।”

उस औरत ने हैरानी में धीरे से अपना सर हिलाया। सब दिखावा था क्योंकि नीरजा जानती थी कि उस औरत को ज़रूर पता होगा कि क्या हुआ था।

“मैंने उसे कई बार यहाँ से भगाने की कोशिश की थी लेकिन वो हमेशा वापस आ जाता। बेवक़ूफ़ लड़का।”

“वो टिफ़िन टॉप पर क्या कर रहा था?” नीरजा ने पूछा।

वह औरत कुछ देर के लिए कुछ नहीं बोली। नीरजा ने सिगरेट का पैकेट उसकी ओर बढ़ाया और उस औरत ने जल्दी से एक सिगरेट ले ली। नीरजा ने उसकी सिगरेट जलायी और फिर ख़ुद भी एक पीने का फ़ैसला किया।

"क्या कर रहा था? ज़िंदगी बर्बाद कर रहा था। हम सब की तरह।" उस औरत ने कहा।

"मतलब?"

"वो 100-50 रुपयों के लिए अपने आपको हरामज़ादों को बेच रहा था।"

नीरजा को अपने गले में एक गाँठ सी उभरती महसूस हुई। उसने तक़रीबन हर तरह के छोटे-मोटे क्राइम के बारे में सोच लिया था लेकिन इस तरफ़ उसका ध्यान ही नहीं गया था। वो इस बारे में सोचना ही नहीं चाहती थी। उसने उस नोटबुक के बारे में सोचा जो सिद्धार्थ के पिता को उसके गद्दे के नीचे मिली थी। "मेरी क़ीमत 10,000 है, सबसे ज़्यादा।"। नीरजा के बदन में बिजली दौड़ गयी। उसने एक और कश लिया इस उम्मीद में कि उसके साथ बैठी औरत कुछ और बताएगी।

"अगर वो कभी मुझे दिख जाता तो मैं उसे भगाने की कोशिश करती थी। पता है, टिफ़िन टॉप पर बहुत से हरामी घूमते रहते हैं और कुछ तो ख़ास इस लड़के के लिए ही आते थे। वो बस वहाँ भरी दोपहरी में उन हरामियों के इंतज़ार में खड़ा रहता और कभी उसे ज़्यादा इंतज़ार नहीं करना पड़ता था। फिर वो उनकी गाड़ी में बैठ जाता, पागल कहीं का।" वह औरत बोलती रही।

फिर वह औरत नीरजा की तरफ़ घूमी और अपनी काली बड़ी आँखों से उसे घूरने लगी। "उसे घर पर होना चाहिए था, रसोई में अपनी माँ के हाथ का बना निम्बू पानी पीते हुए। लेकिन अब वह मर चुका है!"

नीरजा ने अपना गला साफ़ किया। "क्या तुम मुझे उन आदमियों के बारे में कुछ बता सकती हो जो उससे मिलने आते थे?"

"सिर्फ़ इतना कि वो ख़ास उसी के लिए आते थे। अगर वो यहाँ नहीं मिलता तो वो आगे बढ़ जाते। मेरी जैसी बुढ़िया के लिए तो आते नहीं थे।"

"क्या तुम उन्हें पहचान सकती हो?"

उस औरत ने अपने कंधे उचकाए। "अब इसका क्या फ़ायदा, वो तो मर चुका है। मैंने उसे धमकाया भी, उस पर गला फाड़ के चिल्लाती थी पर वो सुनता ही नहीं था। अब देखो क्या हुआ।"

"इस तरह के कुछ और बच्चों को जानती हो? ऐसे बच्चे जो इसी तरह ख़ुद को बेचने की कोशिश कर रहे हैं?"

उस औरत ने न में सर हिलाया। "और अगर मुझे कभी दिख गए तो डंडा लेकर खदेड़ूँगी, और तुम्हें मुफ़्त में बताऊँगी।"

नीरजा सिगरेट का पैकेट उसके पास छोड़कर उठ खड़ी हुई।

"शुक्रिया शालू।"

"तुम्हें मेरा नाम कैसे पता?"

नीरजा मुस्कुराई, हाथ उठा के बाय कहा और मुड़ गयी। जितनी जल्दी हुआ उसने अपना स्कार्फ़ थोड़ा और ऊपर बाँधा और कार की तरफ़ लौट गयी। वह नहाना चाहती थी ताक़ि अपने बदन से चिपकी हुई नीचता को धो सके। वो हमेशा से सही थी। सिद्धार्थ बेहद आसान शिकार था, वह ख़ुद को खुलेआम बेच रहा था। और उसका ख़ूनी नीरजा की बनायी हुई सीरियल किलर की प्रोफाइल में बिलकुल फ़िट बैठता था।

पार्क से पुलिस स्टेशन की दूरी कम ही थी। सबसे पहले नीरजा वाशरूम गयी, मुँह धुला और अपने बाल बाँधे जो तेज़ हवा की वजह से बिखर गए थे। फिर नीरजा ने अपने बैग से प्रोविजिल के पत्ते से निकाल कर उसमें से एक गोली घोंटी। उसे विश्वास था कि इस एक गोली की मदद से वह पूरा दिन काट लेगी। नीरजा ने अपना मोबाइल देखा। राजीव की तरफ़ से कुछ नहीं आया था।

नीरजा कॉरिडोर में प्रकाश से टकरा गयी।

"अच्छा हुआ तुम मिल गयीं। एक नयी डेवलपमेंट है। सिद्धार्थ का बैग मिल गया है।"

आख़िरकार कुछ तो अच्छा हुआ, "कोई सुराग? कुछ काम का था उसमें?"

प्रकाश ने सर हिलाया। "मेरे साथ आओ," उसने कहा। "अंततः हमें हमारा रास्ता मिल गया।"

फैलाव

नीरजा प्रकाश के पीछे उसके दफ़्तर में गयी। वहाँ बहुत उमस थी और उसके आफ्टरशेव की गंध नीरजा को परेशान कर रही थी। जितनी जल्दी हो सके वो अपने दफ़्तर में वापस लौटना चाहती थी ताकि खिड़की खोल के पतझड़ की ताज़ी हवा को अन्दर आने दे। अगर नीरजा को आज के दिन में कुछ हासिल करना था तो सच में काफ़ी ध्यान लगा कर काम करना होगा।

उसने पार्क में हुई बातचीत के बारे में सोचना शुरू किया और दिमाग़ में आने वाली मुश्क़िलों के ख़याल उभरने शुरू हो गए। अभी दोपहर भी नहीं हुई थी और उसे लग रहा था कि वो थकान के मारे टूट चुकी थी। प्रोविजिल भी असर दिखाने में वक़्त ले रही थी। उसके असर से नीरजा में थोड़ा-बहुत जोश आने में कम से कम आधा घंटा बाक़ी था। शायद उसकी एक गोली काफ़ी नहीं थी।

नीरजा प्रकाश को पार्क में उस औरत के साथ हुई बातचीत के बारे में बताना चाहती थी। शालू की दी हुई जानकारी ने इस केस पर नयी रोशनी डाली। सिद्धार्थ अपनी देह बेच रहा था। इस वजह से उसका किसी का शिकार बन जाने का ख़तरा कई गुना बढ़ गया था।

प्रकाश बैठ गया और अपनी साथ वाली कुर्सी नीरजा को बैठने के लिए दी ताक़ि वो भी उसकी कंप्यूटर स्क्रीन को देख सके। प्रकाश ने अपने बच्चों—रिया और वरुण की तस्वीरें परे हटायीं ताक़ि नीरजा की फ़ाइल के लिए जगह बना सके।

"सिद्धार्थ की ज़िंदगी के बारे में कुछ शॉकिंग बातें पता चली हैं," नीरजा ने कहना शुरू किया। उसने अपनी बात पूरी भी नहीं की थी कि विक्रम ज़ोर से दरवाज़ा खोलते हुए अंदर आ गया। उसका चेहरा सुर्ख़ लाल था और नीरजा उसके ऊपरी होंठ पर पसीने की बूँदें देख पा रही थी। क्या वो पार्किंग से प्रकाश के दफ़्तर तक दौड़ के आया था? ऐसा ही था वो।

"फाइनली। क्या पता चला सिद्धार्थ के स्कूल बैग से? कोई काम की चीज़?" प्रकाश ने कहा।

"हमें साफ़ साक्ष्य मिल गया है। एक फिंगरप्रिंट है," विक्रम ने हाँफते हुए कहा। उसने प्रकाश की मेज़ पर कुछ तस्वीरें फेंकीं। "इन्हें जाँच लिया गया है। मैं फॉरेंसिक लैब से आ रहा हूँ। लेकिन फिंगरप्रिंट हमारे डेटाबेस में नहीं है।"

लानत है। नीरजा को लगा कि अगर ऐसा होता तो कुछ ज़्यादा ही आसान हो जाता।

"मुझे पता चला है कि सिद्धार्थ टिफ़िन टॉप पर अपनी मर्ज़ी से घूमता रहता था। वो ख़ुद को बेच रहा था, ही वाज प्रॉस्टिट्यूटिंग हिमसेल्फ़।" नीरजा ने एकदम से कहा।

सभी लोग एक पल के लिए सनाके में आ गए। विक्रम सीटी बजाने लगा।

"तुम्हें कैसे पता?" प्रकाश ने पूछा।

"उसकी नोटबुक में इस बारे में एक संकेत था। उसने लिखा था कि उसकी क़ीमत 10,000 रुपए से ज़्यादा थी। मैंने एक उसे जानने वाली एक प्रॉस्टिट्यूट से बात की।"

"तो अब तुम अपनी मर्ज़ी से सड़कों पर इन्वेस्टिगेशन भी कर रही हो?" विक्रम ने पूछा।

नीरजा ने उस पर ध्यान नहीं दिया।

"ये साफ़ तौर पर पीडोफ़ाइल ग्रुप थ्योरी के उलट ले जाता है। सिद्धार्थ सेक्स के ज़रिए पैसे कमाता था। मेरा अंदाज़ा है कि उसने इसी पैसे से वो सारी मँहगी चीज़ें ख़रीदीं और उसके डैड को इस बारे में कुछ नहीं पता था।"

कमरे में कुछ देर के लिए चुप्पी फैल गयी। विक्रम ने अपनी आँखें घुमाते हुए सर हिलाया।

"तुम बताओ तुम्हारे पास क्या है, विक्रम," प्रकाश ने अपनी नोटबुक में कुछ लिखते हुए कहा।

विक्रम ने बैग की तस्वीरें मेज़ पर फैला दीं। नीरजा ने एक-एक कर के हर तस्वीर को ध्यान से देखा। सिद्धार्थ का काले रंग का बैग बिलकुल सुरक्षित हालत में था। नीरजा उसके अंदर मौजूद सामान में ज़्यादा ध्यान नहीं दे रही थी। उसमें स्कूल की क़िताबें, नोटबुक और एक पेंसिल बॉक्स था। एक नोटबुक के ऊपर एक फिंगरप्रिंट को बड़ा करके फोटो क्लिक की गयी थी।

"ये सिद्धार्थ का ख़ून है?" नीरजा ने तस्वीर की तरफ़ इशारा किया और विक्रम की ओर देखा।

"हाँ, लगता तो वही है।"

मतलब ख़ूनी ने सिद्धार्थ के ख़ून से सने अपने हाथों से ही उसके स्कूल बैग में हाथ डाल के उसकी एक नोटबुक को पकड़ा था। नीरजा को ये बात अपनी तहक़ीक़ात में जोड़नी होगी। उसे उस ख़ूनी की अपनी प्रोफाइल से इस तरह सटीक होने की उम्मीद बिलकुल उम्मीद नहीं थी। ख़ूनी ने पक्का लापरवाही बरती थी। क्या कुछ ऐसा हुआ था जिसकी वजह से ख़ूनी ख़ुद पर क़ाबू खो बैठा था? क्या उसे परेशान किया गया था? या वहाँ कोई दूसरा ख़ूनी भी था जो बिलकुल ही अलग तरह पेश आ कर रहा था?

"बैग के अंदर की तरफ़ हमें ख़ून के और भी सैम्पल मिले हैं। लैब अब भी उन पर काम कर रहा है।" विक्रम ने कहा।

"क्या ये पॉसिबल है कि ख़ूनी ने सिद्धार्थ के बॉडी पार्ट्स उसी में कैरी किया हो?" प्रकाश ने पूछा।

"हाँ, यह संभव है। शायद किसी पॉलिथीन में बाँधकर। ताक़ि किसी और जगह जाकर उन्हें बैग से निकालकर बैग फेंका जा सके।"

"तो ये एक्जेक्ट्ली मिला कहाँ?"

"पटेल नगर के पास। जो सड़क नेपाल बॉर्डर की तरफ़ जाती है, वहीं एक पार्किंग में।"

"ख़ूनी वहाँ क्या कर रहा था?" प्रकाश ने पूछा।

"मुझे लगता है वो नेपाल की तरफ़ जा रहा था। शायद वो कोई ट्रक ड्राइवर हो। या हो सकता है नेपाली हो जिसे घर जाते हुए इस बैग को ठिकाने लगाना था," विक्रम ने कहा।

ये नीरजा को सही नहीं लगा। जो जानकारी उसने केस के बारे में इकट्ठा की थी, वो सब एक ही तरफ़ इशारा कर रही थी कि ख़ूनी सिद्धार्थ से सीधे जुड़ा

हुआ था। वो इन नये सुराग़ों का क्या मतलब निकाले? क्या नीरजा ने कुछ बातों पर ध्यान नहीं दिया था जिसकी वजह से एक ग़लत प्रोफाइल तैयार हो गयी थी?

"एक मिनट रुको ज़रा," नीरजा ने कहा। "ये सब मेरे लिए बहुत फ़ास्ट जा रहा है। ये भी तो हो सकता है कि ये बैग किसी राह चलते आदमी को कहीं और मिला हो और उसने बॉर्डर के पास फेंक दिया हो। हम किसी भी पॉसिबिलिटी को नज़रंदाज़ नहीं कर सकते," नीरजा बोली।

"तुमने फ़ोटोग्राफ़ को ठीक से देखा भी है?" विक्रम ने कहा।

विक्रम ने एक तस्वीर की तरफ़ इशारा किया जो कि एक मैप का सामने वाला हिस्सा दिखा रही थी।

"ये नेपाल का मैप है। मेरे अंदाज़ से ख़ूनी अब तक काफ़ी दूर निकल चुका होगा।"

नीरजा ने विक्रम के जीत की बेवक़ूफ़ी भरी ख़ुशी दिखाते हुए चेहरे पर ख़ुशी-ख़ुशी चाँटा मार दिया होता।

"ऐसा होना ज़रूरी नहीं है," नीरजा बोली।

"क्योंकि तुम्हारे स्टेटिस्टिक्स तुम्हें कोई और स्टोरी दिखा रहे हैं? मुझे तुम्हारे फ़ालतू स्टेटिस्टिक्स की कोई परवाह नहीं है। मैं सिर्फ़ एक केस सॉल्व करने की कोशिश कर रहा हूँ और ये सब फ़ालतू बकवास सिर्फ़ मेरे रास्ते में प्रॉब्लम पैदा कर रही है। हमें यहाँ कुछ ठोस सबूत मिले हैं, पता नहीं तुम लगातार उन्हें झूठा क्यों ठहरा रही हो? तुम पूरी इन्वेस्टिगेशन को डिले कर रही हो!"

कमरे में फिर से चुप्पी पसर गयी। विक्रम कहीं और देखने लगा और उसने अपनी बाँहें छाती के आगे बाँध लीं। नीरजा ने चुप्पी तोड़ी।

"मैं सिर्फ़ इतना कह रही हूँ कि हमें सिर्फ़ एक ही सबूत पर फोकस नहीं करना चाहिए। ये काफ़ी मिसलीडिंग हो सकता है जिसकी वजह से हो सकता है पूरी इन्वेस्टिगेशन एक अलग ही दिशा में भटक जाए। फैक्ट ये है कि क्राइम सीन पर मिले सबूत किसी और तरफ़ इशारा कर रहे हैं।"

"तो सिर्फ़ इसलिए कि ये तुम्हारी थ्योरी में फ़िट नहीं हो रहा है इसलिए तुम एक ज़रूरी सबूत को नज़रअंदाज़ कर दोगी?" विक्रम ने कहा। "इसे कहते हैं टनल विज़न।"

"खैर," प्रकाश ने बात आगे बढ़ायी। "हम लोग इसे टीवी पर दिखाएंगे।"

प्रकाश ने कुछ और भी कहा मगर नीरजा उसे सुन ही नहीं रही थी। वो कुर्सी से उठ के कमरे से बाहर चली गयी थी। वो ये और नहीं कर सकती। अगर कोई उसकी बात पर ध्यान दे ही नहीं रहा था तो बेहतर था कि वो अपना वक़्त दूसरी चीज़ों पर लगाए।

सबसे ख़राब बात यह थी कि विक्रम बिलकुल सही था। नीरजा के पास कोई भी ठोस सबूत नहीं था। कुछ तो ग़लत था। नीरजा को टीम में लगातार कोने किया जा रहा था और आज का दिन तो पूरी तरह से बेकार हो गया था। पिछले कई दिनों से उसने जो कुछ भी काग़ज़ पर उतारा था, नयी जानकारी उससे बिलकुल भी मेल नहीं खा रही थी। कहीं तो कुछ ग़लत है, लेकिन कहाँ? उसे फिर से शुरुआत की ओर जाना होगा। चीज़ें सिर्फ़ पेचीदा ही होती जा रही थीं।

नीरजा अपने दफ़्तर में आयी, दरवाज़ा बंद किया और बैठ गयी। उसने रिया और वरुण की तस्वीरों के बारे में सोचा जो प्रकाश के कंप्यूटर के साथ

रखी थीं। वो ख़ुद को उस तस्वीर के बारे में सोचने से रोक नहीं पायी। प्रकाश के बच्चे कैमरा की तरफ़ देख के मुस्कुरा रहे थे। वे बेपरवाह और ख़ुश थे। क्या नीरजा अब भी अपने बच्चों के प्यारे चेहरों पर वही एक्सप्रेशन देख पाएगी?

नीरजा के गालों पर आँसू आ गये थे और वो उन्हें रोकने की कोशिश भी नहीं कर रही थी। राजीव आख़िर था कहाँ? क्या होगा अगर वो कभी वापस ही न आना चाहे तो? इसका बच्चों पर क्या प्रभाव पड़ेगा? आर्यन के लिए ख़ास तौर पर मुश्क़िल होगा क्योंकि उसके डैडी उसके हीरो थे। आर्यन ने वो आलस या उदासी नहीं देखी थी जो नीरजा को रोज़ झेलनी पड़ती थी। लेकिन आर्यन के लिए तो डैडी हमेशा मौजूद थे। वहीं उसकी मम्मी कभी भी मौजूद नहीं होती थी।

और अगर वे लोग अलग हुए तो? क्या राजीव ख़ुशी-ख़ुशी बच्चों को छोड़ देगा? वो सच में नहीं जानती थी। हो सकता है कि रोज़मर्रा की बच्चों की ज़िम्मेदारियों से छुटकारा पा के उसे राहत महसूस हो और वो सिर्फ़ वीकेंड पर ही उनसे मिलना चाहे? फिर नीरजा को सब कुछ ख़ुद ही सँभालना होगा। कैसे करेगी वो ये सब? वो नहीं जानती थी। राजीव हमेशा घर पर होता था। कोई फ़र्क़ नहीं पड़ता था कि वो सुबह सात बजे से पहले दफ़्तर चली जाए या आधी रात को लौट के आये। जो भी होगा, वो अपने बच्चों के लिए लड़ेगी, वो उनके बिना नहीं रह सकती।

नीरजा ने अपनी बाज़ू से अपने आँसू पोंछे और बैग में से मोबाइल निकाला। उसके हाथ बर्फ़ से ठंडे थे और काँप रहे थे। जाने कितनी बार वो डिस्प्ले को देख चुकी थी। कोई मिस्ड कॉल नहीं थी। वो ठीक से काम पर भी ध्यान नहीं दे पा रही थी इसलिए उसने लंच ब्रेक थोड़ा जल्दी लेने का फ़ैसला किया।

बाहर जाते हुए उसने राजीव को फ़ोन करने की कोशिश की और हैरान रह गयी जब राजीव ने फ़ोन उठा लिया। बहुत सारे जज़्बात एकदम से सामने आ गए: ख़ुशी का जज़्बा कि ये अंत नहीं था। ग़ुस्से का जज़्बा कि राजीव उसके साथ ऐसा कैसे कर सकता था? और ख़ौफ़ वाल जज़्बा कि कहीं वो उसे ये तो नहीं कहने वाला था कि उनके बीच सब ख़त्म हो गया था?

"नीरू? मैं घर पहुँच रहा हूँ।"

नीरजा को चिंता कम होती हुई महसूस हुई और, और ज़्यादा आँसू बहने लगे। इस बार राहत के। वो अब भी वहीं था। बाक़ी सब बाद में सुलझाया जा सकता था।

"बढ़िया," नीरजा ने कहा, उसकी आवाज़ में कोई जज़्बात नहीं थे। हवा से उसके बाल उसके चेहरे पर उड़ रहे थे।

नीरजा ने अपने पीछे पुलिस बिल्डिंग की तरफ़ देखा और अपना हैण्डबैग ज़रा और सख़्ती से पकड़ा। उसके पास उसका सारा सामान था।

"मैं अभी आ रही हूँ," नीरजा ने कहा।

उन लोगों को आज नीरजा के बिना ही काम चलाना होगा।

राजीव की कार पहले से ही गराज के सामने ड्राइववे में खड़ी थी। नीरजा ने सामने का दरवाज़ा धड़ से बंद किया और जल्दी से अपना कोट उतारा। हॉल में ठंड कुछ ज़्यादा थी। उसने हीटर का ज़रा सा तापमान बढ़ाया और अपनी बाहें मलनी शुरू कीं ताक़ि थोड़ी गरमी पैदा हो सके।

राजीव रसोई में बार के पास एक स्टूल पर बैठा था। जैसे ही वो अंदर आयी, वो उठा खड़ा हुआ। कुछ पलों के लिए वे बस यूँ ही एक दूसरे के सामने खड़े रहे जैसे दो प्रेमी हों और बहुत वक़्त के बाद मिल रहे हों और नहीं जानते हों कि एक दूसरे के साथ क्या करना है।

नीरजा ने पहला क़दम उठाया। वो राजीव के पास गयी और उसे गले लगाते हुए अपना चेहरा उसकी छाती में छुपा लिया। उससे अलग तरह की गंध आ रही थी।

"कहाँ थे तुम?" नीरजा की टाँगें इतनी तेज़ कंपकंपा रही थीं कि उसे डर था कि वो कहीं गिर न पड़े।

राजीव कुछ नहीं बोला लेकिन उसने नीरजा को पीछे भी नहीं धकेला। नीरजा उसे छोड़ने की हिम्मत भी नहीं कर सकती थी। नीरजा ने ख़ुद को एक अजीब से हालात में फँसा हुआ पाया। राजीव उसे अपनी बाँहों में क्यों नहीं ले रहा था?

आख़िरकार राजीव ने दूरी बढ़ायी, नीरजा के हाथों को ख़ुद से अलग किया और एक क़दम पीछे हटा।

"कहाँ थे तुम?" नीरजा ने फिर से पूछा।

"मुझे कुछ समय चाहिए था, अपने साथ। चीज़ों को समझने के लिए।"

"और?"

"मुझे नहीं पता।"

"लेकिन अब तुम यहाँ हो।" नीरजा ने उसका हाथ थाम लिया। राजीव ने उसे रोका नहीं।

राजीव ने अपना सर हिलाया। नीरजा देख रही थी कि राजीव की आँखों में कुछ और भी था, कुछ ऐसी बातें जो वो उसे बताना नहीं चाह रहा था। क्या कोई और औरत आ गयी थी उसकी ज़िंदगी में? ये सवाल नीरजा के अंदर धधक रहा था लेकिन उसमें पूछने की हिम्मत नहीं थी। वो उस मासूम टीनेजर की तरह महसूस कर रही थी जिसका दिल टूटने वाला था।

"तुम होटल में रुके थे?" उसने पूछा।

नीरजा ने उसकी आँखों में एक टिमटिमाहट देखी और उसकी धड़कनें तेज़ हो गयी।

"राजीव? कहाँ थे तुम?" शुरुआत में राजीव के मिल जाने की राहत अब चिड़चिड़ाहट में बदलने लगी थी। वो ऐसा क्या छुपा रहा था?

"हाँ, होटल में था," राजीव ने रूखेपन से कहा।

नीरजा ने उसका हाथ छोड़ दिया। उसकी गर्दन पर कुछ लाल धब्बे थे जो सिर्फ़ तभी आते थे जब वो झूठ बोलता था।

"तुम जानते भी हो मैं कितनी डरी हुई थी?"

राजीव ने आँखें बंद कीं और नीरजा से अपनी दूरी और बढ़ाते हुए एक क़दम पीछे को हुआ। नीरजा छुरी की ख़तरनाक तेज़ धार पर खड़े रहने की

कोशिश कर रही थी। वो उसे गालियाँ देना चाहती थी, उसकी छाती पर मुक्कों से वार करना चाहती थी। लेकिन फिर वो चला जाएगा। ऐसा लग रहा था जैसे नीरजा की ज़िंदगी उसकी उँगलियों से फ़िसल रही थी।

नीरजा ने एक गहरी साँस ली। "मैं चाहती हूँ कि हमारे बीच में सब कुछ पहले जैसा हो जाए, राजीव। हमारे दो बच्चे हैं जो हम पर ही निर्भर हैं। हमें ये ज़िम्मेदारी से हल करना होगा।"

राजीव अभी भी नीरजा से नज़रें चुरा रहा था।

"इट्स ओके कि तुम्हें ब्लैकआउट हुआ और तुम्हें अपने लिए कुछ टाइम चाहिए था। लेकिन तुम वापस आ गए। हम साथ हैं!" ये सुनने में काफ़ी बुरा सा लग रहा था लेकिन नीरजा हर कोशिश करने के लिए किसी भी हद तक जा सकती थी।

राजीव उसके सामने सर झुकाए खड़ा था। वो सच में चाह रही थी कि उसके कंधे पकड़ के उसे अच्छे से झकझोर दे। इस तरह बिना हिले डुले खड़े रहने से तो वो ही बेहतर होता।

"मैं जाकर बच्चों को ले आता हूँ," राजीव बुदबुदाया और हॉल से होता हुआ बाहर चला गया।

नीरजा ने उसे रसोई की खिड़की से जाते हुए देखा।

सिद्धार्थ की मौत को तीन हफ़्ते बीत चुके थे। सोमवार की सुबह थी और यों ही बिना बहुत दिमाग लगाए नीरजा अपनी स्क्रीन स्क्रोल कर रही थी। ऐसा लग रहा था जैसे उसकी एक ज़िंदगी सिद्धार्थ के पहले थी और एक उसके बाद। और अब वह किसी ख़तरनाक मोड़ पर पहुँचने वाली थी। जब तक गौतम ने नीरजा को टिफ़िन टॉप पर नहीं भेजा था तब तक सब कुछ अलग और बेहतर था। वैसे सब कुछ इतना भी बढ़िया नहीं था लेकिन कम से कम आसपास मँडारते हैवानों को सँभाले रखा था। सिद्धार्थ की मौत के बाद सब कुछ बहुत तेज़ी से घट रहा था। मानो हर चीज़ जो दबी पड़ी थी, उसे बाहर निकलने का मौक़ा मिल गया था। वो भी बहुत तेज़ी से।

नीरजा ने सच में सोचा था कि श्रुति से जुड़े ज़ख्मों को उसने गहराई में बाँध के रख दिया था, लेकिन जैसे ही वो सिद्धार्थ के क्राइम सीन पर दाख़िल हुई और उसके कटे-फटे शरीर को देखा था, सभी दर्द ज़िंदा हो गये। बचने का कोई रास्ता नहीं दिख रहा था। वह दोगुनी नींद की गोलियाँ ले रही थी ताक़ि उसे उन दहशत भरे लम्हों को रोज़ रात को न जीना पड़े। वो बस गहरी नींद में सोना चाहती थी।

और फिर राजीव के साथ उसका रिश्ता भी तेज़ी से बिखर रहा था। जाने कैसे उनकी मुश्क़िलें क़ाबू के बाहर हो गयी थीं? क्या वो हर तरह की कोशिश नहीं कर रही थी? उसने मन ज़रा बदलने की कोशिश की, बच्चों के लिए थोड़ा और वक़्त निकालने की कोशिश की। आज सुबह उन सबने एक साथ नाश्ता किया था और फिर नीरजा उन्हें उनके स्कूल और नर्सरी ले गयी थी। पिछले दिन वो अपनी सभी केस फाइलों को परे हटाकर आर्यन और अहाना को बच्चों के पार्क में ले गयी थी लेकिन राजीव उनके साथ नहीं गया था।

राजीव ने ख़ुद को पूरी तरह से बंद कर लिया था। बस थोड़ी बहुत काम की बातें हुईं थीं और कुछ नहीं। ये बात तो तय थी कि कुछ तो था। नीरजा को अभी भी नहीं पता था कि राजीव ने वो एक रात कहाँ गुज़ारी थी। क्या वह उसे धोखा दे रहा था? राजीव उस तरह का था तो नहीं। और फिर उसके पास इतनी ताक़त भी नहीं होगी। पर आख़िर वह था कहाँ?

नीरजा ने अपना माथा रगड़ा। वैसे तो अभी आधा अक्टूबर ही बीता था, फिर भी बाहर सब इतना काला गहरा था कि उसे बत्तियाँ जलानी पड़ीं। सफ़ेद-पीली बत्तियों की रोशनी में उसकी त्वचा बहुत फीकी नज़र आ रही थी और उसके नीचे दौड़ती नसें तक दिखायी दे रही थीं। नीरजा अपने आपको बाहरी दुनिया से काट देना चाहती थी और उसने दरवाज़ा बंद कर दिया था। उसके कलीग की आवाज़ें बाहर जाते ट्रैफिक की तरह दबी-घुटी सी सुनाई दे रही थीं। कॉफ़ी मशीन से एक जानी-पहचानी गंध फैल रही थी, सुरक्षित होने करने और अपनों के साथ ख़ूबसूरत वक़्त बिताने की गंध। लेकिन वो धोखे से भरा हुआ एहसास था। नीरजा जो भी महसूस कर रही थी, उसमें “सुरक्षित” नाम का कोई लफ़्ज़ तो सच में शामिल नहीं था।

नीरजा ने अपने काग़ज़ात देखे, लेकिन समझ नहीं पा रही थी कि शुरू कहाँ से करे। वक़्त आ गया था कि उसने जो भी जानकारी हासिल की थी, उसे ख़ूनी की प्रोफाइल में बदल दे, लेकिन उसे इस एहसास से छुटकारा नहीं मिल रहा था कि अभी भी कहीं कुछ कमी थी।

उसने सिद्धार्थ के पिता और टीचर से बात करके कुछ चीज़ें अपनी जानकारी में जोड़ी थीं। शालू की स्टेटमेंट भी उसकी तहक़ीक़ात में शामिल हो गयी थी। शालू को विश्वसनीय गवाह के तौर पर पेश करना काफ़ी मुश्क़िल होगा लेकिन नीरजा को विश्वास था कि वो सच बोल रही थी: सिद्धार्थ टिफ़िन

टॉप पर ग्राहक ढूँढा करता था। आगे चल कर वो दूसरे गवाहों की स्टेटमेंट भी जोड़ेगी ताक़ि कोई भी इस फैक्ट को झुठला न सके। मगर फ़िलहाल ये उसके लिए शुरुआत करने की जगह थी, इसने उसे सिद्धार्थ की ज़िंदगी का एक नया हिस्सा दिखाया था।

नीरजा ने जल्दी से ख़ून के डिस्क्रिप्शन पर सरसरी निगाह डाली और फिर गिरीश की ऑटोप्सी वाली तस्वीरों को फिर से देखा। वे तस्वीरें जो पहले ही उसके मन में छप चुकी थीं, उनमें उसे कुछ भी नया नहीं दिखा।

दरवाज़ा खुलने की आवाज़ नीरजा को झिंझोड़ के वापस वर्तमान में ले आयी। ये साहिल था। आज वो क्लीन शेव और ठीक से तैयार नज़र आ रहा था। सिर्फ़ वो ही था जो बिना दरवाज़ा खटखटाए अंदर आ जाता था। वो इतना साफ़-सुथरा दिख रहा था कि एक पल के लिए नीरजा को शक़ हुआ कि पिछली रात को साहिल से मिली भी थी या नहीं।

"मैंने सोचा आके हेल्लो बोल दूँ," साहिल ने कहा।

"पश्चाताप?"

साहिल ने नीरजा की बात पर ध्यान नहीं दिया और एक कुर्सी खींच ली। हालाँकि उसके चेहरे के भाव बता रहे थे कि वो उनकी मुलाक़ात के बारे में बिलकुल भी नहीं भूला था।

साहिल ज़रा अटपटे तरीक़े से बैठा और ग़लती से उसने नीरजा का हैण्डबैग गिरा दिया और एकदम से उसे उठाने के लिए झुका। धत तेरे की। प्रोविजिल का डब्बा बाहर गिर गया था। साहिल ने उसे उठाया और देखा।

“यह भयानक चीज है। तुम्हें ये नहीं लेनी चाहिए।” साहिल ने ज़रा सख़्ती दिखायी।

ओह! नीरजा पकड़ी गयी थी। उसने साहिल के हाथों से डब्बा छीना।

“आजकल फार्मासिस्ट की नौकरी भी मिल गयी है?” साहिल अपने काम से काम क्यों नहीं रखता?

“तुम्हारी आँखें बड़ी हो रखी हैं।” साहिल ने उसे देखते हुए कहा।

“और तुमसे व्हिस्की की बदबू आ रही है।” ये असल में झूठ नहीं था। हालाँकि साहिल ने कोई ब्रेथ फ्रेशनर इस्तेमाल किया था, लेकिन नीरजा फिर भी महसूस कर पा रही थी। नीरजा ने साहिल को देखा। साहिल की आँखों की पुतलियों के आस-पास एक सुनहरा घेरा था। उसकी आँखें सच में ख़ूबसूरत थीं। आज से पहले नीरजा ने कभी ध्यान नहीं दिया था, शायद वो उसे आकर्षक समझना नहीं चाहती थी।

“उफ़्फ़! पर मैं यहाँ इस वक़्त...,” साहिल ने बात आगे बढ़ायी, “...ख़ूनी की प्रोफाइल के लिए आया हूँ। कैसा चल रहा है उस पर काम?”

नीरजा अपनी कुर्सी में और भी धँस गयी। वो अभी तक कुछ ख़ास आगे नहीं बढ़ पायी थी। अगर साहिल हर 5 मिनट में उससे यही सवाल न करता तो शायद वो कुछ काम कर पाती।

“मेरा हर दिन टीम मीटिंग, विटनेस स्टेटमेंट और एक ऐसे बॉस से भरा हुआ है जो बात-बात पर मुझे बुलाता रहता है। मेरे पास एक साथ इस केस पर ध्यान देने के लिए मुश्किल से ही समय बचता है।”

"तो इस गोली को खाने से तुम्हें कोई हेल्प मिल रही है?" इस बार साहिल की आवाज़ तीखी थी।

नीरजा ने मन ही मन में उसे गाली दी।

"क्या कहा तुमने?" साहिल ने पूछा।

नीरजा ने एक गहरी साँस ली। "नथिंग।" उसने अपनी स्क्रीन की ओर इशारा किया। "ये रहा प्रोफाइल इनपुट जिसमें अब सिद्धार्थ की सारी इन्फॉर्मेशन इन्क्लूडेड है, जिसे ठीक से व्यवस्थित कर दिया गया है। मैं उसकी लाइफ़ से जुड़ी हर मुमकिन इन्फॉर्मेशन कलेक्ट करने की कोशिश कर रही हूँ। उसके घर का माहौल कैसा था, उसकी रेपुटेशन और स्कूल में व्यवहार कैसा था, उसकी आदतें, उसके डर क्या थे?"

"ये समय जाया करना नहीं है? सिद्धार्थ तो विक्टिम है न?"

"बिलकुल ठीक, वह शिकार है, मगर मैं जितना भी सिद्धार्थ के बारे में जानूँगी, उतना ही वो मुझे ख़ूनी की एक बेहतर समझ देगा।"

"कैसे?"

"सिद्धार्थ की मूवमेंट को चेक करके पता चलेगा कि उसकी लाइफ किस तरह की थी। एक शिकार की तरह उसे फँसाना इतना आसान क्यों था? शिकारी ने उसमें क्या देखा था? शिकारी को उसे पकड़ने का मौक़ा कैसे मिला और वो कितना रिस्क लेने के लिए रेडी था? ये सब चीज़ें ख़ूनी के बारे में काफ़ी कुछ बताएंगी और ये भी कि वो फ्यूचर में कैसे बिहैव करेगा।" नीरजा ने और नीचे स्क्रॉल किया। "ये क्राइम सीन के आस-पास के एरियाज के मैप हैं।"

“और उसके बाद क्या? इस सब से तुम क्या करने वाली हो?”

“ये सब इनपुट है, पज़ल के छोटे टुकड़े जो हमें ख़ूनी के सोचने के तरीक़े के बारे में समझ देंगे। इसी से आगे चले कर ख़ूनी की प्रोफाइल बनेगी। मुझे चीज़ें थोड़ी और व्यवस्थित करनी हैं, लेकिन आई'म गेटिंग देयर नाउ।”

“तो तुम्हारी प्रोफाइल ऑलमोस्ट रेडी है?”

नीरजा हँस पड़ी। “तुम मज़ाक कर रहे हो? ये तो बस शुरुआत है। सिद्धार्थ के बारे में इन्फोर्मेशन एक छूटी हुई कड़ी थी और अब ये काफ़ी हद तक कम्पलीट हो गयी है। मतलब अब हमारे पास एक कच्चा मसौदा है। इस इनपुट को यूज़ करके मैं ख़ूनी के व्यवहार पर काम करना शुरू करूंगी। मैंने तुम्हें उस चार्ट के बारे में बताया था जो मैं यूज़ करती हूँ, है न?”

साहिल ने तेवर चढ़ाते हुए सर हिलाया।

“अपनी सूचनाओं को ख़ूनी के व्यक्तित्व में बदलने के लिए मुझे काफ़ी सारे हिस्सों और विचारों पर काम करना पड़ता है।”

“आसान भाषा में समझाओ। कोई उदहारण देकर समझाओ।”

नीरजा ने अपनी स्क्रीन पर बनी एक ड्राइंग की तरफ़ इशारा किया। “पहला पॉइंट है मर्डर किस टाइप का था और उसका स्टाइल क्या था। और यहीं हमारी सबसे पहली दिक्क़त आती है,” उसने एक टेबल खोला, “देखो, सिद्धांततः, हम लोग इस अनुमान पर काम करते हैं कि किसी जगह पर एक ख़ून हुआ है। अभी तक हमें इतना पता है।” उसने अपनी ऊँगलियाँ स्क्रीन पर घुमायीं। “पर जब और भी विक्टिम होते हैं तब हम सीरियल किलर होने के अनुमान पर काम करते हैं। इस तरह अचानक एकदम अलहदा रिजल्ट मिलते हैं क्योंकि यह ख़ूनी एकदम अलग तरह का होता है।”

"ठीक, मैं समझ गया।"

"फिर अलग-अलग जगहों पर कई सारे खून होते हैं। हर खून के बीच में एक सामान्य अन्तराल होता है। ये कुछ दिनों का भी हो सकता है मगर ज़्यादातर हफ़्तों या महीनों का होता है। ख़ूनी इस दौरान अपने अगले ख़ून के बारे में काम कर रहा होता है। वो बहुत ही ध्यान से योजनाएँ बनाता है और उसे अपनी फ़ैंटेसी में बदल लेता है। इस सब के बाद, अब वो एक आसान शिकार की तलाश के लिए तैयार है। तो इसका मतलब ये औचक ही कोई खून करने वाले सामान्य ख़ूनी की तुलना में एक अलग तरह की पर्सनाल्टी है। इसके लिए बिलकुल अलग क़िस्म के मोटिव होते हैं।"

"मैं इसे समझ नहीं पा रहा हूँ। हो सकता है कि ख़ूनी यूँ ही गाड़ी में घूम रहा हो, सिद्धार्थ को देखा और उसे उठा लिया, सिर्फ़ इसलिए कि उसे मौक़ा मिल गया?"

नीरजा ने अपने काग़ज़ात में से क्राइम सीन की तस्वीरें निकालीं। "क्राइम सीन और ऑटोप्सी रिपोर्ट अलग बात कह रही है। क्राइम सीन पर शायद ही कोई सुराग मिला, खून जल्दी से किया गया था और वो भी स्ट्राइकिंग एक्शन से, जैसे कि कपड़ों और जूतों को रखने का तरीक़ा। ये सब बहुत ही सावधानीपूर्वक किया हुआ लगता है। बेहरतीन योजना का परिणाम है यह सब। ये एक सामान्य सीरियल किलर के जैसा है। इस मॉमले में उसकी फैंटेसी बहुत ख़ास थी कि खून कैसे हो और उसका शिकार कैसा होना चाहिए। और सब कुछ बिलकुल परफेक्ट होना चाहिए।"

"पर ये भी तो हो सकता है कि ख़ूनी ने सिर्फ़ यही एक ख़ून किया हो? तुम इतनी श्योर क्यों हो कि हम एक सीरियल किलर के पीछे हैं? तुम ये कैसे प्रूव करोगी?"

"अभी नहीं कर सकती। पर बहुत सी चीज़ें ऐसी हैं जो क्राइम सीन को देखते ही एकदम से समझ में आती हैं। क्राइम सीन एकदम साफ़ था, चोटें काफ़ी सोच समझ कर लगाई हुई थीं और पकड़े जाने का रिस्क बहुत ज़्यादा था।"

"यानी कि किसी नौसिखिए की अपेक्षा ख़ूनी कुछ ज़्यादा ही माहिर था?"

"निश्चय ही। रिस्क बहुत बड़ा था और सब कुछ बहुत सफ़ाई से किया गया, जो इशारा करते हैं कि इस बार सब कुछ पिछली बार से ज्यादा सावधानी से किया गया है। तो यह तो निश्चित है कि सब कुछ पहली बार नहीं किया गया है। इसका मतलब है उसने पहले भी कई खून किए होंगे। अपराध में अक्सर माहिर होते जाने का ट्रेंड देखा जाता है। सीरियल किलर को लगता है कि वो पूरे कंट्रोल में है और वो कभी पकड़ा नहीं जाएगा। पर माहिर होने के अहसास और आत्मविश्वास के लिए वह हमेशा कुछ आगे बढ़ेगा ज़रूर।"

"हमेशा एक बड़े रोमांच की तलाश में।"

"ओह! मुझे डर है कि उसका अगला खून और भी ज़्यादा सनसनीखेज होगा। या तो वैसा होगा, या फिर वो इसी इन्वेस्टिगेशन में शामिल होने की कोशिश करेगा।"

"सॉरी, मुझे ये अंतिम बात समझ नहीं आयी।"

"वो हम सबको हराना चाहता है। हो सकता है वो हमसे कॉन्ट्रैक्ट करने की कोशिश करे, अपनी गेम को बिगाड़ने के लिए। वो हमें दिखाना चाहेगा कि वो बॉस है।"

"ये तो बेतुकी बात है।"

"वो हर चीज़ की प्लानिंग काफ़ी तफ्सील से करता है। उसे अगर पता चल गया कि उसका खेल ख़त्म हो चुका है और वो पकड़ा जाएगा, तो वह पुलिस के सामने आने की भी हर चीज़ की महीन योजना बनाएगा।"

साहिल कुर्सी पर पीछे होके बैठा और नीरजा को देखने लगा। इतनी ज़्यादा देर तक कि वो असहज हो उठी।

"लेकिन तुम कह रही हो कि तुम्हारी थ्योरी अभी ठोस नहीं है क्योंकि तुम 100% श्योर नहीं हो कि ये सिर्फ़ ऐसा एक ही खून था या और भी हैं?"

"ठीक है, ये थोड़ा जल्दबाज़ी है। ये थ्योरी कह रही है कि हमें बहुत ध्यान से देखना पड़ेगा कि क्या कोई और केस भी इस खून से लिंक किया जा सकता है। मुझे लगता है कि किलर उस एरिया को ठीक से जानता था तो ये निश्चित है कि उसने पहले भी वहाँ अटैक किया होगा।"

"तुम्हें ऐसा क्यों लगता है?"

"इस खून का कोई भी विटनेस नहीं है। जबकि ख़ून दिन दहाड़े हुआ और ख़ूनी टिफ़िन टॉप पर कुछ देर के लिए तो रहा होगा। फिर भी किसी ने कुछ नहीं देखा। हो सकता है कि ख़ूनी देखा गया हो लेकिन किसी को कुछ अजीब न लगा हो क्योंकि वो वहीं का रहने वाला हो या आम तौर पर वहाँ देखा जाता हो।"

"सिद्धार्थ को किन्हीं दो आदमियों के साथ देखा गया था।"

दो ख़ूनी। ये जवाब हो सकता था नीरजा के प्रोफाइल स्केच में उभरते कई सवालों का।

“पर उन बच्चों ने सिर्फ़ एक आदमी को देखा था। हमने टीवी पर उसी एक की तस्वीर दिखायी थी।” प्रकाश ने कहा “लेकिन कोई काम की जानकारी नहीं मिली।”

नीरजा अपने ही ख़यालों में खोयी हुई थी, “मगर फिर भी हम दो ख़ूनी होने की संभावना से इन्कार नहीं कर सकते।”

“उस विटनेस स्टेटमेंट की वजह से? हो सकता है कि वो दोनों आदमी सामान्य कस्टमर हों? ऐसा नहीं है कि मैं उन्हें जेल में नहीं डालना चाहता। पर शायद दोनों का सिद्धार्थ के ख़ून से कोई लेना देना न हो।”

नीरजा को इस पर और काम करने की ज़रूरत थी। “पक्का कुछ अंतर्विरोधी साक्ष्य हैं। ये इसलिए भी हो सकता है कि हम दो अलग-अलग ख़ूनी को ढूँढ रहे हैं और दोनों के अपने-अपने अलग-अलग मोटिव हों और काम करने का तरीका भी अलग हो।”

“ये सही है। दो सस्पेक्ट और एक सीरियल किलर।”

“हम उसे तब तक सीरियल किलर नहीं कह सकते जब तक सिद्धार्थ के केस से और खून लिंक न कर लें। और साफ़ तौर हम ये नहीं कर रहे हैं।”

“पर क्यों नहीं?”

“मैं बात कर रही हूँ क्राइम सीन के आस-पास हुए पुराने खून की। तभी सीरियल किलर थ्योरी प्रूव हो पाएगी।”

“यहाँ पिछले पाँच सालों में 5 प्रॉस्टिट्यूट ग़ायब हुईं हैं। एक की लाश मिली, बाक़ी दो का कोई नामोनिशान नहीं मिला।”

नीरजा ने तेवर चढ़ाते हुए उसे देखा। "रियली? मैं अभी चेक करती हूँ।" ये बात विक्रम ने उसे क्यों नहीं बतायी थी?

"तुम प्रकाश से उसकी डिटेल ले सकती हो।"

नीरजा को अपना सर भारी लग रहा था। उसे विक्रम से बात करनी होगी। ये उसकी ज़िम्मेदारी थी कि वो कोई भी मिलते-जुलते केस खोद निकाले। उसने नीरजा को बताया था कि ऐसे कोई केस नहीं थे। उसे अपनी टीम का हिस्सा नहीं बनाना एक बात थी, लेकिन उससे चीज़ें छुपा के रखना? कमीना साला!

साहिल ने उठकर कुर्सी कॉफ़ी मशीन वाली छोटी मेज़ के साथ वापस रखी। वो ज़रा देर दरवाज़े पर ही खड़ा रहा, थोड़ा हिचिकिचाते हुए। वह जा क्यों नहीं रहा है कि नीरजा अपने काम पर वापस लग सके?

"अगर तुम अपना मुँह बंद रखो तो मैं तुम्हारा शुक्रगुज़ार रहूँगा," वो बोला।

नीरजा अपने ख़यालों से बाहर खींच ली गयी। वो क्या कह रहा था?

"पिछले हफ़्ते उस रात के बारे में। मैंने कुछ ज़्यादा ही पी ली थी। मैं सामान्यतः ऐसा नहीं करता। अगर तुम इन बातों को ख़ुद तक ही रखो तो मैं तुम्हारा शुक्रगुज़ार रहूँगा। ऑफ़ कोर्स, मैं तुम्हारा सीक्रेट भी सीक्रेट ही रखूँगा।" साहिल ने उसके बैग की तरफ़ इशारा किया।

कमीना। नीरजा कभी उसे मक्खन लगाने के बारे में नहीं सोचती लेकिन साहिल की बातों ने ये ख़याल नीरजा के दिमाग़ में डाल ही दिया था।

"तुम मुझे रिश्वत देने की कोशिश कर रहे हो, प्रॉसिक्यूटर महोदय?"

नीरजा को लगा कि साहिल ग़ुस्सा होगा, कि वो साहिल को उसके सेल्फ़-कंट्रोल वाले खोल से बाहर निकाल लेगी। पर साहिल ने बस अपना सर हिलाते हुए दरवाज़ा खोला और हँस दिया। वो सच में दिखावे का जीता-जागता नमूना था।

इससे पहले कि नीरजा कुछ और कह पाती, प्रकाश अपने हाथ में ख़ाली मग हिलाता हुआ अंदर आ गया। कमरे से जाते वक़्त साहिल को नीरजा ने जितना हो सकता था, उतनी गंदी नज़रों से देखा था।

प्रकाश ने नीरजा को देखा और फिर साहिल को, जो अब उसकी आँखों से ग़ायब हो रहा था।

"क्या मैं अंदर आ जाऊँ?" प्रकाश ने कॉफ़ी मशीन की तरफ़ इशारा किया और अपने लिए एक कॉफ़ी डाली। फिर वो नीरजा की मेज़ के कोने पर बैठ गया और मग को अपनी नाक तक ले गया। नीरजा को उसकी नाक और गालों पर खुरदरे छेद नज़र आए। प्रकाश कोई हैंडसम आदमी नहीं था, मगर उसमें कोई बात तो ज़रूर थी। क्या वह एक तरह की सुरक्षा का एहसास था? शांति का एहसास था?

प्रकाश कुछ देर तक वहीं चुप्पी साधे बैठा रहा, धीरे-धीरे कॉफ़ी के घूँट भरता हुआ। यह साहिल के मुक़ाबले काफ़ी हद तक कम असहज था।

"तुम और साहिल," प्रकाश ने कहना शुरू किया, "तुम दोनों ने किस तरह के केसों पर साथ काम किया था?"

धत तेरे की! नीरजा सच में श्रुति का मुद्दा नहीं निकालना चाहती थी। उसने अपनी नाक दबायी। प्रकाश को वैसे भी पता चल ही जाएगा। उसके बारे में छुपा के कोई फ़ायदा नहीं था।

"वो भी एक कहानी है," नीरजा ने कहा।

प्रकाश ने उसे भरोसा दिलाते हुए सर हिलाया और उसे, बताने के लिए कहा। नीरजा ने बोलना शुरू किया।

"लखनऊ में एक बच्चे की मिसिंग रिपोर्ट को मैं लीड कर रही थी। श्रुति। छह साल की लड़की। वो दिन-दहाड़े अपने घर के बगल के प्लेग्राउंड से ग़ायब हो गयी थी। साहिल उसका केस ऑफिसर था। मुझे पता चला कि एक कनविक्टेड सेक्स ऑफेंडर पास ही रहता था और मैं उसके घर को सर्च करना चाहती थी। साहिल ने सर्च वारंट दिलवाने से मना कर दिया। उसे लगा कि उस पीडोफ़ाइल के ख़िलाफ़ हमारे पास सिफशिएंट एविडेंस नहीं था जो अपनी सज़ा पूरी करके पिछले कुछ महीनों से वहाँ रह रहा था। भगवान की दया से! कुछ विटनेस स्टेटमेंट के बाद अगले ही दिन वो हमारी राडार पर था। तब जाकर साहिल को लगा कि उसके घर में घुसने के लिए हमारे पास पर्याप्त कारण हैं।"

यहाँ तक कि कहानी नीरजा ने आराम से बतायी, बिना अपने दिमाग़ में उभर रही तस्वीरों से परेशान हुए। पर अब उसके हाथ काँप रहे थे। वो तभी वहाँ से भाग जाना चाहती थी। घर जाकर किसी बच्चे की तरह रज़ाई के अंदर छुप जाना चाहती थी।

"हमें श्रुति एक कोठरी में मिली। उसे टॉर्चर करके मार डाला गया था। पैथोलॉजिस्ट ने बाद में बताया कि हमें उसे ढूँढ पाने में बस ज़रा सी ही देर हुई थी। हमारे वहाँ पहुँचने से कुछ ही घंटे पहले उसकी मौत हुई थी।"

प्रकाश कुछ पल के लिए चुप था, अपने हाथ यूँ हिला रहा था मानो लफ़्ज़ ढूँढ रहा हो लेकिन फिर उसने हार मान ली।

"अगर एक दिन पहले ही उसके घर में ढूँढ लिया होता तो श्रुति आज ज़िंदा होती।" नीरजा ने कहा।

"ये तुम्हारी ग़लती नहीं थी," प्रकाश बोला।

पर वो नीरजा की ही ग़लती थी। उसकी और साहिल की।

"उस जानवर ने उसे मारा, तुमने या तुम्हारी टीम ने नहीं। कभी-कभी ऐसा होता है, यह सब हमारे काम का हिस्सा है।" प्रकाश ने समझाया।

ज़ाहिर है क़ानूनी तौर पर ये सही था। पर नीरजा को ऐसा महसूस नहीं होता था। उसके साइकेट्रिस्ट ने भी उसी तरह की बातें कहीं थीं जो प्रकाश कह रहा था। परन्तु अगर वो उन्हीं शब्दों को किसी मंत्र की तरह घंटों तक भी दोहराती रहती तो भी उसकी आँखों और मन पर हमेशा के लिए छपी हुई श्रुति की उस तस्वीर में कोई फ़र्क़ नहीं पड़ता। उसका काले घने बालों वाला छोटा सा चेहरा, साफ़ था कि उसे अपार दर्द दिया गया था। ख़ूनी ने श्रुति को मारा-पीटा और उसका गला घोंटने की कोशिश की जिससे वो बेहोश हो गयी। फिर उसने उसके होश में आने का इंतज़ार किया था और फिर से अपना हैवानियत का खेल शुरू कर दिया। ख़ूनी ने श्रुति के मुँह में कपड़ा घुसेड़ दिया, जिससे कि वो विरोध भी न कर सके। ऐसे भीमकाय जानवर से लड़ने की कोशिश बेकार ही थी। आख़िरकार श्रुति की इंटरनल ब्लीडिंग से मौत हो गयी थी। उस ख़ूनी ने उस बच्ची के गुप्तांग के अंदर झाड़ू डाल दिया था जिससे उसका पेट तहस-नहस हो गया था, सब कुछ टूट गया था।

श्रुति की मौत बड़े ही भयंकर ढंग से तिल-तिल करके हुई थी और उसके दर्द का हाल बाताया भी नहीं जा सकता। उसने अपनी माँ को पुकारने की कोशिश की होगी लेकिन पुकार न पायी होगी। उसने सोचा होगा कि सबने

उसे छोड़ दिया। क्योंकि चाहे उसने ज़िंदा रहने की जितनी भी कोशिश की, कोई उसे बचाने नहीं आया। और उस समय जब उस हत्यारे के घर के अंदर वह मर रही थी तो सड़क पर सब सामान्य था। माएँ बच्चों को स्कूल छोड़ने जा रही थीं, पड़ोसी अपने कुत्तों को टहला रहे थे और उसके दोस्त उसके घर के सामने वाले मैदान में खेल रहे थे। और पुलिस वाले भी वहाँ थे, लेकिन एक पैसे की मदद नहीं की। श्रुति मर गयी थी, एकदम अकेली।

"मैंने उस केस के बाद थोड़ा वक़्त लिया था।" नीरजा ने सोचते हुए बोला।

"निश्चय ही ऐसी घटनाएँ किसी को भी विचलित कर देंगी," प्रकाश बुदबुदाया।

बात इतनी बिगड़ गयी थी कि नीरजा के लिए बिना डिप्रेसन की गोली के एक दिन भी काटना मुश्क़िल था। सरकारी डॉक्टर उसकी बीमारी की छुट्टी बढ़ाता जा रहा था लेकिन साथ ही नौकरी बदलने का सुझाव भी दे रहा था। एक बात जो नीरजा ने श्रुति के मिलते ही ख़ुद को समझा दी थी, वो ये थी कि कुछ भी हो जाए लेकिन अब वो ऐसे हादसों में नहीं पड़ेगी। श्रुति की मौत के कई हफ़्ते बाद तक वो अपराधबोध में डूबी रही थी। उसका वज़न 10 किलो से ज़्यादा गिर गया था और वो अपनी परछाई जैसी भी नहीं रह गयी थी।

वो आर्यन था जिसने नीरजा को बचाया। वो कारण था जिसकी वजह से नीरजा आगे बढ़ती रही। आर्यन को अपनी छोटी सी दुनिया, जिस में राजीव, नीरजा और एक टेडी बेयर था, उससे बाहर का कोई अंदाज़ा नहीं था। उसे बस अपनी माँ से अटेंशन चाहिए थी और उसकी मानसिक तक़लीफ़ों से कोई मतलब नहीं था। उसने ज़बरदस्ती नीरजा से उसका प्यार खींचा था। और इसी तरह उसने नीरजा की मदद की थी, थोड़ी-थोड़ी कर के।

प्रकाश ने अपना गला साफ़ किया। "तो इस वजह से तुम नेशनल यूनिट में पहुँचीं?"

"मैंने महसूस किया कि मैं नौकरी तो छोड़ नहीं सकती। और वैसे भी, एक प्रोफाइलर सामान्यतः बंद पड़े केसों से ही डील करते हैं। उस वजह से निश्चय ही थोड़ी दूरी बनी रहती है। ये किसी गुमशुदा आदमी से काफ़ी अलग है क्योंकि शुरुआती दिनों में इतना कुछ होता है। पुलिस होने के नाते एक भी ग़लती किसी की ज़िंदगी ले सकती है। मैं बिलकुल भी उस तरह की ज़िम्मेदारी लेने की स्थिति में नहीं थी।"

वे दोनों एक दूसरे के साथ कुछ देर तक बैठे रहे। प्रकाश ने समझदारी दिखाते हुए अपना मुँह बंद रखा। शायद वो समझ गया था कि वो क्या कहना चाह रही थी। शायद उसे ये भी समझ में आ गया था कि ग़लत फ़ैसले के नतीजे क्या हो सकते हैं। नीरजा श्रुति के बारे में और बात नहीं करना चाहती थी, वो मुद्दा दर्द से भरा हुआ था। चाहे उसकी मौत को पाँच साल और तीन महीने बीत चुके थे।

"सिद्धार्थ के बारे में बात करते हैं। साहिल ने बताया कि उसी एरिया में एक प्रॉस्टिट्यूट का भी ख़ून हुआ था?" नीरजा ने टॉपिक बदला।

"हाँ, दो साल पहले। जहाँ से सिद्धाथ की बॉडी मिली थी, वहाँ से क़रीब 2 किमी दूर, सेवा नगर से वीभत्स हालत में उसकी लाश मिली थी। उसके हाथ-पैर काट दिए गए थे। तुमने उसके केस नोट्स देखे?"

नीरजा को लगा उसके सर में रुई भरी हुई थी। "मुझे उसके बारे में कुछ भी नहीं पता।"

"विक्रम को तुम्हें बताना चाहिए था, उसने बताया नहीं अभी तक?"

नीरजा ने ना में अपना सर हिलाया। विक्रम क्या चाल चल रहा था?

"बिंदु यादव के नाम से चेक करो। ये उसका नाम था। नेटवर्क पर उसके बारे में सारी जानकारियाँ मिल जाएंगी।"

बिंदु यादव का बड़े बुरे तरीक़े से ख़ून किया गया था। कैरोटिड आर्टरी काटे जाने के बाद ख़ून बहने से उसकी मौत हुई थी। उसकी एक बाज़ू नहीं थी जो कि आरी से काटी गयी थी। पेट को यूँ खोल दिया गया था जैसे कोई कसाई करता था। अंदर की हर चीज़ बाहर लटक रही थी। उसका दिल और गर्भाशय निकाल लिया गया था और साथ ही उसके गुप्तांग का ख़ास हिस्सा और स्तन भी। उसकी पतली छोटी सी ड्रेस और ब्रा-पैंटी को सलीके से तह करके उसके शरीर से एक मीटर की दूरी पर रखा गया था। उसके लम्बे जूतों को सर के दोनों तरफ़ रखा गया था।

नीरजा ने अपनी उँगलियाँ चटकाईं। ये नामुमकिन था। आख़िर विक्रम ने उससे यह छुपाया क्यों था? कोई नौसिखिया भी इस ख़ूनी का तरीक़ा पहचान लेता। बिंदु यादव को उसी आदमी ने मारा था जिसने सिद्धार्थ शर्मा का ख़ून किया था। ग़ुस्से के मारे नीरजा का पूरा शरीर तना हुआ था। उसने सोचा कि प्रकाश के कमरे पर धावा बोल दे लेकिन फिर मन बदल लिया। ये सिर्फ़ एक केस से बढ़कर था। विक्रम उसे हराना चाह रहा था। नीरजा की प्रोफाइल के लिए ये जानकारी बहुत ख़ास थी क्योंकि जिस ख़ूनी की वो तलाश कर रहे थे, ये जानकारी उस ख़ूनी की एक बिलकुल ही अलग तस्वीर पेश कर रही थी। क्या विक्रम ये चाहता था कि नीरजा ग़लती करे ताक़ि उसकी प्रोफाइल भी ग़लत हो जाए? ऐसा लग रहा था जैसे विक्रम कोई राजनीति कर रहा था। यह दिखाना चाह रहा था कि उसे केस सुलझाने के लिए किसी प्रोफाइलर की ज़रूरत नहीं थी।

नीरजा को ये मॉमला सँभालने के लिए सलाह की ज़रूरत थी। उसने गौतम को कॉल किया।

"साफ़ तौर पर यहाँ मेरे ख़िलाफ़ काम किया जा रहा है," नीरजा ने समझाया। "मैंने साफ़-साफ़ कहा था कि मुझे उन केसों के बारे में बताया जाए जो इस केस से जुड़े हुए हैं। यहाँ तक कि इन्वेस्टिगेशन इन-चार्ज का भी साफ़ निर्देश था कि मुझे हर ज़रूरी और संबद्ध जानकारियाँ दी जाएँ। लेकिन वो मुझे नहीं दी गयीं।"

"कहीं यह ग़लती से तो नहीं हुआ?" गौतम ने पूछा।

"मुझे नहीं लगता। मैंने ख़ुद अपने कलीग से पूछा था और उसने कहा था कि ऐसा कोई केस है ही नहीं।"

"तो तुम्हें ख़ुद क्यों नहीं पता चल पाया? तुम्हारे पास आर्काइव का एक्सेस तो है न?"

"मेरे पास पहले ही बहुत काम है। मैं तो यही सोच के काम करूँगी न कि हमारा कलीग हमारे साथ सकारात्मक तरह से केस को सुलझाने की कोशिश करेगा?"

"फिर मैं जाकर उससे बात करता हूँ।"

नीरजा सच में प्रकाश के पास जाकर उसे विक्रम के बर्ताव के बारे में बताना चाहती थी लेकिन वो बचकाना लगता। नीरजा को अगर टीम में अपनी जगह बनानी थी तो वो तरीक़ा ग़लत होता।

"थैंक यू। मैं ख़ुद जाकर उससे बात करूँगी।" नीरजा ने कहा।

"तो इन्वेस्टिगेशन कैसी चल रही है?"

"अभी तक यही एक चीज़ मिसिंग थी। दूसरे खून के मॉमलों से कोई लिंक नहीं मिल पा रहा था। पर अब पता चल गया है कि उसने और भी ख़ून किए हैं। उसका तरीका पहले से ही उस तरफ़ इशारा कर रहा था लेकिन मेरे पास कोई मजबूत फैक्ट नहीं था। लेकिन अब मैं प्रूव कर सकती हूँ। हम लोग एक सीरियल किलर से डील कर रहे हैं जिसका सैडिस्टिक सेक्सुअल मोटिव है, एक ऐसा आदमी है जो कि एक एवरेज रिस्क को भी अपने रोमांच के लिए ज्यादा रिस्की बना देता है।"

"एवरेज रिस्क? एक बच्चा? मैं उसे लो रिस्क कहूँगा।"

"वो लड़का ख़ुद को बेच रहा था। वो वहाँ कस्टमर का इन्तिज़ार कर रहा था।"

गौतम एक पल के लिए चुप कर गया। "फिर तो ये एकदम अलग ही कहानी है," वो बुदबुदाया।

"रिस्क और समय की वजह से मुझे लग रहा है कि हर बार रोमांच के लिए रिस्क को बढ़ा रहा है। स्टेटिस्टिक्स बता रही हैं कि मैं 30 से 50 साल तक के आदमी को ढूँढ रही हूँ।"

"ये काफ़ी बड़ा एज ग्रुप है।"

"ठीक है, मगर हमारे डेटाबेस में इतना डाटा नहीं है कि हम और भी सटीक परिणाम पर पहुँच सकें तो इसे कम करना बहुत रिस्की होगा।"

"हाँ, जाहिर है।"

“पर एक और चीज़ ने मेरा ध्यान खींचा है। मैं इंजरी और मोटिव लगातार दो अलग पैटर्न देख रही हूँ। इट्स कन्फ्यूजिंग।”

“तो तुम क्या सोच रही हो?”

“मुझे दो खूनियों की संभावना माननी पड़ेगी।”

“दो सीरियल किलर जो एक साथ काम कर रहे हैं?”

“बहुत अजीब लगता है न सुन के?”

“हाँ, पर ऐसा होता भी है।”

“इसके अलावा विटनेस स्टेटमेंट भी इसी तरफ़ इशारा कर रहे हैं। सिद्धार्थ को दो आदमियों के साथ देखा गया था। पर हमारे बास दो बच्चों की स्टेटमेंट भी हैं जिन्होंने सिर्फ़ एक आदमी को बिजलीघर के पास देखा था, जो शायद हमारा ख़ूनी भी है।”

“हम्म,” गौतम ने कहा। “दो आदमी? मतलब शायद हम दो खूनियों के पीछे हैं।”

“हाँ, ये बिलकुल संभव है।”

“ठीक है, अभी तुम जाओ और अपने कलीग से निबटो।”

नीरजा हँस दी।

विक्रम के दफ़्तर का दरवाज़ा खुला था। वो कुर्सी पर टेक लगाए बाहर देख रहा था। नीरजा अपने दोनों हाथ कमर पर रखे दरवाज़े पर खड़ी रही। अगर वो वहीं खड़ी रहती तो सब को उनकी बातें सुनाई दे जातीं। नीरजा को इस बात से कोई फ़र्क़ नहीं पड़ता था कि सबको पता चल भी जाता कि हो क्या रहा था। जबड़े का एक मसल अपने आप फड़कने लगा, जिसकी वजह से उसका मुँह बिना उसकी मर्ज़ी के अपने आप चलने लगा। धत् तेरे की! उसका शरीर उसे धोखा दे रहा था। वो नहीं चाहती थी कि विक्रम को पता चले कि उसकी इस हरकत से वह कितना गुस्सा है।

"बिंदू यादव," नीरजा ने कहा।

विक्रम ने अपने कंधे उचकाए। "क्या हुआ उसे?"

"वीभत्स खून, उसके कपड़ों को ठीक से तह लगा के और जूतों को उसके सर के पास ध्यान से रखा गया था। कुछ याद आया?"

"हाँ मुझे पता है उस केस के बारे में।" विक्रम ने अपने दोनों हाथ सर के पीछे बाँधे और मुस्कुराने लगा।

"तो मुझे इसके बारे में क्यों नहीं पता? मैंने तुमसे ख़ास तौर से बोला था कि उन सभी केसेज़ के बारे में बताना जो सिद्धार्थ के केस से जुड़े लगते हों।"

"ओके।"

"तो तुमने मुझे बिंदू यादव के बारे में क्यों नहीं बताया?"

"पर सिद्धार्थ एक बच्चा था।"

"एक सैडिस्टिक किलर आसान शिकार ढूँढ रहा है। उसे अपने शिकार को काबू करके, उसका ख़ून कर के ही सेक्सुअल आनंद मिल जाता है। और वो उनकी बॉडी के साथ क्या-क्या कर सकता है; इस मॉमले में एज या स्त्री-पुरुष मायने ही नहीं रखता।"

"हाँ, किताबों में तो यही लिखा है। तो तुम आख़िर कहना क्या चाह रही हो?"

"मेरी समझ से उसने सिद्धार्थ को ख़ास तौर पर एक फंतासी जीने के लिए चुना था। हो सकता है वो उस पर काफ़ी पहले से नज़र रख रहा हो। शायद सिद्धार्थ उसे जानता भी हो। विटनेस ने उसे एक आदमी के साथ देखा था।"

"हम यहाँ एक बच्चे के मर्डर की इन्वेस्टिगेशन कर रहे हैं। जो कि किसी नशेड़ी रंडी के ख़ून से काफ़ी अलग है!"

"लेकिन वो अलग नहीं है! सिद्धार्थ भी एक प्रॉस्टिट्यूट था! फिर वो तह किए हुए कपड़े, वो वीभत्सता। और वो अंगों का गायब होना।"

"इससे क्या साबित हुआ? सिद्धार्थ का कोई भी अंग गायब नहीं था।"

"ये अंगों की तस्करी के बारे में नहीं है। ये एक ज्यादा हौलनाक खून है और ख़ूनी ने उन तह किए हुए कपड़ों को छोड़ कर अपना सिग्नेचर वहाँ छोड़ा है।"

विक्रम ने अपनी बाँहें अपनी छाती के आगे बाँध लीं। "मुझे अभी भी नहीं लगता कि दोनों केसों की कोई तुलना हो सकती है।"

"ये सब क्या है, विक्रम?"

"मुझे पता नहीं कि तुम किस बारे में बात कर रही हो।"

"मैं सिर्फ़ अपना काम करने की कोशिश कर रही हूँ।"

"और मैं अपना," विक्रम ने गुस्से में कहा।

"तुम्हें समझ में नहीं आ रहा कि मुझसे इन्फॉर्मेशन छुपा के तुम मेरी इन्वेस्टिगेशन में बाधा डाल रहे हो?"

विक्रम ने अपने कंधे उचकाए। "तो शायद तुम्हें इन्वेस्टिगेशन उन लोगों पर छोड़ देनी चाहिए जो नैनीताल को बाहर भीतर से अच्छी तरह समझते हैं।"

तो ये बात थी। विक्रम ने खुल्लम खुल्ला मान लिया था कि वो नीरजा को अपनी कलीग मानने के लिए तैयार नहीं था। वो मुड़ कर अपने दफ़्तर में चली गयी, दरवाज़ा धड़ाक से बंद किया और अपने हाथ अपने बालों में डाल कर बैठ गयी।

चार घंटे बाद नीरजा नेशनल यूनिट में अपने कुछ कलीग से बात कर चुकी थी और उत्तराखंड के इस तरह के तमॉम केसों को पढ़ चुकी थी।

बिंदू के ख़ून के अलावा, ऐसा लग रहा था जैसे सिद्धार्थ के ख़ून से मेल खाते हुए 1990 के लगभग तीन केस और हो सकते थे। वेश्याएँ, जिनका ख़ून किया गया और काट-छाँट दिया गया। हर किसी के शरीर का कोई न कोई हिस्सा ग़ायब था, लेकिन सबका अलग-अलग हिस्सा ग़ायब था। बिंदू की बायीं बाज़ू ग़ायब थी और उन बाक़ी तीन वेश्याओं में से एक की टाँग, एक का सर और एक की दायीं बाज़ू। लेकिन उन केसों और बिंदू तथा सिद्धार्थ के केसों में फ़र्क़ था। उन पुराने विक्टिम के आँतरिक अंग ग़ायब नहीं थे।

अजीब बात ये थी कि 1998 और 2014 के बीच इससे मिलता-जुलता कोई ख़ून नहीं हुआ था। कम से कम इस इलाक़े में तो नहीं। मगर फिर भी नीरजा को विश्वास था कि इन सब का ख़ूनी एक ही था क्योंकि हर विक्टिम के पास तह किए हुए कपड़े मिले थे और नीरजा को लगता था कि इन सबके बीच कोई सम्बंध है।

क्या उसने एक अंतराल के बाद फिर से ख़ून करने शुरू कर दिए थे? बिंदू यादव और उसके पहले के शिकार लोगों बीच सोलह साल का फ़र्क़ था। ये बहुत अहम् बात है। साथ ही साथ पिछले दो सालों में दो और वेश्याओं के गुम होने की ख़बर भी थी। नीरजा ने फ़ैसला किया कि घर जाने से पहले प्रकाश को ये बात बताती जाएगी।

प्रकाश ने अपना फ़ोन काटा ही था जब नीरजा उसके दफ़्तर में दाख़िल हुई। बिना वक़्त गँवाए उसने सिद्धार्थ से मिलते-जुलते सारे ख़ूनियों के बारे में प्रकाश को बाताया।

"कोई मुझे बताएगा कि इन केसों के बारे में पहले कोई बात क्यों नहीं हुई?"

प्रकाश ने गहरी साँस ली। "मैं तुम्हारी झल्लाहट समझ सकता हूँ, पर इनमें से कुछ केस तक़रीबन 20 साल पुराने हैं। और निश्चय ही हम लोग शुरुआत में सिर्फ़ बच्चों के खून पर ध्यान दे रहे थे।"

"पर मैं ऐसा नहीं कर रही थी। मैं दूसरी ख़ासियतों पर ध्यान दे रही थी, खून करने के तरीकों पर। और मैंने ये साफ़-साफ़ बताया भी था।"

"ठीक है," और इसके साथ प्रकाश ने बात ख़त्म की। बस ऐसे ही, बिना कहे कि वो सही थी। नीरजा ने अपना जबड़ा कस लिया।

"तुम कह रही हो कि यह ख़ूनी पूरे 15 साल तक शांत बैठा रहा," प्रकाश ने कहा।

"16 साल। मुझे अभी भी कुछ इन्फॉर्मेशन निकालनी है लेकिन मेरा अंदाज़ा है कि नैनीताल या उसके आस-पास के इलाक़ों में ऐसे और कोई केस नहीं हैं जिन्हें हम इस ख़ूनी से लिंक कर सकें। हो सकता है हमारा ख़ूनी कहीं और रहता हो या उसकी ज़िंदगी कुछ इस तरह की हो कि उसकी खून करने की ज़रूरत या प्यास दब गयी हो। ये हमने दूसरे केसों में भी देखा है। जैसे ही कोई सीरियल किलर अपने आपको किसी स्थिर सामाजिक स्थितियों में पाता है, वो शांत हो जाता है।"

"तो तुम्हारे हिसाब से वो उस वक़्त किसी स्थायी संबंध में था? यही कह रही हो या कुछ और?"

"हाँ, उदाहरण के लिए ऐसा कह सकते हैं। या फिर वो उस वक़्त एक घरवारू पिता रहा हो। फिर उसकी सिचुएशन बदली और उसकी डार्क साइड फिर से बाहर आ गयी। मैं इसे अपनी प्रोफाइल में जोड़ दूँगी। दूसरे खून के केसों से भी मेरी यह थ्योरी पुष्ट हो रही है कि ख़ूनी यहीं स्थानीय तौर पर ही सक्रिय था।"

नीरजा अभी तक ये पता नहीं लगा पायी थी कि अगर एक दूसरा ख़ूनी भी मौजूद था, तो ये सब कैसे काम करेगा। उसका सर दर्द कर रहा था। अभी भी बहुत कुछ था इस केस के बारे में जो साफ़ नहीं था लेकिन वही सारे राज़ों से पर्दा हटाएगी।

नीरजा ने हफ़्ते के आख़िर में फिर से गौतम को कॉल किया। छह बजने से ठीक पहले। नीरजा ने बस अपना कंप्यूटर बंद किया था और वीकेंड पर घर ले जाने के लिए अपना लैपटॉप बैग में डाला था। उसे गौतम से बात करना अच्छा लगता था। पिछले कुछ सालों में वो उसका एक तरह का गुरु जैसा बन गया था। वो नीरजा को लगातार अपने अंदर झाँकने के लिए मोटिवेट करता था, मगर जब ज़रूरत पड़ती तो उसकी बात सुनकर अपने विचार भी बताता था।

"कैसी रही उस कलीग के साथ?" गौतम ने पूछा।

नीरजा ने अपनी नोटबुक को ड्रावर में रखते-रखते फ़ोन को गर्दन और कंधे के बीच रखा। "उसे इसमें कोई प्रॉब्लम नज़र नहीं आती। फिर भी मैंने कुछ प्रोग्रेस की है।"

"उन दूसरे केसों में से कुछ निकाल पायीं?"

"इतना तो मुझे पक्का पता है कि उसने 1990 में नैनीताल में तीन और ख़ून किए थे। फिर 16 साल तक सब शांत था।"

"देश में कहीं और इसी से मिलते-जुलते खून मिले? या फिर बॉर्डर की उस तरफ़ नेपाल में?"

"नहीं। अभी तक कुछ नहीं। और मैं आशा भी नहीं कर रही हूँ कि कुछ मिलेगा। मुझे तो ये जानकर हैरानी होगी कि ये आदमी कभी अपने सेफ हैवन से बाहर भी निकला होगा। वो इस टाइप का नहीं है। उसे एक तरह की सुरक्षा चाहिए होती है जो उसे अपने पारिवारिक माहौल से मिलती है। यही कारण है कि यह खून दिन-दहाड़े हुआ लेकिन फिर भी किसी ने कुछ नहीं देखा। ऐसा इसलिए भी हो सकता है कि ख़ूनी या खूनियों पर किसी ने ध्यान नहीं दिया, क्योंकि वो सामान्यतः वहाँ देखे जाते होंगे।

“पर वो नेपाल का मैप जो मिला था?”

“वो थोड़ा उलझा ज़रूर है। हो सकता है उसका कुछ मतलब हो या फिर पूरी तरह बेमतलब भी हो सकता है।”

“ओके। मुझे उन खून के केसों के बारे में बताओ।”

“तीनों खुली सड़क पर धंधा करने वाली, हेरोइन एडिक्ट थीं। सिद्धार्थ के क्राइम सीन के 3 किमी के रेडियस में ही तीनों मिलीं थीं लेकिन जहाँ उनकी बॉडी मिली, वहाँ उन्हें मारा नहीं गया था, साथ ही उनके कुछ अंग गायब थे। सबसे इम्पॉर्टेन्ट बात, सफ़ाई से तह लगाए हुए कपड़े उनकी लाशों के साथ रखे थे।”

“तो मतलब काम करने का तरीका अलग था?”

“सिर्फ़ इतना कि उन्हें मारा कहीं और गया था। और ये कि उनके कुछ अंग गायब थे लेकिन इंटरनल ऑर्गन नहीं। उनका रेप हुआ था और गला घोंटा गया था।”

“कौन से बॉडी पार्ट्स मिसिंग थे?”

“एक का हाथ, एक का सर और तीसरी की टाँग गायब थी। आरी से काटा गया था जो कभी बरामद नहीं हुए।”

“पर हमारे ख़ूनी ने कसाई की छुरी से इंटरनल ऑर्गन निकाले हैं। और सिद्धार्थ का गला भी वैसी ही छुरी से काटा गया था। वो दो साल पहले वाली विक्टिम का क्या?”

“कसाई की छुरी का इस्तेमाल हुआ था।”

“1990 की विक्टिम के गला घोंटने को तुम कैसे एक्सप्लेन करोगी?”

“मेरे ख़याल से इसके कई मायने हो सकते हैं। उदाहरण के लिए एक दूसरा ख़ूनी हो सकता है। पर ये विकसित होते जाने की तरफ़ भी इशारा करता है। किलर समय बीतने के साथ लगातार डेवलप होता रहा है।”

“हाँ, यह संभव,” गौतम ने कहा। “हो सकता है उन 16 सालों में जब उसने कोई ख़ून नहीं किया, तब उसने कसाई का कोर्स किया हो। या हो सकता है कहीं और रह रहा हो और वहाँ एक्टिव हो। इस स्टेज पर तुम इसे छोड़ नहीं सकतीं। एक और बड़ा अंतर है कि पहले विक्टिम के इंटरनल ऑर्गन नहीं निकाले गए।”

“मगर उनका ख़ूनी भी यही था, ये तह लगाए हुए कपड़ों से साफ़ हो जाता है।” नीरजा ने एक गहरी साँस ली। “पर मैं एक दूसरे ख़ूनी के होने की संभावना के बारे में भी सोच रही हूँ,” उसने कहा, “हो सकता है कि किलर 16 साल पहले जैसे ही बिहैव कर रहा हो लेकिन इस बार उसके साथ कोई और भी है। हमने इस संभावना पर पहले भी बात की थी।”

“तो दो ख़ूनी। दोनों विक्टिम के साथ अपनी-अपनी फैंटेसी पूरी कर रहे थे।”

“निश्चय ही!”

“ठीक, तुम काफ़ी आगे बढ़ चुकी हो।”

“फिर, वो सिद्धार्थ की जाँघ से कटा हुआ मांस भी है। दूसरे ख़ूनी का सैडिस्टिक करैक्टर तो एकदम साफ़ दिखता है लेकिन सिद्धार्थ जल्दी मर गया।”

"तुम कहना क्या चाह रही हो?"

"मेरी थ्योरी के मुताबिक सिद्धार्थ दो लोगों के हाथों मारा गया, उन दोनों के अपने अपने उद्देश्य थे। मुझे लगता है दूसरे ख़ूनी की आदमखोर क़िस्म की चाहते हैं। यानी हो सकता है वो नरभक्षी हो।"

घर का माहौल ख़राब था। शनिवार का दिन था और नीरजा और राजीव असल में साथ में कुछ मज़ा करना चाह रहे थे, नैनी झील पर जाकर मस्ती का मन था। बच्चे दादी के पास थे और उन्हें शाम को ही वापस लाना था। एक वक़्त था जब वे लोग हर हफ़्ते नैनी झील पर जाया करते थे और और आख़िर में अपने पसंदीदा रेस्टोरेंट में जाकर पाव-भाजी का लुत्फ़ उठाते। आज का भी प्लान वही था, ठंडी हवा का मज़ा उठाना और फिर कम्बल के अंदर घुस जाना। उनके पास काफ़ी मौक़े होंगे फ़ैसला लेने के लिए कि उन्हें क्या-क्या करना चाहिए। नीरजा ने अपना स्कार्फ़ बाँधा था जिसकी खुरदरी ऊन उसकी ठोड़ी पर गुदगुदी कर रही थी।

"तुम आ रहे हो?" नीरजा ने पूछा।

राजीव सोफ़े पर बैठा अपने फ़ोन से खेल रहा था।

"मैं जाकर एक दूसरा ट्रैक सूट पहन लेता हूँ," राजीव उठते हुए बुदबुदाया और फिर हॉल के बाहर ग़ायब हो गया। नीरजा को एक बीप सुनाई दी। राजीव के फ़ोन पर नया मैसेज आया था जिसे वो लिविंग रूम की मेज़ पर ही

छोड़ गया था। नीरजा ने झट से फ़ोन उठाया और दरवाज़े की तरफ़ देखा। फिर एक झटके से उसने जल्दी से व्हाट्सएप खोल दिया।

नीरजा ने मैसेज पढ़ा तो उसकी रगों में दौड़ता ख़ून जम गया। तभी राजीव कमरे में वापस आ गया।

"ये क्या है?" नीरजा ने उसका मोबाइल हवा में लहराया।

राजीव ने कंधे झुका लिए और एक क़सूरवार की तरह उसे देखा।

"राजीव? चल क्या रहा है?"

वो बस नीरजा के सामने खड़ा रहा, बिना जाने कि क्या कहे। नीरजा को लगा जैसे उसका सर फट जाएगा। उसे कुछ याद नहीं आ रहा था कि ये वही आदमी था जिससे उसे मोहब्बत हुई थी, जिससे उसने वफ़ा का वादा किया था, जिसके साथ उसके दो बच्चे हुए थे!

"कौन है ये?"

"स्वाति।"

"और स्वाति है कौन??"

"एक कलीग। उसका भी हाल ही में डाइवोर्स हुआ है।"

"उसका भी? मैं कुछ मिस कर रही हूँ? मैं यहाँ अपनी शादी बचाने के लिए जो हो सकता है, वो कर रही हूँ और तुम किसी दूसरी औरत के साथ सो रहे हो?"

राजीव कुछ नहीं बोला। उसे झुठलाने की कोशिश भी नहीं की।

"वही कर रहे हो तुम, है ना राजीव? स्लीपिंग विथ हर? बोलो।" नीरजा उसे धमकाते हुए उसके पास आयी। इस वक़्त वो बस किसी तरह राजीव के बेवक़ूफ़ दिमाग़ में थोड़ी सी अक्ल घुसाना चाहती थी। वो एकदम से पीछे हट गया। नीरजा ने ख़ुद पर क़ाबू किया।

"चलो बोलो, ओफ्फ़! जिस रात को तुम घर नहीं आए थे, उस दिन तुम उसी के साथ थे?"

"मैं उसके साथ था। फिर एक चीज़ से दूसरी चीज़ होती चली गयी।"

एक बार के लिए लगा कि राजीव ठीक होने लगा था। नीरजा ने देखा कि वो अपनी मुट्ठियाँ भींच रहा था और अपने निचले होंठ को काट रहा था। ये अच्छी निशानी थी। नीरजा उसे ग़ुस्सा होते हुए देखना चाह रही थी। वो चाहती थी कि राजीव को भी उतना ही दर्द हो जितना उसे हो रहा था।

"तुम और मैं काफ़ी समय से अलग-अलग जिंदगियाँ जी रहे हैं," राजीव ने कहा, "तुम कभी भी यहाँ नहीं होती। और मैं यहाँ हमेशा बस बच्चों के साथ रहता हूँ। दिमाग़ ख़राब होना स्वाभाविक है। और काम पर भी मैं अपना बेहतर परफॉर्मेंस नहीं दे पा रहा हूँ! ऐसा लगता है जैसे मैं आदमी ही नहीं हूँ। और ये सब तुम्हारी वजह से है।"

ये जानने से पहले कि वो क्या कर रही थी, नीरजा ने एक ज़ोरदार तमाचा राजीव के गाल पर मार दिया। राजीव के गाल पर लाल निशान साफ़ दिखायी दे रहा था। "बंद करो अपनी ये बेचारगी। हमेशा किसी और की ही ग़लती होती है। अपने आपको सँभालने के लिए तुम्हारे पास बहुत समय था, राजीव। तुम पूरे दो साल से घर पर हो। बस सोफ़े पर पड़े रहते हो। मॉमूली सा काम भी तुम्हारे लिए बहुत ज्यादा हो जाता है। मुझे ऐसा लगता है कि मैं तुम्हें अब जानती ही नहीं!"

"क्योंकि मैं यहाँ सारी जिम्मेदारियाँ उठाता हूँ और तुम बस अपने सपनों के पीछे दौड़ रही हो।"

"फिर से वही सब, है न? जब हम मिले थे, तब भी मैं इसी डिपार्टमेंट के लिए काम करती थी, तो ये कुछ नया नहीं है। पता है, हम दोनों एक दूसरे की रेस्पेक्ट करते थे और हर चीज़ में एक दूसरे की मदद करने की कोशिश करते थे। पर अब लगता है ये सब किसी और युग की बातें हैं। अब तो तुम बस हमेशा कंप्लेन करते रहते हो कि मैं घर पर नहीं रहती! तुम मेरी परिस्थितियों को बिलकुल भी नहीं समझते।"

"अच्छा? मैं तुम्हें बताऊँ कि चीज़ें यहाँ तक कैसे पहुँचीं?" राजीव का चेहरा सुर्ख़ लाल हो चुका था और गर्दन की माँसपेशियाँ कस गयीं थीं, "मेरी एक बीवी थी जो ख़ुद को एक बच्ची की मौत का ज़िम्मेदार मानती थी जो उसकी ऑब्जरवेशन में मारी गयी। इस वजह से वो इतनी टूट गयी कि बिना कुछ किए सिर्फ़ बिस्तर में पड़ी रहती थी। पूरे छह महीने तक मैंने सब कुछ किया ताक़ि तुम बिस्तर से बाहर निकल सको, आर्यन के लिए किया, जिस बच्चे को पता भी नहीं था कि उसकी मॉम क्यों उसके लिए मौजूद नहीं थी। फिर मैंने तुम्हें उस समय सपोर्ट किया जब तुम वो बकवास कोर्स करने अमेरिका जाना चाहती थी। चार महीने के लिए अपने घर से दूर, आर्यन से दूर जिसे अपनी की सबसे ज़्यादा ज़रूरत थी। मैंने प्लेन की टिकेट लीं जबकि तुम डाउट में थी। मुझे लगा था तुम्हारे वापस आते ही सब पहले जैसा हो जाएगा। लेकिन वैसा कुछ भी नहीं हुआ।"

"हम इस बारे में अभी क्यों बात कर रहे हैं, राजीव? वो सब पाँच साल पहले हुआ था।"

पाँच साल और तीन महीने पहले।

"जब से तुम वापस अपने पैरों पर खड़ी हुई हो, तुम सिर्फ़ अपने लिए जी रही हो, हर चीज़ तुम्हारे हिसाब से होनी चाहिए। तुम्हें एक और बच्चा चाहिए था जबकि मुझे लगा था कि सिर्फ़ आर्यन पर ध्यान देंगे तो बेहतर होगा। पर अहाना हो गयी। तुमने अपने आपको काम में झोंक दिया और बाक़ी के कामों की ज़िम्मेदारी किसी और पर आ गयी। या तो तुम घर पर होती नहीं हो या घर आते ही सबसे पहले तुम्हें जॉगिंग पर जाना होता है। और तुम्हें पता है उस पूरे टाइम में मैं क्या भूल गया था?"

वो गुस्से से काँपते हुए नीरजा की तरफ़ ऊँगली से इशारा कर रहा था।

"तुम जानती हो मैं किस बारे में बात कर रहा हूँ? मैं ख़ुद को भूल गया था! तुम्हें अन्दाज़ा भी नहीं है कि तुम्हारा डिप्रेशन मेरे लिए कितना डिफिकल्ट था। हमारी पूरी लाइफ़ सिर्फ़ तुम्हारे ड्रीम्स और एम्बिशन पर निर्भर है। मैं ये और नहीं कर सकता। बस और नहीं कर सकता, नीरू!"

"तो इसलिए तुमने सोचा कि किसी और औरत के साथ अफेयर कर लो? और भयानक यह है कि तुम ऐसे दिखा रहे हो जैसे मैंने तुम्हें ज़बरदस्ती उसमें धकेला? यही बोल रही हूँ मैं। तुम हमेशा फ़किंग विक्टिम की तरह एक्ट करते हो, जैसे तुम्हारी कभी कोई ग़लती नहीं होती। यह स्वाभाविक है क्योंकि तुम उस औरत के अंदर घुस रहे हो! बकवास बहाने बनाने की कोशिश मत करो!"

"वो एक बेवकूफ़ी थी। यह सब बेमतलब है।"

"ओह नहीं, उसका मतलब था! और वो मतलब ये था कि वो हमारे संबंधों का अंत था।"

दोनों कुछ नहीं बोले। नीरजा ने उसे चुप करवा दिया था। वह रोने लगा। नीरजा ने उसकी तरफ़ क़दम बढ़ाया, तरस खाकर नहीं, यों ही। वो उसे अपनी बाँहों में लेने वाली थी लेकिन अपना मन बदल दिया, मुड़ी और बाहर चली गयी।

नीरजा ने सामने का दरवाज़ा अपने पीछे धड़ाक से बंद किया और दीवार के सहारे नीचे बैठ गयी। झुकते वक़्त ईंटें उसकी पीठ पर चुभ रही थीं। मगर वो दर्द उसके अंदर उभर रहे दर्द के मुक़ाबले कुछ भी नहीं था। उन दोनों ने साथ मिल के सब बिगाड़ दिया था। बहुत ही बुरे तरीक़े से। और इस बार यह इतना बुरा था कि वापस जाने का सवाल ही नहीं था। नीरजा के मन के किसी हिस्से से ये आवाज़ भी आ रही थी कि आख़िर राजीव सही था। नीरजा ने खुद को करियर में ज़रूरत से ज़्यादा झोंक दिया था। शायद वो ज़िंदा रहने का तरीक़ा था। अब लग रहा था यही उसकी मौत का कारण बनेगा।

वो वापस अंदर नहीं जा सकती थी, इसलिए कार में बैठी और ड्राइव करना शुरू कर दिया। न जानती थी, न उसे इससे कोई फ़र्क़ पड़ता था कि वो कहाँ जा रही है। बस कुछ देर के लिए राजीव से दूर होना चाहती थी। वह हर चीज़ के लिए तैयार थी सिवाय इसके कि वो किसी और औरत के कंधे पर सर रख के रोए। अगर असली मर्द होता तो वो उसके पास आता, अपनी बीवी के पास। हाँ, नीरजा ने ग़लतियाँ की थीं और वो सामने से मानती भी थी, लेकिन उसे नहीं लगता था कि वो इस तरह के धोखे के लायक थी।

क़रीब एक घंटा यहाँ-वहाँ गाड़ी चलाने के बाद वो लिंक रोड के पास शास्त्री चौक पहुँच गयी। उसने रिज के पास गाड़ी रोकी। वो अपने शुरुआती के दिनों में यहाँ आती थी। ये वो जगह थी जहाँ वो शांति से सोच सकती थी।

वो जंगल के अंदर गयी। कदमों के नीचे सूखी पत्तियों के गलीचे को रौंदती रही। वहाँ तेज़ महक थी। वो पत्तियों की खाद, मशरुम और काई की महक थी। अपने हाथ अपनी जेब में डाले हुए, ठंडी हवा के थपेड़ों के बावजूद नीरजा आगे बढ़ती गयी।

वो नहीं जानती थी कि इसके आगे उन्हें कहाँ जाना चाहिए था। शायद उसे रात होने तक यहीं रहकर, फिर घर लौटना चाहिए था। राजीव भी तब तक अपना सामान लेकर अपनी रखैल के पास जा चुका होगा। नीरजा ने अपना कॉलर ऊपर करके अपने स्कार्फ़ से चेहरे को ढका। उसे अचनाक से तेज़ उल्टी सी आने लगी और ऐसा लगा जैसे वो सच में बीमार पड़ने वाली हो। राजीव ने उसे धोखा दिया था। सब ख़त्म हो गया था। हाल ही में वो अक्सर सोचा करती थी कि राजीव के बिना उसकी ज़िंदगी कैसी होगी, लेकिन जब वो ख़याल हक़ीक़त में बदलने लगी तो काफ़ी अलग सा लग रहा था।

अगर वो वापस आना चाहेगा तो क्या वो उसे माफ़ कर पाएगी? या वो पहले ही काफ़ी नुक़सान कर चुका था? शायद दूसरी वाली बात सही थी। अगर वह उसे माफ़ कर देगी तो जब भी वो घर से अकेले निकलेगा तो नीरजा को डर लगा रहेगा। और वो ऐसी ज़िंदगी में नहीं रहना चाहेगी। बेहतर होगा कि अपने बच्चों के साथ अकेले ही रहे। उसने ये नहीं सोचा था कि कैसे होगा, पर वो ठीक रहेगी। राजीव बहुत दूर चला गया था और उनका प्रेम इतना सड़ चुका था कि ठीक होने की कोई उम्मीद नहीं थी। इस बात का एहसास हद से ज़्यादा दर्द दे रहा था।

तभी नीरजा का मोबाइल वाइब्रेट हुआ। साहिल का कॉल था। नीरजा ने कॉल काट दिया। इस वक़्त वो काम के बारे में सोचने की स्थिति में नहीं थी। वैसे भी वो सब केस के बारे में उससे ज़्यादा ही जानते थे। उसने आस-पास

देखा। वो काफ़ी आगे चली आयी थी और शायद जंगल के बीचोंबीच पहुँच गयी थी। वो साइन बोर्ड की तरफ़ भी ध्यान नहीं दे रही थी। उसका फ़ोन फिर से बजा। इस बार प्रकाश था। नीरजा ने उसे भी अनदेखा किया और अपनी कार की तरफ़ चलने लगी। कम से कम, उसे तो ऐसा ही लग रहा था।

उसने पाँच मिनट में पाँच कॉल मिस किया और सोचा कि छठी कॉल का जवाब दे ही देना चाहिए।

“साहिल?”

“नीरजा? कहाँ हो तुम?”

नीरजा ने अपने आसपास देखा। “मैं रिज पे हूँ।”

“तुम वहाँ क्या कर रही हो?”

साहिल को इससे क्या मतलब? वीकेंड शुरू हो चुका था। नीरजा ने एक गहरी साँस ली, “मुझे सोचने के लिए कुछ समय चाहिए था।” उसकी आवाज़ टूटने लगी। धत्। “क्या हुआ है? पच्चीस बार कॉल क्यों किया मुझे?”

“तीन बार। मैंने तुम्हें तीन बार कॉल किया। नैनीताल के एक गराज में एक बॉडी मिली है। हमें लग रहा है कि ये ख़ूनी का गराज है।”

“बढ़िया,” नीरजा ने बहुत ही हल्के से जोश से कहा, “फिर अब से तुम्हें मेरी ज़रूरत नहीं होगी।”

“नीरजा, तुम वैसे हो कहाँ?”

"जंगल में। मैंने शास्त्री चौक पर बस स्टॉप के पास कार पार्क की, जंगल के एज पर। बस मेरा मन हुआ जंगल में टहलने का।"

दोनों कुछ देर तक कुछ नहीं बोले और सिर्फ़ एक ही आवाज़ आ रही थी और वो थी साहिल की तरफ से एक तरह की सरसराहट की। नीरजा के हाथ से फ़ोन फ़िसल गया। वो बैठ गयी और रोने लगी। लम्बी, दर्दभरी सिसकियाँ लेने लगी।

उम्मीद

नीरजा की ऊँगलियाँ गीली पत्तियों में घुसी हुई उन्हें खरोंच रही थीं, मानो बस किसी चीज़ को मजबूती से पकड़ लेना चाहती है। वो जंगल में बीच रास्ते पर बैठी थी और उसमें उठने की हिम्मत नहीं थी। उसका शरीर सदमे में था। राजीव ने उसे धोखा दिया था। वो एक दूसरी औरत के साथ सोया था। उस औरत के साथ अपने राज़ बाँटे थे, हो सकता है शायद नीरजा के बारे में भी बात की हो। नीरजा और राजीव के बीच की मुश्क़िलों के बारे में। वैसा करना शायद सेक्स से भी बदतर था।

नीरजा को दर्द भुलाने के लिए कुछ चाहिए था। सब कुछ भुलाने के लिए। राजीव, सिद्धार्थ और श्रुति; हर किसी को भुलाने के लिए।

"नीरजा? ओफ्फ़ नीरजा। क्या कर रही हो?"

ये आवाज़ धीरे-धीरे क़रीब आ रही थी। दो बड़े हाथों ने नीरजा को कंधों से पकड़ कर ऊपर उठाया। नीरजा की ठोड़ी को एक ऊँगली ने ऊपर उठाया ताक़ि वो ज़बरदस्ती उसे देख सके। नीरजा ने उसे धुँधली आँखों से देखा। ये तो साहिल था। वह यहाँ क्या कर रहा था?

नीरजा ने फिर से अपना सर नीचे झुका दिया। ऐसा लग रहा था जैसे उसके बदन से सारी ताक़त ही ग़ायब हो गयी हो। वो वहीं उन पत्तियों के बीच बस सिकुड़ के हमेशा के लिए रह जाना चाहती थी।

"इधर आओ।" साहिल ने अपना ऊनी कोट उतारा और उसे नीरजा के आसपास लपेट दिया। "कुछ हुआ था क्या? तुम गिर गयी थीं? चोट लगी है?"

हाँ, सब कुछ दर्द कर रहा था। मगर बाहर से देखने पर कुछ नहीं था। सारा का सारा दर्द अंदर था। पिछले कुछ दिनों में ढेर सारी गोलियाँ खाने की वजह से नीरजा का शरीर बुरी हालत में था, रो-रो कर चेहरा सूज गया था और सर में कोई पत्थर तोड़ रहा था।

नीरजा ने सिसकी ली। "मैं ठीक हूँ," उसने कहा और फिर अपने पैरों पर खड़ी हो गयी। साहिल के कोट से उसकी महक आयी। वो ज़मीनी, मर्दाना महक जो साहिल का हिस्सा थी। "मेरे पास हैंडल करने के लिए हद से ज़्यादा चीज़ें हैं।"

साहिल कुछ नहीं बोला, लेकिन नीरजा के साथ-साथ चलता रहा, जैसे कि डर रहा हो कि किसी भी वक़्त उसे नीरजा को गिरने से बचाने के लिए पकड़ना पड़ेगा। ये ख़याल ग़लत भी नहीं था क्योंकि नीरजा को लग रहा था कि उसकी टाँगों में बिलकुल जान नहीं थी।

वो अपनी कार के पास वापस पहुँची।

"तुम ड्राइव कर सकती हो? या मैं तुम्हें घर ड्रॉप कर दूँ?" साहिल ने पूछा।

घर। वो सच में आख़िरी जगह थी जहाँ नीरजा जाना चाहती थी। मगर उसके पास कहीं और जाने के लिए ज़्यादा ऑप्शन भी नहीं थे। और जहाँ तक बच्चों का सवाल था, वह घर से दूर रह भी नहीं सकती थी।

नीरजा ने साहिल को उसका कोट वापस दिया। "आई' विल बी फाइन," उसने कहा और कार में बैठ गयी। साहिल उसका दरवाज़ा पकड़ के खड़ा रहा। ये उनकी साहिल के दफ़्तर में मीटिंग जैसा ही था, बस फ़र्क़ ये था कि इस बार नीरजा बुरी हालत में थी।

"नीरजा।" साहिल ने उसे आवाज़ दी।

नीरजा ने उसे देखा। साहिल की आँखें पहले से ज़्यादा गहरी लग रही थीं और वो सच में नीरजा की फ़िक्र कर रहा था। "मैं तुम्हारे लिए कुछ कर सकता हूँ?"

नीरजा ने न में अपना सर हिलाया और उसके होंठ थरथराने लगे। उसने चाबी को कार में डाला और ज़रा झुक गयी, इस उम्मीद में कि साहिल ये न देख पाए कि वो फिर से फूट-फूट के रोने वाली थी। साहिल ने फिर से उससे बात करने की कोशिश की।

"अगर ये सब केस के चलते है तो मुझे बताओ प्लीज़, कोई सलूशन निकाल लेंगे।"

"मैं इस बारे में बात नहीं करना चाहती, ओके?"

"कोई बात नहीं। जब बात करने का मन हो तो तुम्हें पता है मैं कहाँ मिलूँगा।"

नीरजा ने अपना सर हिलाया।

"ठीक है फिर, मैं तुम्हें पुलिस स्टेशन पर मिलता हूँ।" साहिल ने उसकी कार का दरवाज़ा बंद कर दिया। नीरजा उसे जाते हुए तब तक देखती रही जब तक वो अदृश्य नहीं हो गया।

नीरजा को समझ नहीं आ रहा था कि उसे पहले अपनी सास के यहाँ से बच्चों को लेना चाहिए या नहीं, लेकिन फिर उसने घर जाने का फ़ैसला लिया ताक़ि देख सके कि वहाँ क्या चल रहा है। जैसा कि उसने सोचा था, राजीव कहीं नहीं गया था। वो सोफ़े के एक कोने में दुबका पड़ा था। वो दूसरे कोने में बैठ गयी और अपने हाथ अपनी गोद में रख लिए। न वो कुछ बोली, न राजीव ने कुछ कहा। नीरजा को उसकी साँस के अलावा घड़ी की टिक-टिक सुनाई दे रही थी, मानो वो हल्की आवाज़ में इशारा कर रही हो कि इस घर में रहने का वक़्त ख़त्म होने वाला है। नीरजा ने अपनी नाक को स्कार्फ़ से ढका, उसे भी पति-पत्नी के बीच का ठंडापन महसूस होने लगा था।

"तुम अभी तक यहीं हो," नीरजा ने पहल की।

राजीव ने उसकी तरफ़ देखा और हल्का सा उसकी ओर बढ़ा। "मैं नहीं चाहता कि सब इस तरह ख़त्म हो जाए, नीरू।"

उसने नीरजा का हाथ पकड़ना चाहा पर नीरजा ने अपना हाथ पीछे खींच लिया। नीरजा सोफ़े के हत्थे में दुबक गयी और अगर मुमकिन होता तो वो ख़ुशी-ख़ुशी उसी में समा जाती। राजीव ने सफ़ाई देने की कोशिश की।

"ऐसा लग रहा है जैसे मुझ पर हर तरफ़ से हमला हो रहा हो, दबा जा रहा हूँ मैं। बहुत कन्फ्यूज्ड फील कर रहा हूँ। और फिर वो स्वाति के साथ जो हुआ; वह सरासर मेरी बेवकूफ़ी थी।"

"कितनी बार?"

"क्या?"

"कितनी बार किया तुमने उसके साथ? कब से चल रहा है ये सब?"

"ज़्यादा समय नहीं हुआ।"

"मुझसे झूठ मत बोलो, राजीव।" नीरजा की आवाज़ ऐसे आयी जैसे वो पूरी तरह से क़ाबू में थी। ऐसा लग रहा था जैसे उसके दिमाग़ ने उसके दिल से एक दूरी बना ली थी। हालाँकि वो जानती थी कि हालात बहुत गंभीर है मगर उसे दर्द महसूस नहीं हो रहा था। "तुम अब सारे मौक़े खो चुके हो, अब सिर्फ़ सच्चाई बताओ, प्लीज़।"

"तक़रीबन तीन महीने से।" राजीव ने धीरे से जवाब दिया।

तीन महीने। वो तीन महीने से धोखा दे रहा था और नीरजा का कोई ध्यान ही नहीं गया था। उसने राजीव की कही बात को महसूस करने की कोशिश की लेकिन उसे कुछ महसूस नहीं हुआ। बस सुन्न सी हो गयी थी वो। उसके ग़ुस्से की जगह एक ख़ालीपन ने ले ली थी। बर्फ़ के टुकड़े की तरह वो सोफ़े पर जमी रही, मानो उसमें हिलने की हिम्मत ही न हो।

"तो अब क्या करना है?" नीरजा ने पूछा।

राजीव ने अपने कंधे उचकाए। "तुम मुझे एक और मौक़ा दोगी? क़सम खाता हूँ, अब कुछ भी गड़बड़ नहीं करूँगा। इस बार बिलकुल नहीं।"

"मैं नहीं जानती कुछ।" नीरजा ने उसकी तरफ़ पहली बार देखा। राजीव की आँखें और नाक पूरी लाल थीं। कहीं न कहीं उसमें उसका पति था। लेकिन वो उसे इस वक़्त देख नहीं पा रही थी। "हमारे साथ काफ़ी कुछ ग़लत है। मुझे नहीं पता कि हम इस सब से कभी निकल भी पाएंगे या नहीं।"

"तुम चाहती हो कि मैं चला जाऊँ?" राजीव ने हिचकते हुए पूछा।

नीरजा ने कोई जवाब नहीं दिया। क्या वो यही चाहती थी? उसके अंदर कोई आवाज़ राजीव को चिल्ला-चिल्ला कर बोल रही थी कि वो यहाँ से चला जाए। राजीव ने हद पार कर दी थी। उसने नीरजा को आत्मा की गहराईयों तक ज़ख़्म दिए थे। मगर उसे हमेशा के लिए छोड़ देने के ख़याल ने भी नीरजा को डरा दिया था। शायद ये किसी अनजानी ज़िंदगी का डर था। नीरजा को राजीव के बिना किसी ज़िंदगी के बारे में पता ही नहीं था। अब से कुछ वक़्त पहले तक तो ये ख़याल सोचने लायक भी नहीं था। पर राजीव की बेवफ़ाई ने सब बदल दिया था। लेकिन आप किसी को प्यार करना कैसे छोड़ सकते हो? ये उन ढेरों यादों की वजह से बहुत मुश्क़िल हो रहा था।

"बोलो, मैं क्या करूँ," राजीव ने कहा।

रुको या जाओ, मानो दोनों ही मुमकिन नहीं थे।

"मुझे बिलकुल नहीं पता कि मैं क्या चाहती हूँ, राजीव।"

राजीव की आँखें चमक उठीं। वह नीरजा के कंफ्यूजन को समझौते की उम्मीद समझ रहा था। पर वैसा था नहीं। नीरजा सच में नहीं जानती थी। वो राजीव को अपनी ज़िंदगी से निकालने के लिए तैयार नहीं थी लेकिन उसके साथ रह पाना भी मुमकिन नहीं था।

राजीव ने अपनी कमर सीधी की। "मैं रिलेशनशिप थेरेपिस्ट से मिलना चाहता हूँ। अभी कॉल करके अपॉइंटमेंट लेता हूँ।" वह नीरजा को चूमने के लिए झुका।

नीरजा ने उसे पीछे धकेल दिया। "फ़िलहाल तुम दूसरे बेडरूम में रहो। मैं तुम्हारी मॉम के यहाँ से बच्चों को ले आती हूँ।"

इससे पहले कि राजीव या बच्चे उठते और उसे देख पाते, नीरजा ने मंडे को सुबह-सुबह किसी तरह अपने आपको बिस्तर से बाहर निकाला और नैनीताल के लिए निकल गयी। ये सब उसके बस का नहीं था। एक दूसरे के आमने-सामने आना, उन ख़त्म हुई ख़ुशियों का नज़ारा इस वक़्त नीरजा सहन नहीं कर पा रही थी। अगर हो पाता तो वो इस हालात से कहीं भाग जाती।

नीरजा ने ऑरेंज जूस के डब्बे से जूस पीते हुए अपनी दवाइयाँ गटकायीं और नैनीताल के लिए निकल गयी। मुख्य सड़क तक पहुँचने से पहले ही दवाइयों ने अपना असर करना शुरू कर दिया था और उसे हल्का-हल्का सा एहसास होने लगा कि वो एक इंसान थी। केस में एक ख़ास बात पता चली थी। किसी गराज में एक डेड बॉडी मिली थी। गराज का किरायेदार एक एक्सीडेंट में मारा गया था और उसकी बेटी ने उसका सामान ख़ाली करना शुरू किया तो उस लड़की को एक नीले रंग का ड्रम मिला था जिसका मुँह एक लोहे के ढक्कन से बंद किया गया था। जब उसने वो ड्रम को खोला तो उसके अंदर उसे एक औरत का ऊपरी शरीर और सर मिला था। मुबारक हो। वैसे ही एक दूसरे ड्रम में दो हाथ और एक टाँग थी। फ़िलहाल दूसरी टाँग का कोई अता-पता नहीं था।

नीरजा पुलिस स्टेशन पहुँची ही थी कि उसके दरवाज़े पर दस्तक हुई और गौतम उसके दफ़्तर में दाख़िल हुआ। उसका कोट कंधों वाले हिस्से से गीला था और उसके बालों में सजी छोटी-छोटी बूँदें अपनी ही धुन में थीं।

"गौतम? तुम यहाँ क्या कर रहे हो?"

वो मुस्कुराया नहीं।

"तुमसे कुछ चीज़ों के बारे में बात करनी थी।"

नीरजा उठ खड़ी हुई और थोड़ा वक़्त लेते हुए उसने गौतम के लिए कॉफ़ी डाली। ये सब क्या था? भले ही टीम में कुछ मतभेद थे लेकिन नीरजा

अपना काम ठीक से कर रही थी। एक प्रोफाइलर होने के नाते उसने सब कुछ लॉजिकल तरीक़े से किया था, इसलिए बेचैन होने वाली कोई बात नहीं थी। लेकिन वो बेचैन थी।

गौतम का यूँ मंडे की सुबह बिना बताए आ धमकना बड़ी बात नहीं, लेकिन काफ़ी अजीब था। उसने नीरजा को कॉल क्यों नहीं कर लिया या बोल दिया होता कि नैनीताल जाते वक़्त मेरे दफ़्तर से होती जाओ? तो वो इतना लम्बा सफ़र करने से बच जाता।

नीरजा ने गरमा-गरम कॉफ़ी का मग गौतम के सामने रखा।

"थैंक यू," गौतम ने मग उठाया और उसमें चम्मच घुमाने लगा। "कैसी हो तुम?" गौतम ने नीरजा को तेज़ निगाहों से देखा, मानो उसे पढ़ने की कोशिश कर रहा हो, अंदाज़ा लगाना चाह रहा हो कि नीरजा के दिमाग़ में चल क्या रहा था।

नीरजा ने अपने कंधे उचकाए। "अपनी समझ से ठीक ही हूँ। क्यों?"

"तुम यहाँ सब कुछ ठीक से सँभाल ले रही हो?"

"हाँ, सब ठीक।"

"और बाक़ी टीम के साथ तुम्हारी रिलेशनशिप, वो कैसी है?"

नीरजा अपनी कुर्सी में ही ज़रा सी हिली। "गौतम? तुम यहाँ क्या करने आए हो?" न ही वो चाहती थी, न ही उसके पास वक़्त था कि वो घुमा-फिरा के बातें कर सके। उसे आधे घंटे में प्रकाश से मिलना था जो उसे तहक़ीक़ात के बारे में खुल कर अपडेट देने वाला था। साथ ही वो ये जानना चाहती थी कि गौतम का मक़सद क्या है। जिस तरह वो उसे देख रहा था, नीरजा काफ़ी असहज महसूस कर रही थी।

"साहिल तुम्हें इस केस से निकाल रहा है।" गौतम ने साफ़-साफ़ कहा।

क्या? नीरजा को इसका बिलकुल भी अंदाज़ा नहीं था। अब जब आख़िरकार उन्हें कुछ सफ़लता मिलने लगी थी और नीरजा अपनी कड़ी मेहनत का फल चख सकती थी, तभी साहिल ने उसे निकाल देने का फ़ैसला ले लिया?

"उसे तुम्हारी ज़रूरत नहीं है।" गौतम ने कहा।

"क्या वह ऐसा कर सकता है? तुम्हें पता है कितनी मेहनत लगी है इस में?"

"वो कह रहा है कि कुछ नया एविडेंस मिला है जिसका मतलब है केस लगभग सुलझ चुका है।"

"मुझे ऐसा नहीं लगता।"

"जो भी हो," गौतम बोला, "मुझे लगता है तुम्हें पंत नगर वापस आ जाना चाहिए।"

साहिल ऐसा कैसे कर सकता था? और गौतम भी बस आराम से ऐसा होते देख रहा था। दोनों ने नीरजा पर इस केस को लेने के लिए दबाव डाला था। बल्कि ज़बरदस्ती की थी। गौतम ने तो तक़रीबन यही कहा था कि नीरजा का फ्यूचर इस केस पर निर्भर करता है। और अब फिर से सब बदल गया था। आख़िर चल क्या रहा था?

"ठीक," नीरजा ने अपनी कमर सीधी की, "मैं आज ही जाकर साहिल से बात करूँगी। यहाँ मेरा काम अभी ख़त्म नहीं हुआ है।"

गौतम से बात करने के बाद नीरजा सीधा साहिल के दफ़्तर पहुँची। वो शायद प्रकाश की दस बजे वाली मीटिंग पर न पहुँच सके। वैसे भी वह उतना ज़रूरी नहीं था। अभी तो जो हालात थे उससे लग रहा था कि शायद नीरजा किसी पुराने बंद पड़े केस पर पंत नगर में ही काम शुरू करेगी।

पर वह भी तो यही चाहती थी न? उसने अपना होंठ काटा। पर इस तरह नहीं, अब जब वो अपनी प्रोफाइल पूरी करने के इतने क़रीब थी, तब नहीं। नीरजा ऐसे ही उन्हें ख़ुद को रास्ते से हटाने नहीं देगी।

काफ़ी भीड़ थी। उसने अपनी कार उत्तराखंड पुलिस डिपार्टमेंट के नेशनल क्राइम स्क्वाड की भद्दी-सी इमारत के सामने पार्क की और जल्दी से अंदर चली गयी। नीरजा ने रिसेप्शन पर बैठी औरत को नमस्ते किया और अपना बैज दिखाया। वो औरत खड़ी हो गयी लेकिन नीरजा बिना रुके आगे बढ़ गयी। आज वो किसी के रोके रुकने वाली नहीं थी।

नीरजा सीधा साहिल के दफ़्तर में दाख़िल हुई और धाड़ से उसका दरवाज़ा बंद कर दिया। साहिल ने फैली हुई आँखों से उसे देखा, जल्दी से फ़ोन में, “मुझे जाना होगा” बुदबुदाया और कॉल काट दिया।

“ये तुम कर क्या रहे हो?” नीरजा ने कहा।

साहिल को समझ नहीं आया कि वो जवाब कैसे दे। फिर जैसे अचानक उसकी बुद्धि ने काम करना शुरू कर दिया। वो अपनी कुर्सी से उठा और मीटिंग टेबल की तरफ़ की कुर्सी खिसकायी।

“तुम कुछ पियोगी?” साहिल ने पूछा।

“नहीं।” नीरजा एक नाराज़ बच्चे की तरह अपनी बाँहें अपनी छाती के सामने बाँध के बैठ गयी। ये जानते हुए कि उसे इस वक़्त कैसा दिखना चाहिए था, नीरजा ने सीधे बैठते हुए शांत होने की कोशिश की। जब साहिल उसकी

सामने वाली कुर्सी पर बैठा तो नीरजा ने उसकी महक समझने की कोशिश की। उसने शराब नहीं पी थी। सिर्फ़ वही ज़मीनी महक थी, हल्के आफ़्टरशेव से मिली-जुली, जिसने नीरजा को जंगल और किसी झरने की याद दिला दी। नीरजा ने अपने ख़यालों को सही दिशा में रखने के लिए हल्के से सर हिलाया। साहिल का आकर्षण भले ही चौंधिया देने वाला था लेकिन नीरजा को याद रखना होगा कि ये साहिल श्रीवास्तव था, वही घमंडी कमीना जो उसे किसी खिलौने की तरह कभी भी यहाँ वहाँ पटकता रहता था।

"क्यों, साहिल?" नीरजा ने चुप्पी तोड़ी।

"मैंने गौतम को कॉल क्यों किया?"

"तुम्हारे लिए सीक्रेट रखने का मतलब ये होता है? मैं तुम्हारा अल्कोहल एडिक्शन छुपाऊँ, लेकिन मेरा एक छोटा-सा ब्रेकडाउन हो जाए और तुम मुझ से एकदम से पीछा छुड़ा लो? तुम्हें तो ये भी नहीं पता कि हुआ क्या था।" उसने मेज़ पर ज़ोर से मुक्का मारा। "तुम्हारी हिम्मत कैसे हुई?"

"मैं शराबी नहीं हूँ। और मैंने गौतम को तुम्हारे ब्रेकडाउन के बारे में कुछ नहीं बताया। पर लगता है जितना तुमने मुझे बताया था, ब्रेकडाउन उससे ज़्यादा ही सीरियस है।" साहिल आराम से पीछे होकर बैठ गया और नीरजा को शक़ की निगाहों से देखने लगा।

नीरजा ने अपनी आँखें घुमाईं। साहिल को वाक़ई में लग रहा था कि ये उसके बारे में था। साहिल श्रीवास्तव, सारी दुनिया उसके और उसकी इन्वेस्टिगेशन के आसपास घूमती थी।

"तुम्हें मुझे बताने की ज़रूरत नहीं है कि क्या हुआ था। कभी-कभी बस दिल खोल के रोने की ज़रूरत होती है ताक़ि फिर से आगे बढ़ सको।" साहिल एक पल के लिए रुका। "केस लगभग सॉल्व हो ही चुका है। प्रकाश आज

टीम को बता देगा। तो तुम भी अपना सामान पैक करके पन्त नगर वापस जा सकती हो।"

नीरजा ने अपनी आँखें सिकोड़ीं और हल्का-सा उसकी तरफ़ झुकी। "प्लीज मुझे वो बकवास सुनाने की ज़रूरत नहीं है। तुम मुझे इस केस से क्यों निकाल रहे हो? और इस बार सच बोलो, प्लीज!"

साहिल ने उसकी तरफ़ देखा पर कुछ बोला नहीं, मानो ध्यान से लफ़्ज़ों को चुन रहा हो।

क्या साहिल को नहीं लगता था कि नीरजा क़ाबिल थी? साहिल ने गौतम को उसके बारे में क्या बताया था? साहिल ने अपने चेहरे को मला और आँखें बंद कीं।

"मैंने उसे हल्के में लिया था।" साहिल ने कहा।

"तुमने किसे हल्के में लिया था?"

"इस केस के इम्पैक्ट को। मैंने एक पल के लिए भी ये नहीं सोचा कि इस केस का तुम पर क्या प्रभाव पड़ेगा। जैसे ही मुझे ये केस मिला, सबसे पहले मुझे तुम्हारा ख़याल आया। कि कैसे तुम पिछली बार सही थीं और कैसे इस बार भी तुम्हें राईट इंट्यूशन होगा। एक बच्चे का ख़ून हुआ है, भगवान के लिए नीरजा! मैं सदमें में था। पर अब लगता है कि वो स्मार्ट डिसीजन नहीं था।"

"शुक्रिया।"

साहिल ने उसे गुस्से से देखा। "मेरी बातों को घुमाओ मत। तुम ठीक से जानती हो कि मैं क्या कह रहा हूँ। तुमने शुरू से कहा कि तुम यह केस नहीं चाहतीं। मैंने ही ज़बरदस्ती तुम्हें इसमें घुसा दिया था। यह मेरा स्वार्थ था। पर मेरी मंशा तुम्हें इस तरह तबाह करने की नहीं थी।"

"तुम मुझे तबाह कर रहे हो? मेरी समझ से यहाँ ज़रा समझने में दिक़्क़त हो रही है।"

"नीरजा।"

"तुम मुझे ऐसे ही बाहर नहीं फेंक सकते। मैं अपना काम करने में सक्षम हूँ।" वो उठ खड़ी हुई।

"कल तुम्हें देखकर तो ऐसा नहीं लगा।" साहिल ने कहा।

ये सच में दुखती रग पर हाथ रखने जैसा था। कमीना। "कल संडे था। मुझे तुम्हारी कॉल का जवाब ही नहीं देना चाहिए था। और तुम्हें मुझे ढूँढते हुए नहीं आना चाहिए था।" नीरजा बोली।

"तुम जंगल के बीचोंबीच थीं, फ़ोन पर रो रही थीं। मुझे कोई आइडिया नहीं था कि हुआ क्या है और मैं पास में ही था इसलिए आ गया।"

"प्लीज, अगली बार मुझे अकेला छोड़ देना।"

"तुम्हारी हालत मुझे दिख रही थी।"

"पर वो सिद्धार्थ की वजह से नहीं थी। वो इस वाहियात केस की वजह से नहीं थी।"

ये अच्छा था। नीरजा ने उसे चुप करवा दिया था। वो ज़रा हक्का-बक्का सा नीरजा को देखता रहा। साहिल ने शायद एक पल के लिए भी नहीं सोचा था कि ये केस के अलावा भी किसी चीज़ बारे में हो सकता है। नीरजा ने उसे ग़ुस्से में देखा।

"और मैं तुम्हें बता दूँ कि केस अभी सॉल्व होने के आसपास भी नहीं है। अभी बहुत सारे झोल हैं इसमें।"

"ओके, मुझे नहीं लगता। हम तक़रीबन इसे सॉल्व कर चुके हैं। अब मैं नेशनल यूनिट की सलाह और नहीं लेना चाहता।"

नीरजा ग़ुस्से के मारे फटने वाली थी। "तुम चूतिए हो! तुम ये नहीं कर सकते।"

"हाँ, मैं कर सकता हूँ। सुना तुमने। तुम अब इस इन्वेस्टिगेशन का हिस्सा नहीं हो।"

"तुम एक बहुत बड़ी ग़लती कर रहे हो। तुम ख़ूनी को सड़क पर खुला छोड़ रहे हो। यह टिक टिक करता हुआ टाइम बम है। इस वक़्त केस बंद करने का मतलब भयानक ग़ैर ज़िम्मेदारी होगी। मुझे लगा था शायद तुमने श्रुति से कुछ सीखा होगा, लेकिन निश्चय ही कुछ नहीं सीखा। और प्लीज मेरे व्यक्तिगत मॉमलों में फिर से मत पड़ना। यह तुम और तुम्हारी पोजीशन को शोभा नहीं देता।"

"मैंने अपना फैसला ले लिया है।"

"और मैंने भी।"

साहिल के चेहरे का रंग उड़ गया। नीरजा ने उसे कुछ कहने का मौक़ा ही नहीं दिया। बल्कि वो पलट के दरवाज़े से बाहर निकल गयी। साहिल ने क्या फ़ैसला लिया था, उसे इस बात से कोई फ़र्क़ नहीं पड़ता था। नीरजा इतनी आसानी से हार मानने वाली नहीं थी। बात ख़त्म।

प्रकाश जिस कमरे में टीम को बीते वीकेंड के अपडेट दे रहा था, नीरजा वहाँ क़रीब पंद्रह मिनट की देरी से धीरे से घुस आयी।

प्रकाश सफ़ेद दीवार के सामने हाथों से इशारा कर रहा था। भारी आवाज़ और कड़क पोज में खड़ा हुआ वो किसी धर्म गुरु की तरह लग रहा था जो अपने भक्तों से बात कर रहा हो। हर कोई उसकी बात को ध्यान से सुन रहा था। जब उसने नीरजा को आते देखा तो एक पल के लिए उसके माथे पर परेशानी की लक़ीरें आ गयीं, लेकिन फिर उसने सर हिलाया और अपनी बात कहता रहा। ठीक है। तो शायद साहिल अभी तक प्रकाश को नहीं बता पाया था कि उसने नीरजा को केस से हटा दिया है। साहिल इतनी आसानी से नीरजा से पीछा नहीं छुड़वा पाएगा।

नीरजा एक ख़ाली बची कुर्सी पर जाकर बैठ गयी, जो विक्रम के बगल में थी और उसने कमरे में आसपास देखा। खिले हुए चेहरे थे। यह इस बात का इशारा था कि वे लोग केस में आगे बढ़ रहे थे। ये ख़तरनाक था। उनके पास एक सस्पेक्ट ज़रूर था लेकिन यह केस अब भी सुलझने से बहुत दूर था।

"अशोक सेठी दो हफ़्ते पहले नेशनल हाईवे पर एक एक्सीडेंट में मारा गया था," प्रकाश ने कहा। "वो कार का नियन्त्रण खो बैठा और वहीं तत्काल उसे मृत घोषित कर दिया गया था। इस वीकेंड पर उसकी बेटी ने बहुत ही भयानक चीज़ देखी। अशोक का गराज साफ़ करते वक़्त उसे एक ड्रम में बॉडी पार्ट्स मिले। एक टाँग और दो बाज़ू। खोजने पर एक और ड्रम मिला जिसमें एक सर और ऊपर की बॉडी थी। मतलब एक टाँग गायब है। हम विक्टिम की आइडेंटिटी ढूँढने की कोशिश कर रहे हैं पर ये पक्का है कि वो एक औरत थी।"

"बॉडी पार्ट्स की कंडीशन क्या है?" विक्रम ने पूछा।

"काफ़ी हद तक गल चुकी हैं। इस वक़्त हमारे अंदाज़े से उस औरत को मरे क़रीब तीन साल हो चुके हैं। पैथोलॉजिकल इन्वेस्टिगेशन तेज़ी से चल रही है। इस औरत की उम्र 20 और 50 साल के बीच है। इसके अलावा अभी और कुछ नहीं पता।"

"हम सस्पेक्ट के बारे में क्या जानते हैं?" विक्रम ने अगला सवाल किया।

"अशोक सेठी, 48 साल का एक माली था। ऐसा, जिस पर पहली नज़र में किसी का ध्यान भी न जाए। उसके पड़ोसी बताते हैं कि वो अपने आप से मतलब रखने वाला लेकिन अच्छा आदमी था जो हमेशा वक़्त निकाल कर मिलता-जुलता था। लोकल म्यूजिक बैण्ड का मेम्बर था और उन के साथ काफ़ी घुला मिला भी था।"

"तो उसके बीवी बच्चे थे?" नीरजा ने पूछा।

प्रकाश ने हाँ में सर हिलाया। "एक 23 साल की बेटी है। बीवी की कैंसर की वजह से डेथ हो गयी थी।"

"ठीक ठीक कब डेथ हुई थी?"

नीरजा के साथ बैठा हुआ विक्रम उसका मज़ाक उड़ाते हुए दबी-सी हँसी हँसा। नीरजा ने ख़ुद पर उसका असर नहीं होने दिया और प्रकाश पर ही ध्यान देती रही।

"5 साल पहले।"

ये बात! तो ये पहला इशारा था जो इस आदमी को नीरजा की बनायी प्रोफाइल से जोड़ रहा था।

"और सिद्धार्थ की नोटबुक पर मिले फिंगरप्रिंट भी इसी आदमी के हैं?" नीरजा ने पूछा।

"यहाँ थोड़ी कॉम्प्लीकेशन हो गयी है। सेठी का दो हफ़्ते पहले संस्कार कर दिया था। हम उसके घर पर मिली बांसुरी का इस्तेमाल करके उसके फिंगरप्रिंट पाने की कोशिश कर रहे हैं। मगर उसमें ज़रा समय लगेगा।"

अगले कुछ दिन नीरजा हर सुबह पुलिस स्टेशन पहुँचती और अपनी तहक़ीक़ात पर काम करती रहती। गौतम के साथ उसकी फिर से कोई बात नहीं हुई थी और जब तक वो ऑफिशियली उसे वापस नहीं बुलाएगा, वो यूँ ही काम करती रहेगी। उसे लग रहा था कि सेठी को किसी से मदद मिल रही थी और इस बात को मानने के लिए काफ़ी कारण थे। नीरजा को अपनी फाइनल रिपोर्ट बनाने के लिए कुछ दिन और चाहिए थे और उतना वक़्त वो कैसे भी कर के निकाल ही लेगी।

नीरजा काफ़ी ख़तरनाक खेल खेल रही थी। उसने गौतम से कहा था कि उसे पंत नगर वापस आने से पहले कुछ दिन और चाहिए थे। प्रकाश ने उससे पूछा नहीं था कि वो अभी तक वहाँ क्या कर रही थी। टीम अशोक सेठी के

ख़िलाफ़ ठोस सबूत इकट्ठे करने की कोशिश कर रही थी लेकिन अभी तक कुछ हासिल नहीं हुआ था। और इस सबके बीच नीरजा अपनी प्रोफाइल पर काम कर रही थी। जितना हो सकता, वो अपने टीम से दूरी बनाए रखती और दिन का बड़ा हिस्सा अपने ही दफ़्तर में दरवाज़ा बंद किए हुए काम करने में गुज़ार देती। पेचीदा सवालों से जूझने की उसकी बिलकुल इच्छा नहीं थी। उसका पूरा ध्यान प्रोफाइल को पूरा करने पर था। वो लोग ऐसे ही उसे तहक़ीक़ात से नहीं निकाल पाएंगे। जो उखाड़ना था वो साहिल खुराना ही उखाड़ सकता था।

ये सब कुछ आराम से पूरे चार दिन तक चला। फिर दिन ख़त्म होते-होते जब नीरजा घर जाने को थी तो प्रकाश ने उसका दरवाज़ा खटखटाया। वो हीटर के एकदम पास सट कर बैठी हुई थी। दिन भर बारिश हुई थी और नीरजा को हड्डियों तक ठंड महसूस हो रही थी।

"हमने ड्रम वाली विक्टिम की पहचान कर ली है। उसका नाम सरला कुमारी था। वो एक प्रॉस्टिट्यूट थी जिसे नैनीताल में आम तौर पर देखा गया था लेकिन उसके गुम होने की कोई ऑफिशियल रिपोर्ट नहीं थी," प्रकाश ने दरवाज़े पर खड़े-खड़े ही कहना शुरू किया।

"तो अगर उसकी कोई रिपोर्ट नहीं थी तो उसे पहचाना कैसे?"

"अरे नहीं, उसका रजिस्ट्रेशन था। हमने उसके फिंगरप्रिंट को बनाया और उसका मैच हमारे डेटाबेस में मिल गया। वो कई बार पुलिस के कांटेक्ट में आयी थी। हमारी सोसाइटी के बॉर्डर पर रहने वाली गंदगी का हिस्सा थी सरला कुमारी। वो हेरोइन एडिक्ट थी। जब उसके पास कभी पैसे नहीं होते थे तो सड़कों पर भीख माँगती थी। उसकी हालत सच में ख़राब थी। सामने के सारे दाँत टूटे हुए थे और लावारिस बच्चों की तरह सड़कों पर भटकती

थी। और जब नशे में हो जाती तो सारे कपड़े उतार के सड़कों पर चिल्लाती हुई दौड़ने लगती। उसने काफ़ी बार अपनी रातें हमारी जेलों में बितायी थीं।"

"मतलब वह आसान शिकार थी। किसी ने उसके गुम होने की रिपोर्ट भी नहीं लिखवायी।"

"हम उसकी फैमिली के साथ संपर्क में हैं। उन्हें सात साल से उसके बारे में कुछ नहीं पता। मैंने सर्वर में सारी इन्फॉर्मेशन डाल दी है ताकि तुम भी देख सको। हम बस पैथोलॉजिस्ट की रिपोर्ट का वेट कर रहे हैं, उसका काम भी ऑलमोस्ट हो ही गया है।"

नीरजा ने अपना सर हिलाया।

"वैसे, तुम कैसी हो? शिल्पा पूछ रही थी तुम्हारे बारे में, फिर कब आओगी डिनर के लिए?"

नीरजा मुस्कुरा उठी। "बढ़िया।" प्रकाश ने नीरजा के वहाँ से चले जाने की कोई बात नहीं छेड़ी। क्या उसे बताया नहीं गया था कि साहिल ने नीरजा को निकाल दिया था? या प्रकाश को लगता था कि नीरजा के साहिल के ऑर्डर को न मानने से उसे कोई फ़र्क़ नहीं पड़ता था?

"तुम पिछले कुछ दिनों से काफ़ी चुप हो, खिंची-खिंची सी हो," प्रकाश ने कहा।

नीरजा के लिए ये बड़ा ही ललचाने वाल ख़याल था कि अपने दिल की सारी बात कह दे। प्रकाश के साथ उसकी बातें राज़ ही रहती थीं। जैसे वो अपने पिता से बात कर रही हो। नीरजा ने अपना होंठ काटा।

"राजीव और मैं इस वक़्त एक कठिन रास्ते से गुज़र रहे हैं।"

"यह सुनकर दुःख हुआ। तुम लोग अलग हो रहे हो?"

नीरजा ने अपने कंधे उचाकए क्योंकि वो सच में इस सवाल का जवाब नहीं जानती थी।

"सॉरी, मुझे इससे क्या ही लेना-देना। पर तुम कभी भी बात करना चाहो तो मेरे पास आ सकती हो।" प्रकाश ने बाय कहने के लिए अपना हाथ उठाया और वहाँ से चला गया।

उसके जाते ही नीरजा ने सरला कुमारी के बारे में जानकारी देखनी शुरू कर दी। उसके बचे-खुचे शरीर की कुछ तस्वीरें थीं लेकिन नीरजा वो नहीं ढूँढ रही थी। वो जानना चाहती थी कि सरला जब ज़िंदा थी तो वो कैसी दिखती थी। सेठी के साथ जितने भी विक्टिम को जोड़ा गया था वे सभी लावारिस वेश्याएँ थीं। नीरजा जानना चाहती थी कि सभी विक्टिम के बीच में बस यही एक जुड़ी हुई ख़ास बात थी या कुछ और।

नीरजा ने गिरीश को फ़ोन करने का फ़ैसला किया। पहले भी कई बार वो पैथोलॉजिस्ट नीरजा को नये ख़याल समझा चुका था। उसके फ़ोन की सिर्फ़ एक ही बार घंटी बजी।

"नीरजा, मेरी जान। कैसा चल रहा है सब?" नीरजा को पीछे से हल्के संगीत की आवाज़ आ रही थी।

"सब ठीक ही है। मुझे मेरी इन्वेस्टिगेशन में तुम्हारी सलाह चाहिए थी।"

"बोलो।"

नीरजा ने सिद्धार्थ की मौत से जुड़ी अब तक की सारी ख़बर जल्दी से बतायी। उसने गिरीश को सरला कुमारी की बॉडी के मिलने और अशोक सेठी के बारे में भी बताया।

"मेरे एक कलीग ने वो ऑटोप्सी की थी। पूरे दिन उसी के बारे में बातें चल रही थीं," गिरीश ने कहा।

नीरजा ने एक गहरी साँस ली। "तुम विक्टिमोलॉजी के बारे में कुछ जानते हो?" नीरजा ने पूछा।

"मतलब, विक्टिम के बारे में स्टडी, है न?"

"हाँ। प्रोफाइल बनाते वक़्त वो मेरी इन्वेस्टिगेशन का एक हिस्सा होता है। मैं ये पता लगाने की कोशिश कर रही हूँ कि विक्टिम के बीच में क्या-क्या चीज़ें कॉमन थीं ताक़ि ये जानने की कोशिश कर सकूँ और प्रेडिक्ट कर सकूँ कि ख़ूनी अगली बार कहाँ और कैसे अटैक करने वाला है।"

"ये तो काफ़ी इम्पॉर्टेन्ट है।"

"वैसे हमारा सस्पेक्ट मर चुका है। लेकिन मैं फिर भी ये जानने की कोशिश कर रही हूँ कि उसने उन्हीं विक्टिम को क्यों चुना? सिद्धार्थ के केस में एक स्टार्टिंग पॉइंट ढूँढ पाना काफ़ी मुश्किल हो रहा है।"

"तो तुम कह रही हो कि अगर सभी विक्टिम प्रॉस्टिट्यूट होतीं तो चीज़ें आसान हो जातीं?"

"निश्चित रूप से! मतलब साफ़ होता कि वो किसी ख़ास तरह का शिकार ढूँढ रहा था। मगर जहाँ तक सिद्धार्थ और सरला का सवाल है, उनके बीच एक ही चीज़ कॉमन थी और वो थी उनकी लाइफ़स्टाइल। लेकिन वो इतनी ज़्यादा कॉमन भी नहीं थी। सरला उस मॉमले में भी सिद्धार्थ से बहुत ज़्यादा आगे थी।"

"इसका मतलब ख़ूनी कोई निश्चित/फिक्स्ड पैटर्न फॉलो नहीं कर रहा।"

"या ख़ूनी और उन सभी केसों में समानताएँ हैं लेकिन कुछ बहुत ही ज़रूरी भिन्नताएँ भी हैं। मुझे बार-बार वही दिख रहे हैं। मैं जानना चाहती हूँ कि वो ख़ूनी सोच क्या रहा था पर पता नहीं, कोई साफ़ तस्वीर ही नहीं मिल रही। इट्स नॉट लॉजिकल। तभी मैं बार-बार दो ख़ूनियों वाली थ्योरी पर वापस आ जाती हूँ। दोनों अपने-अपने अलग-अलग उद्देश्यों के हिसाब से काम कर रहे थे पर ख़ून साथ में ही कर रहे थे। सरला के केस में तुम्हें क्या लगता है?" उसने पूछा।

"वो मेरा डिपार्टमेंट नहीं है नीरजा, मैं बच्चों के केस हैंडल करता हूँ। जो मेरा केस नहीं है, वहाँ मेरा ओपिनियन देना बनता भी नहीं है।" गिरीश की गहरी आवाज़ एक हल्की गुनगुनाहट जैसी सुनायी दे रही थी, एक मीठी और आरामदायक आवाज़।

"तो मैं एक दोस्त के नाते पूछ रही हूँ।"

"तुमने मेरे कलीग की ऑटोप्सी रिपोर्ट देखी है?" गिरीश ने पूछा, "इस विक्टिम, सरला की कोई अच्छी मौत नहीं हुई।"

नीरजा ने एक पल के लिए अपनी साँस रोकी। "क्या किया था उसने उसके साथ? कैसे हुई थी उसकी मौत?"

"उसके हाथ और टाँगें आरी से काटे गए थे। वो होते हैं न; घर, गार्डन या किचेन में इस्तेमाल होने वाले। वो भी तब काटा गया, जब वो ज़िंदा थी। इसलिए उसकी मौत खून बहने की वजह से हुई थी।"

"ओफ्फ़!।"

"कम से कम उसे दर्द से मुक्ति मिली। हमें कीलें मिली थीं। 8 कील, 10 सेमी लम्बीं उसने उन्हें सरला के घुटनों, स्तनों, पेल्विस और योनि में गाड़ा था।"

"वो उसे ज़्यादा से ज़्यादा दर्द पहुँचाना चाहता था।"

"हाँ।"

"मैंने सिद्धार्थ के साथ वही बात नहीं देखी। उसके मॉमले में स्पीड सबसे महत्त्वपूर्ण चीज़ थी। देखा तुमने, यही कह रही हूँ मैं। कुछ तो ग़लत है। यह हज़म नहीं हो रहा। मगर समानताएँ भी हैं। सारे शिकार लोगों में एक बात ध्यान खींचने वाली है, वह यह है कि उनके बॉडी पार्ट्स गायब हैं। ऐसा सिद्धार्थ के साथ भी हुआ था, और बाक़ी जितने भी केसों को उसके साथ लिंक किया गया, उन में भी यही निकला। क्यों किया होगा ऐसा?"

गिरीश ने गहरी आह भरी। "दुर्भाग्य से पृथ्वी पर कुछ ऐसे लोग हैं जो दिमाग़ से इतने बीमार हैं कि हम सोच भी नहीं सकते कि वो क्या और कैसे सोचते हैं।"

"और कमाल की बात देखो, यही जानना मेरी कुशलता है। मेरी एक थ्योरी है," नीरजा बोली, "कभी आदमखोरों के बारे में ठीक से पढ़ा है?"

गिरीश ने एक धुन गुनगुनानी शुरू कर दी। नीरजा पहचान गयी कि वो मोहम्मद रफ़ी का गाया, "क्या हुआ तेरा वादा" गुनगुना रहा था। "तुम्हें लगता है कि सिद्धार्थ किसी आदमखोर के हत्थे चढ़ गया था? हम्म, मैं इस थ्योरी को एकदम से ख़ारिज तो नहीं करूँगा। वो जो सिद्धार्थ की जाँघ से मांस गायब था, हो सकता है ये उसी कारण हो।"

"मैं इस आदमी पर हर संभव चीज़ पढ़ चुकी हूँ," नीरजा ने कहा, "जाँघ के उस हिस्से को, आदमखोरों की भाषा में आदमी का टंगड़ी कबाब कहा जाता है।

"मैं यही कहने वाला था।"

वो हँस पड़ी। "और तुम्हें ये कैसे पता?"

"इसलिए नहीं कि मैंने ख़ुद ट्राई किया है, मेरी जान, मेरा विश्वास करो मैंने ऐसा कभी नहीं किया है। वो तो मौत और ह्यूमन बॉडी में मेरी दिलचस्पी की वजह से है। मेरे ख़याल से मेरे धंधे की बीमारी है ये।"

"और इंटरनल ऑर्गन?"

"उन्हें भी शायद उसी उद्देश्य के लिए निकालते होंगे।"

"थैंक यू। मुझे इस बातचीत की बहुत ज़रूरत थी। जल्दी मिलते हैं गिरीश!"

इस सब के बावजूद नीरजा को अपनी इस थ्योरी को सबके सामने प्रूव करने में काफ़ी मुश्क़िल आ रही थी। बिंदू और सरला के ख़ून के पीछे साफ़ तौर पर सैडिस्टिक इंटेंसन थी। उन दोनों औरतों के लिए वो नर्क से भी बदतर रहा होगा। ख़ून करने के तरीक़े का एक ही मक़सद था, ज़्यादा से ज़्यादा देर तक दर्द और टॉर्चर को बनाए रखना। यही चीज़ ख़ूनी को रोमांचित करती थी। शरीर के इंटरनल ऑर्गन जो उसने निकाल लिए थे, हो सकता है वो इनाम के तौर पर हों, या क्या वो उन्हें खा गया हो? सेठी? या दूसरा ख़ूनी?

सन् 1990 के विक्टिम के साथ साफ़ तौर पर टॉर्चर का एक पैटर्न रहा था। हालाँकि वो ज़रा हद में रह कर रहा था लेकिन उसकी सबसे ख़ास बात यही थी कि उनके कोई भी इंटरनल ऑर्गन नहीं निकाले गए थे। तो उस ख़ूनी ने जब दोबारा औरतों को मारना शुरू किया तो उसने ये हरक़त उन सबके साथ की थी। इन सभी केसों का आपस में जो सबसे ज़रूरी सम्बंध था, वो था जूतों और कपड़ों का एक सलीके से रखा जाना। मगर सरला के केस में वो भी नहीं था। क्यों? उसने उसके शरीर को भी बाक़ियों की तरह क्यों नहीं फेंक दिया था?

नीरजा ने पाँचों औरतों की तस्वीरों को सिद्धार्थ की तस्वीर के साथ रख दिया। एकबारगी देखने पर इन तस्वीरों में कोई समानता नज़र नहीं आती थी। पहली विक्टिम ज़रा मोटी और काली थी, दूसरी गोरी और सुनहरे बालों वाली 50 साल के आस पास की उम्र वाली थी, तीसरी एकदम पतली और हेरोइन की लत में पड़ी हुई, जो 20 साल की भी नहीं थी। ज़ाहिर था कि सुराग़ उनके रूप-रंग में नहीं बल्कि किसी और चीज़ में था।

तभी प्रकाश आकर बैठ गया। उसने नीरजा को अजीब ढंग से देखा।

"प्रकाश? क्या हुआ?"

“यहाँ चल क्या रहा है, नीरजा?”

नीरजा ने उसे ज़रा संकोच करते हुए जवाब दिया- “क्या मतलब?”

“मैं कुछ समझ नहीं पा रहा।” प्रकाश ने काग़ज़ का एक टुकड़ा दिखाया। “साहिल के इस मेमो के मुताबिक, नेशनल यूनिट की सलाह को अब इस केस में शामिल नहीं किया जाएगा। और तुम फिर भी रोज़ सुबह यहाँ ख़ुशी-ख़ुशी घूमती नज़र आ रही हो। मुझे समझाओगी?”

“नहीं। पर मैं तुम्हें ख़ूनी की प्रोफाइल में कुछ ज़रूरी दृष्टि दे सकती हूँ।”

“ख़ूनी की पहचान हो गयी है। वो मर चुका है।”

“लेकिन क्या तुम वाकई निश्चित हो कि यह केस पूरी तरह से सॉल्व हो गया है?”

“मुझे अभी-अभी लैब से अपडेट आया है कि उन्हें DNA मैच मिल गया है। सेठी का एक बाल सिद्धार्थ की बॉडी पर मिला है।”

“पर कई सवाल अभी भी बाक़ी हैं। और भी कई चीज़ें हैं। मैं अभी केस क्लोज करने के लिए तैयार नहीं हूँ। अलग-अलग केसों में मैं अलग-अलग पैटर्न देख रही हूँ। एक तरफ़ विक्टिम के अंग निकाले गये हैं....”

प्रकाश ने उसे बीच में ही टोका। “वो ठीक है। हर बार उसने एक अलग अंग को काटा। इससे हमें उसका उद्देश्य कभी पता नहीं चल पाएगा। हो सकता है वो कोई नयी बॉडी बनाना चाह रहा हो, कोई परफेक्ट बॉडी या उस तरह का कुछ।”

“हो सकता है। पर ये उन केसों में हुई सफ़रिंग के बारे में है। सैडिज्म के बारे में है। मुझे ऐसा लग रहा है जैसे कम से कम कुछ विक्टिम के साथ ये सब करने का मूल उद्देश्य टॉर्चर करना था। शुरुआत में विक्टिम के कोई भी ऑर्गन गायब नहीं थे। पर पिछले तीन सालों में हुए हर खून में विक्टिम के साथ यही हुआ था।”

“पर हमारा ख़ूनी शुरुआत से ही हाथ-पाँव काटता आ रहा है और तह किये हुए कपड़ों के रूप में अपना ख़ास सिग्नेचर स्टाइल भी क्राइम सीन पर छोड़ता रहा है।”

“हाँ और मैं ये नहीं कह रही कि सेठी का इस खून में कोई हाथ नहीं है। मगर सिद्धार्थ का खून काफ़ी जल्दबाज़ी में किया गया था, बिना उसे ज़्यादा दर्द दिए हुए। दूसरे विक्टिम के मुक़ाबले ये बात काफ़ी अलग है। इसे अभी बंद करना ग़लत होगा।”

“क्या...?”

“मुझे लगता है हमारा ख़ूनी अभी भी बाहर घूम रहा है।”

“क्यों?”

“मेरी थ्योरी के हिसाब से सिद्धार्थ का ख़ून किसी और के साथ मिलकर किया गया था, किसी ऐसे के साथ जिसके उद्देश्य अलग थे। मेरे हिसाब से ये पूरी तरह संभव है कि हम एक आदमखोर यानी कि एक कैन्निबल से जूझ रहे हैं, हो सकता है कि अंगों को सच में खाया गया हो।”

“देखो नीरजा। हमारे पास DNA मैच है जिसके हिसाब से सेठी ख़ूनी है। मेरे ख़याल से एक दूसरे ख़ूनी का होना, ये कुछ ज़्यादा ही हो रहा है अब।”

"पर ये तो देखो कि किस तरह से शिकार को मारा गया है। पहले वाले धीरे-धीरे मारे गये। शायद आरी के ग़लत इस्तेमाल से, ताक़ि मौत धीरे और हद से ज़्यादा दर्दनाक हो। कुछ का गला घोंटा गया। बाद के शिकारों का कसाई की छुरी से गला काट दिया गया। सर्वाइकल की हड्डी तक में एक गहरा कट मारा गया था।"

"और?"

"मुझे काफ़ी समानताएँ दिखायी देती हैं लेकिन कुछ महत्त्वपूर्ण अंतर भी हैं। एक और ख़ूनी के होने की संभावना काफ़ी ज़्यादा है। शायद दो ख़ूनी अपनी-अपनी फंतासी और चाहतों के साथ काम कर रहे थे। उन्होंने पिछले कुछ ख़ून एक साथ किए थे। एक देखना चाहता था कि उसका शिकार दर्द में कैसे रिएक्ट करेगा और वो उसके अंगों को किसी ट्रॉफी की तरह ले गया। दूसरा वाला किसी कसाई की तरह आतंरिक अंगों को निकाल रहा था ताक़ि बाद में कभी उन्हें शौक़ से खा सके।"

प्रकाश ने अपने होंठ भींचे।

"थोड़ी देर में हमारी टीम मीटिंग है। मुझे अपनी बात समझाने के लिए सिर्फ़ 15 मिनट दो, फिर मैं तुम्हें परेशान नहीं करूँगी, प्रॉमिस!"

प्रकाश ने हाँ में सर हिलाया।

मीटिंग शुरू होने से पाँच मिनट पहले नीरजा को एहसास हुआ कि उसने सुबह से कुछ नहीं खाया था। ये प्रोविजिल की वजह से था क्योंकि वो भूख को दबा देती थी। इसलिए नीरजा खाना खाना भूल ही गयी थी। उसने कंपकंपाती उँगलियों से अपने बैग से सैंडविच निकाला। शायद मीटिंग से पहले ही उसे कोल्ड ड्रिंक भी निकाल लेनी चाहिए ताक़ि ये थरथराहट ख़त्म हो।

उसने बिना कोई स्वाद लिए जल्दी से सैंडविच ख़त्म की। ये एकदम मशीनी लगा: दाँत से काटो, चबाओ, गटक जाओ। किसी रोबोट की तरह। ऐसे बहुत दिन तक नहीं चल पाएगा नीरजा। उसने अपने अंदर की छोटी-सी आवाज़ को परे मारा, खड़ी हुई और अपने काग़ज़ इकट्ठे करने लगी।

अपने दफ़्तर से निकलते ही नीरजा तक़रीबन प्रकाश से टकरा ही गयी। प्रकाश ने नीरजा को हल्के से उसके कंधों से थामा।

"सब ठीक है न नीरजा?" उसने पूछा।

"हाँ, ऑफ़ कोर्स सब बढ़िया है!"

"तुम कुछ अजीब सी लग रही हो, पक्का तुम ठीक हो?"

नीरजा ने सर हिलाया और मीटिंग रूम के अंदर दाख़िल हो गयी। और फिर सीधा साहिल से रु-ब-रु हुई। धत् तेरे की! वो नहीं जानती थी कि साहिल भी वहीं होगा। नीरजा एक पल के लिए घबरायी लेकिन फिर एकदम से ख़ुद को सँभाल लिया। अगर साहिल नीरजा से नाराज़ था तो इस बात को छुपाने की काफ़ी अच्छी कोशिश कर रहा था। नीरजा जल्दी से विक्रम के साथ जाकर बैठ गयी।

साहिल और प्रकाश ने पिछले कुछ दिनों की घटनाओं के बारे में बातें कीं, पैथोलॉजिस्ट को मिले रिजल्ट के बारे में ऊपरी तौर पर सबको बताया और बात ख़त्म करते-करते DNA मैच की जानकारी दी।

"इस मीटिंग के ठीक बाद हमारी एक प्रेस कॉन्फ्रेंस है और उसके साथ ही मैं ये केस क्लोज़ करना चाहूँगा," साहिल ने कहा। प्रकाश ने हाँ में सर हिलाया।

नहीं। नीरजा ने न में सर हिलाया लेकिन साहिल ने यूँ दिखावा किया जैसे उसने उसे देखा ही न हो।

नीरजा ने अपना हाथ ऊपर उठाया। “मेरे ख़याल से ये ज़रा जल्दबाज़ी होगी। उस नोटबुक पर मिले फिंगरप्रिंट का क्या? हमें उस पर और जानकारी मिली या नहीं?”

साहिल ने अपने होंठ भींचे। वो नीरजा को उस वक़्त तक घूरता रहा जब तक वो ख़ुद ही कहीं और नहीं देखने लग गयी।

प्रकाश ने जवाब दिया- “लैब वाले अभी भी सेठी की बांसुरी पर काम कर रहे हैं, पर वो काफ़ी कॉम्प्लिकेटेड लग रहा है।”

“सेठी का DNA उसे सिद्धार्थ से लिंक कर रहा है,” साहिल ने कहा। उसकी आँखें अभी भी नीरजा पर ही टिकी हुई थीं- “तो हमें हमारा ख़ूनी मिल गया है।”

“देखते हैं,” नीरजा बुदबुदाई।

“तुम कुछ और बताना चाहोगी,” साहिल ने कहा। उसने अपने हाथ से नीरजा की तरफ़ इशारा किया- “नीरजा गांधी नेशनल यूनिट में बिहैविअरल एक्सपर्ट हैं। उनका यहाँ हमारे साथ मौजूद होना काफ़ी उपयोगी है।”

“बिलकुल,” प्रकाश ने उसे टोका। “नीरजा की ख़ूनी के ऊपर बनी प्रोफाइल हमें उसके बारे में, उसकी मानसिकता के बारे में गहन दृष्टि दे सकती है। वो इसके बारे में हमें कुछ और बताएंगी। सबके लिए काफ़ी कुछ सीखने के लिए होगा।” उसने धीरे से नीरजा की तरफ़ सर हिलाया।

नीरजा ने आस-पास देखा और फिर उठ खड़ी हुई। वो बोर्ड के सामने खड़ी हो गयी और सबकी नज़रें उस पर ही थीं। उसे लगा कि उसके पसीने छूट रहे थे और आँखों के आगे तारे चमकने लगे। नीरजा को लगा कि वो किसी भी पल बेहोश हो जाएगी। यहाँ नहीं। अभी नहीं।

फिर नीरजा ने एक गहरी साँस ली, फेफड़ों की गहरायी तक हवा भरी, इस उम्मीद में कि उसके दिमाग़ तक पहुँचने लायक काफ़ी ऑक्सीजन मिल जाएगी जिससे कि वो सीधी खड़ी रह सके।

"सबसे पहली चीज़ जो मैं नोट करना चाहूँगी, वो ये है कि हम दूसरे ख़ूनी के होने की संभावना को छोड़ नहीं सकते। वो, जो इस वक़्त भी बाहर आज़ाद घूम रहा है," उसने कहना शुरू किया।

कमरे में एकदम से चुप्पी छा गयी। सही था ये, जैसे एक बेहतरीन शुरुआत हुई हो। नीरजा ने सबका ध्यान सिर्फ़ अपनी तरफ़ खींच लिया था।

"जहाँ तक इंजरी के पैटर्न का और इस्तेमाल किए हुए औजार का सवाल है, दोनों में ही खून की पूरी टाइम लाइन के दौरान उल्लेखनीय बदलाव आए हैं," उसने कहा, "मगर साथ ही साथ बहुत ही ज़रूरी समानताएँ भी हैं, खून एक तथाकथित सिग्नेचर भी है। सफ़ाई से तह किए हुए कपड़े और अजीब ढंग से विक्टिम के साथ रखे हुए जूते।"

"सेठी का DNA क्राइम सीन के साथ लिंक हुआ है," विक्रम ने याद दिलाया।

"मैं निश्चित रूप से इस थ्योरी से सहमत हूँ कि वो सिद्धार्थ के खून में शामिल था मगर मैं सिर्फ़ इतना कहना चाह रही हूँ कि मेरे ख़याल से उसके साथ कोई और भी था। कोई ऐसा जिसका उद्देश्य और काम करने का तरीका सेठी से बिलकुल अलग था।"

साहिल उठ खड़ा हुआ और उसने नीरजा को तीखी नज़रों से देखा। "इन्वेस्टिगेशन टीम के लिए केस सॉल्व हो चुका है। तो तुम ज़रा आगे बढ़ोगी और अशोक सेठी की पर्सनॉलिटी के बारे में इनफॉर्मेशन दोगी?"

साहिल साफ़ तौर पर नीरजा को चुप करवाने की कोशिश कर रहा था। धत् तेरे की। वो आग उगलती नज़रों से नीरजा को घूरता रहा। ये मत समझना कि बात ख़त्म हो गयी, शायद ये कहना चाह रहा था। नीरजा ने उसे ग़ुस्से से देखा और अपनी बात आगे बढ़ायी।

"जैसा कि पहले भी कहा जा चुका है, जिन केसों से सेठी को लिंक किया गया है, उन सब विक्टिम को टॉर्चर और उनका अंग विच्छेदन किया गया था। ख़ूनी का एक सैडिस्टिक कैरेक्टर है। अंगों को काटा गया था। एक और ख़ास बात है कि हर विक्टिम की बॉडी से एक बॉडी पार्ट गायब है। किसी सीरियल किलर के लिए इस तरह की ट्रॉफी ले जाना काफ़ी आम बात है ताक़ि ख़ून करने के बहुत बाद भी वो उसे याद करके ख़ुश हो सके।"

विक्रम ने अपना हाथ ऊपर उठाया। "लेकिन सरला के साथ कुछ अलग हुआ था। उसके केस में वो ट्रॉफी नहीं ले के गया क्योंकि उसकी बॉडी वहीं गराज में थी। वो उसकी बॉडी एक प्लास्टिक ड्रम में डाल कर गराज में और टाँग एकदम ही किसी और जगह क्यों रखेगा?"

"बिलकुल। ये लॉजिकल नहीं है। उसके पास बॉडी उसे कहीं फेंक न पाने के कारण होगी। शायद वो उसे अपने पास रखना चाहता होगा, शायद किसी न किसी वजह से वो उसे अपने से अलग नहीं कर पाया होगा।"

"ये भी तो एक तरह की ट्रॉफी ही हुई न? शायद वो नेक्रोफ़िल हो, यानी जिसे शव के साथ सेक्स करने में मज़ा आता है। कुछ बीमार लोग हैं वहाँ

बाहर जो सड़ती लाश की ख़ुशबू से सेक्सुअली उत्तेजित हो जाते हैं। हो सकता है उसका भी यही तरीक़ा हो," विक्रम ने कहा।

नीरजा ने इस बारे में भी सोचा था। उसे पूरी तरह से यक़ीन नहीं था कि ये उस ख़ूनी के बहादुरी वाले स्वभाव से मेल खाता था या नहीं। ख़ूनी को ख़तरा उठाने में मज़ा आता था और सने अपना सारा काम बड़े ही ध्यान से सोचे-समझे तरीक़े से किया था। जबकि एक नेक्रोफ़िल आम तौर पर ख़ौफ़ से घिरा हुआ होता है और सामाजिक तौर पर शक्तिशाली भी नहीं होता। ज़्यादातर वह महिलाओं द्वारा रिजेक्ट किए जाने के डर से घबराता है। वो हमेशा एक ऐसे सेक्स ऑब्जेक्ट की तलाश में रहता है जो उन्हें रिजेक्ट न कर सके।

"हाँ, संभव है पर हम ऐसे ही ये अनुमान नहीं कर सकते," नीरजा ने कहा। ये सुन कर विक्रम ने मुँह बना लिया।

"पर उस खोयी टाँग के बारे में क्या?" विक्रम ने कहा।

"मैं उस पर काम कर रही हूँ। दो संभावनाएँ हैं। एक चीज़ ये है कि हर विक्टिम का एक बॉडी पार्ट गायब है लेकिन सबका एक ही अंग गायब नहीं है तो हो सकता है कि ये किसी फंतासी का हिस्सा हो, जैसे कि वो एक नयी बॉडी बना रहा हो।"

"वाहियात!" विक्रम बुदबुदाया।

"दूसरी संभावना ये है कि ख़ूनी आदमखोर होगा। ऑर्गन का गायब होना भी इससे एक्सप्लेन हो जाएगा।" नीरजा ने गला साफ़ किया। जितना मर्ज़ी तजुर्बा हो, इस मुद्दे पर बात करना आसान नहीं था। जिन अपराधियों से उसका वास्ता पड़ा था, उनकी घटिया सोच की कोई सीमा नहीं थी। नीरजा अभी भी इस बात से हैरान हो जाती थी कि लोग कितने भयानक हो सकते हैं।

"सिद्धार्थ जवान था। उसकी जाँघ का जो हिस्सा काटा गया था, उसे आदमखोरों में कभी-कभी टंगड़ी कबाब कहा जाता है, वो इंसानी शरीर का का सबसे नाज़ुक हिस्सा होता है।" नीरजा ने अपनी आँखें बंद कीं। "प्राइवेट पार्ट्स को अफ्रोडिसिऐक समझा जाता है।"

"घृणास्पद!" विक्रम ने कहा।

"मैं इस बात पर ज़ोर देना चाहूँगी कि हो सकता है कि हम दो अलग-अलग ख़ूनियों के अपने-अपने अलग उद्देश्यों से जूझ रहे हैं।"

"क्या तुम हमें अशोक सेठी के बारे में और कुछ बता सकती हो?" साहिल ने फिर से उसे टोका।

"ठीक बात। अशोक सेठी। पहली नज़र में यही लगता है कि वो बड़ी सामान्य ज़िंदगी जी रहा था। उसका एक परिवार था, वो अलग-अलग क्लब का मेम्बर था और उसका अपना गार्डनिंग का बिज़नस था। उसके आसपास के लोग बताते हैं कि वो काफ़ी ख़ुशमिज़ाज आदमी था।"

"ये इस सदी का बेस्ट डिस्क्रिप्शन था," विक्रम हँसा।

"ये असल में बड़ी ख़ासियत है। सैडिस्टिक, जो दोहरी ज़िंदगी जी पाते हैं, वो हर मॉमले में अतिवादी होते हैं। एक तरफ़ खून करने की उनकी अजब फंतासी होती हैं और दूसरी तरफ़ वो बहुत व्यवस्थित सामाजिक जीवन भी जीते हैं। इस मॉमले में तमॉम शोध बताते हैं कि एकदम व्यवस्थित सीरियल किलर अक्सर या तो किसी रिलेशनशिप में होते हैं या कभी-कभी उनकी फैमिली भी होती है।"

"तो निष्कर्ष क्या है?"

“तथ्य यह है कि उसने लाश इतने सालों तक अपने गराज में रखी, ये बताता है कि बॉडी उसके लिए बहुत ख़ास थी। शायद एक तरह के एविडेंस की तरह कि असली ताक़त उसके पास थी। सरला कुमारी की इंजरी भी इसी तरफ़ इशारा करती हैं: अपने शिकार को काटते-छाँटते वक़्त उसने न सिर्फ़ सैडिस्टिक, बल्कि शायद नेक्रोफ़िल और आदमखोर की प्रवृत्तियों का भी इस्तेमाल किया था।”

“पर फिर उसने बच्चों की तरफ़ क्यों रुख़ कर लिया?” कमरे में पीछे बैठे एक पुलिस ने पूछा।

“जब हम सैडिस्टिक मोटिव की बात करते हैं तो ख़ूनी के लिए ये ज़रूरी नहीं है कि उसके शिकार औरतें हैं या बच्चे। वो पूरा फोकस इस बात पर रहता है कि उसका विक्टिम टॉर्चरपर कैसे रिएक्ट करता है। सैडिज्म का मतलब है कि एक इंसान जिसने दूसरे इंसान पर पूरी तरह से क़ाबू किया होता है, उसकी पीड़ा, दर्द और अपमान से सेक्सुअली उत्तेजित हो जाता है। जब इतनी निर्दयता से कोई खून होता है तो इसका इशारा किसी सेक्सुअल सैडिस्ट की तरफ़ जाता है। बॉडी के गायब हिस्से एक तरह की ट्रॉफी हैं जिनसे कि ख़ून करने के अनुभव की यादों को ज़िंदा रखा जा सके। वो बॉडी को अपने साथ इसलिए रखना चाहता था ताक़ि अपनी ख़ुशी की फीलिंग को ज़्यादा देर तक ज़िंदा रख सके।”

“पर आख़िर ऐसी डबल लाइफ़ कैसे जीता रहा वो? निश्चय ही, उसके लिए एक सामान्य बाप की तरह अपने बच्चे को सुबह स्कूल छोड़ने जाना तो पॉसिबल नहीं होता होगा,” पीछे बैठे पुलिस वाले ने फिर से कहा।

“इस पर निर्भर करता है कि बात किस के बारे में हो रही है। इस बारे में सामान्य मनोविज्ञान से आपको बेहतर उदाहरण मिल जाएंगे। सामान्य लोग,

जिनकी शादीशुदा ज़िंदगी अच्छी चल रही होती है, वो भी अपने पार्टनर को चीट करते हैं। या उदाहरण के लिए, मेरे ख़रगोश को कुछ हो जाए तो मैं दुखी हो जाऊँगी लेकिन रेस्टोरेंट में किसी और ख़रगोश का मांस ख़ुशी-ख़ुशी खा लूँगी।"

"ये तो कोई तुलना नहीं हुई," विक्रम ने कहा।

"मैं सिर्फ़ इतना कह रही हूँ कि जब किसी चीज़ या किसी इंसान से भावनात्मक लगाव होता है तो लोग अलग क़िस्म से रिएक्ट करते हैं और जब लगाव नहीं होता तो अलग तरह से। सीरियल किलर के साथ भी ठीक ऐसा ही होता है, लेकिन काफ़ी बड़े संदर्भ में। वो काफ़ी हद तक अपने परिवार को प्यार करता है, एक अच्छा बाप होने लायक होता है जबकि उसके शिकार की पीड़ा का उस पर कोई असर नहीं होता।"

प्रकाश ने अपनी घड़ी देखी। "हमें थोड़ी देर में प्रेस से बात करनी है। थैंक यू वेरी मच फॉर योर एक्सप्लेनेशन, नीरजा।"

तो मतलब हो गया। साफ़ था कि नीरजा की दूसरे ख़ूनी के होने वाली बात को नज़रअंदाज़ कर दिया गया था। उसके आसपास लोगों ने बातें करनी शुरू कर दी थीं। नीरजा अपनी नोटबुक उठा कर कॉरिडोर की तरफ़ जाने वाली थी।

"नीरजा! तुम से एक मिनट अकेले में बात कर सकता हूँ, प्लीज़?" साहिल ने कुछ इस तरह कहा कि उसके पीछे का मतलब पढ़ पाना नामुमकिन था।

नीरजा ने अपना सामान एक मेज़ पर रखा और उन सबकी तरफ़ देखा। कमरा धीरे-धीरे ख़ाली हो रहा था। आख़िरी पुलिस वाले के जाने के बाद साहिल ने दरवाज़ा बंद कर दिया। उसके बाद जब वो मुड़ा तो उसके चेहरे को

देखकर ऐसा लगा जैसे कि वो नीरजा को मार डालेगा।

"तुम्हें क्या लगता है कि तुम क्या कर रही हो?"

नीरजा ने उसे मुट्ठियाँ भींचते हुए देखा।

"मैंने बताया था न कि तुम्हारा इस इन्वेस्टिगेशन में क्या रोल होगा? फिर भी तुम अभी तक यहाँ क्या कर रही हो?" साहिल ने पूछा।

"मैं एक खून को सॉल्व करने की कोशिश कर रही हूँ।"

"और मैंने तुमसे कहा था कि तुम अब इन्वेस्टिगेशन टीम का हिस्सा नहीं हो। क्या सोच के यहाँ आ गयीं? गौतम को पता है?"

नीरजा ने छत की तरफ़ देखा।

"मुझे लगा ही था। तुमने उसे बताया ही नहीं।" वो नीरजा के सामने आ कर खड़ा हो गया।

वो उसके कुछ ज़्यादा ही पास खड़ा था।

"क्यों, नीरजा? क्यों कर रही हो ये तुम?"

"इस वक़्त केस बंद करना सच में ग़लत होगा।"

"तुम इतने विश्वास से कैसे कह सकती हो कि एक दूसरा ख़ूनी होगा ही? सेठी का DNA हर जगह था, सिद्धार्थ की बॉडी पर भी। वही हमारा ख़ूनी है।"

"पुराने विक्टिम के कोई ऑर्गन नहीं निकाले गए थे। पर पिछले कुछ सालों में हुए खून में ऐसा ही हुआ था। ये कैसे समझाओगे?"

“जाने दो। केस सॉल्व हो गया है। हमने कर दिखाया।”

“इतना ही नहीं, सेठी को अपने शिकार को पीड़ा देने में मज़ा आता था। जबकि सिद्धार्थ का ख़ून जल्दी से किया गया था, उसने ज़्यादा देर दुःख नहीं झेला। ये बात सेठी की प्रोफाइल में बिलकुल फ़िट नहीं बैठती। उसने सिद्धार्थ को कहीं और क्यों नहीं बुलाया ताक़ि उसे उसके साथ अपनी मर्ज़ी करने के लिए भरपूर समय मिलता? उसने ऐसा क्यों किया इसका संतोषजनक जवाब नहीं मिलता।”

“तुम इसे जाने क्यों नहीं दे सकतीं?”

“क्योंकि जो सबसे ऊपर दिखता है, उससे आगे देखना ही मेरा काम है। मैं तुम से कह रही हूँ कि एक और ख़ूनी है और तुम सुन ही नहीं रहे हो।” उसने साहिल की तरफ़ ऊँगली से इशारा किया। “तुम बस मुझे चुप करवाना चाह रहे हो।”

“तो ये बात है। तुम ग़ुस्सा हो क्योंकि मैंने तुम्हें केस से निकाल दिया।”

“तुम्हें ऐसा करने का कोई हक़ नहीं था।”

“केस ख़त्म हो गया है, हमें प्रोफाइलर नहीं चाहिए।” साहिल ने अपनी नाक का ऊपरी हिस्सा दबाया। “तुम हमेशा इतने ग़ुस्से में क्यों रहती हो?”

“तुम मुझे गंभीरता से नहीं ले रहे हो। और मैं बिलकुल भी ग़ुस्से में नहीं हूँ।”

साहिल ने ऊपर देखा। “हाँ, तुम ग़ुस्से में हो। मान लो न कि ये पर्सनल है। अगर प्रकाश ने यही डिसीजन लिया होता, तब भी तुम ऐसे ही रिएक्ट करतीं?”

"ये वैसा नहीं है।" नीरजा बोली।

"ओह मुझे लगता है कि ये वैसा ही है। जैसे ही मैं कमरे में आता हूँ, तुम एकदम से डिफेंसिव हो जाती हो। तुम नफ़रत करती हो मुझसे।"

"मैं तुमसे बिलकुल नफ़रत नहीं करती।"

"तुम अभी भी मुझसे उस लड़की की वजह से नफ़रत करती हो।"

"श्रुति, उसका नाम श्रुति था।"

"मैं जानता हूँ उसका क्या नाम था, विश्वास करो मेरा।"

"शायद। थोड़ा-बहुत।"

"तो तुम मानती हो कि तुम मुझे दुश्मन समझती हो?"

"कठिन है," नीरजा ने सोचा। " मेरी समझ से काफ़ी चीज़ों में हम पक्का अलग दिशाओं में हैं। तुम शायद इसे ही दुश्मनी समझते हो।"

"नीरजा! मैं तुम्हारा दुश्मन नहीं हूँ।" और ये कहकर साहिल धीरे से मुड़ा और चला गया।

उस शाम को जब नीरजा सीढ़ियों से नीचे आयी तो बुरी तरह से थकी हुई थी। आर्यन और अहाना के साथ पड़ोस के एक बच्चे की जन्मदिन की पार्टी में गयी थी और आते-आते काफ़ी देर हो गयी थी। आर्यन और अहाना तो बिस्तर पर पड़ते ही सो गए थे। नीरजा ने सोफ़े के साथ की बत्ती जलाई और वहीं बैठ गयी। राजीव ने उसके सामने मेज़ पर चाय का एक कप रखा।

"तुम परसों का हमारा रिलेशनशिप थैरापिस्ट के साथ अपॉइंटमेंट भूल तो नहीं जाओगी?" राजीव ने पूछा, "हम दोनों एक ही कार में चलें?"

ये तो नीरजा भी मान रही थी कि राजीव अपनी तरफ़ से हर मुमकिन कोशिश कर रहा था। पिछले कुछ दिनों में उसने वक़्त निकाल कर सच में नीरजा की हर बात सुनी थी। मगर नीरजा को एहसास हुआ था कि उसके पास राजीव को बताने के लिए कुछ ज़्यादा था नहीं। जब भी वो राजीव की तरफ़ देखती, उसे एक नफ़रत का एहसास होता। वो एक दूसरी औरत के साथ सोया था, अपना लिंग उस औरत के अंदर डाला था और फिर आराम से वापस नीरजा के साथ बिस्तर में आकर लेट गया था। कितना गंदा एहसास था कि किसी और के शरीर का गीलापन उसकी त्वचा को छूता रहा था। उस औरत का गीलापन जो राजीव को रोने के लिए कंधा दे पायी थी। राजीव ने अपने सबसे निजी जज़्बात उस औरत के साथ बाँटे थे। एक हद पार हो गयी थी। सच में यह एक नाक़ामी का एहसास था। चीज़ें इस हद तक ख़राब हो चुकी थीं।

"मुझे नहीं लगता इसका अब कुछ मतलब है राजीव।"

राजीव नीरजा के पास बैठ गया और उसकी पीठ मलने लगा। एक ऐसा एहसास जिसे नीरजा बिलकुल भी महसूस नहीं करना चाहती थी। "क्या मतलब? मैं समझता हूँ कि हम इस पर सहमत हुए कि हम ट्राई करेंगे?"

"मैं नहीं जानती कि मैं ये सब भुला पाऊँगी।"

"जो हुआ उसका कोई मतलब नहीं है। मैं वादा करता हूँ कि अब ऐसा नहीं होगा। मैं रास्ता भटक गया था। मैं अपनी बाक़ी की जिंदगी तुम्हारे साथ बिताना चाहता हूँ। तुम, मैं और बच्चे।"

"ये तुम चाहते हो। पर मुझे नहीं पता कि मैं यह सब कर पाऊँगी।"

"पर इसीलिए तो हम थेरेपी के लिए जा रहे हैं न? नीरू! सोचो न पहले सब कैसा था। हमने अपनी आधी ज़िंदगी साथ गुज़ारी है। उस पर ध्यान दो।" राजीव ने नीरजा का हाथ थामा। "हम इसे करेंगे ही, नीरू। प्रॉमिस करो कि तुम ट्राई करोगी। तुम्हें खो दिया तो मर जाऊँगा।" जितना हो सकता था, अपने उतने क़रीब खींच के राजीव ने नीरजा के माथे को चूम लिया।

नीरजा रो पड़ी। जाने कितने वक़्त के बाद वो उसकी बाँहों में रोयी थी। पर फिर भी उसे कोई अपनापन महसूस नहीं हुआ। राजीव एक अजनबी सा लग रहा था। उनके बीच की दूरियाँ बढ़ चुकी थीं पर पता नहीं राजीव को ये दिख क्यों नहीं रहा था?

वो उठ खड़ी हुई और अपना चेहरा पोंछा। "मैं जॉगिंग के लिए जा रही हूँ।"

"प्लीज़ ऐसे मत जाओ, नीरू।"

"मुझे बस अपने दिमाग को और स्पष्ट करने के लिए जाना होगा।"

कुछ ही देर में नीरजा स्पोर्ट वाले कपड़े पहन कर सड़क पर दौड़ पड़ी। कुछ देर के लिए उसे वहाँ से जाना ही था। कुछ भी अच्छा नहीं लग रहा था। उसके अंदर कुछ टूट गया था। वो ये सोच ही नहीं पा रही थी कि वो दोनों अब कभी भी वैसे नहीं हो पाएंगे जैसे वो हुआ करते थे। बस इतना जानती थी कि वो उसे माफ़ नहीं कर पाएगी। थेरेपी से यह बदलने वाला नहीं है।

अगली सुबह नीरजा कुछ ज़्यादा ही देर तक बिस्तर में पड़ी रही। आम तौर पर वो सूरज निकलते ही उठ जाती थी लेकिन आज सुबह अलार्म बंद करके फिर से सो गयी थी। जब तक वो नीचे आयी, राजीव बच्चों को लेकर जा चुका था। बिस्तर में लम्बे तक पड़े रहना या सुबह-सुबह ही उठ जाना, दोनों ही चीज़ें इस बात के लिए असरदार थीं कि उसे राजीव से आमना-सामना नहीं करना पड़ता था।

उसने एक गिलास ऑरेंज जूस पिया और फिर रसोई में आई पैड अपने सामने रख कर एक स्टूल पर बैठ गयी। उसने जल्दी से न्यूज़ छानी। नैनीताल का बच्चे वाला बदनाम मर्डर केस सुलझ चुका था। सारे अख़बार इस ख़बर से भरे हुए थे। मगर नीरजा को ख़ालीपन महसूस हुआ। उसे याद नहीं आ रहा था कि पिछली बार उसने इतना अकेलापन कब महसूस किया था।

नीरजा ने अपना मोबाइल और पर्स हैण्डबैग में डाला और काउंटर के ऊपर से चाबियों का एक गुच्छा उठाया। वह नैनीताल जा रही थी। साहिल ने उसे साफ़ तौर पर बता दिया था कि वो उसके बर्ताव के बारे में क्या सोच रहा था। नीरजा को रोकने के लिए साहिल क्या करेगा? असल में नीरजा ये तहक़ीक़ात अपने ख़ाली वक़्त में कर रही थी क्योंकि उसने गौतम से कुछ दिनों की छुट्टी माँग ली थी।

प्रकाश ने बताया था कि अशोक सेठी की बेटी आज दोपहर को अपना बयान देने आ रही थी। नीरजा उस वक्त वहाँ मौजूद रहना चाहती थी। वो उस जवान लड़की के बारे में सोच रही थी जिसकी पूरी ज़िंदगी पिता के गराज को खोलते ही उथल-पुथल से भर गयी। सिद्धार्थ के बाद, वह इस केस की सबसे बड़ी विक्टिम थी। पहली नज़र में लगा था जैसे अशोक सेठी एक ज़िम्मेदार बाप था। यूँ लग रहा था कि जिस दुनिया में मीनल सेठी अपने पिता को जानती थी, वो दुनिया थी ही नहीं। उसका बाप एक हैवान था। नीरजा को सच में उस जवान लड़की के लिए बुरा लग रहा था जो शायद बीस-एक साल की ही थी और जैसे-जैसे अशोक सेठी की गंदगी का गड्ढा खुलता जाएगा, उस लड़की को भी जाने और क्या-क्या सहना पड़ेगा।

नीरजा घर से बाहर निकली और दिन कुछ ज़्यादा ही गर्म था। उसकी कार घर के सामने सड़क पर थी ताक़ि राजीव को घर से अपनी कार निकालने में परेशानी न हो। नीरजा की कार की सामने की विंडस्क्रीन पर सफ़ेद-सा कुछ अटका हुआ था। कार तक जाते-जाते उसके माथे पर परेशानी की लक़ीरें उभर आयी थीं। पहले उसे लगा शायद नो-पार्किंग का नोटिस होगा लेकिन वो काग़ज़ कुछ अलग-सा लग रहा था। मोटा और सफ़ेद-सा। उसने उस मुड़े हुए काग़ज़ को पकड़ा और खोला।

ये अंत नहीं है!

नीरजा ने आसपास देखा। काफ़ी अजीब था यह। क्या ये मैसेज राजीव ने छोड़ा था? उसने काग़ज़ को ऊपर आसमान की तरफ़ करके देखा, मानो हल्की रोशनी में कोई छुपा हुआ मैसेज ढूँढने की कोशिश कर रही हो। वो राजीव की हैंडराइटिंग नहीं लग रही थी। नीरजा ने राजीव को रिजेक्ट कर दिया था, क्या ये उसका जवाब था? क्या वो उसे डराना चाहता था? नीरजा ने राजीव को कॉल करने के लिए मोबाइल निकाला। लेकिन नहीं, वो उसके पीछे नहीं भागने वाली। उसने काग़ज़ को फिर से मोड़ा और उसे फ़ोन के साथ बैग में रख दिया।